KB267537

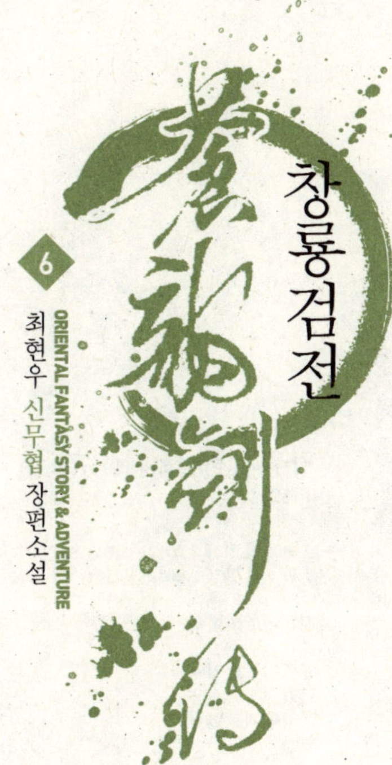

창룡검전

6

최현우 신무협 장편소설

ORIENTAL FANTASY STORY & ADVENTURE

dream
books
드림북스

창룡검전(蒼龍劍傳) 6 (완결)
미녀와 야수

초판 1쇄 인쇄 / 2012년 10월 30일
초판 1쇄 발행 / 2012년 11월 5일

지은이 / 최현우

발행인 / 오영배
편집팀장 / 권용범
책임편집 / 편집부
펴낸 곳 / (주)삼양출판사 · 드림북스

주소 / 서울특별시 강북구 송천동 322-10호
대표 전화 / 02-980-2112 팩스 / 02-983-0660
편집부 전화 / 02-980-2116 팩스 / 02-983-8201
홈페이지 / blog.naver.com/dreambookss

등록번호 / 제9-00046호
등록일자 / 1999년 3월 11일

ⓒ 최현우, 2012

값 8,000원

(주)삼양출판사 · 드림북스의 서면 허락 없이는 어떠한
형태나 수단으로도 이 책의 내용을 이용하지 못합니다.

ISBN 978-89-542-3195-4 (04810) / ISBN 978-89-542-3097-1 (세트)

* 지은이와 협의하에 인지는 생략합니다.
* 잘못된 책은 구입한 곳에서 바꾸어 드립니다.

미녀와 야수

6

ORIENTAL FANTASY STORY & ADVENTURE

최현우 신무협 장편소설

창룡검전

dream
books
드림북스

목차

작가의 말

오랜만에 인사드립니다.

　창룡검전 5권 이후 6권이 대단히 늦게 나오게 된 것을 먼저 사과드립니다. 죄송합니다. 이것은 전적으로 저의 잘못이며 책임입니다. 그동안 이 부족한 글을 잊지 않으시고 기다려 주신 분들께 또한 진심으로 감사드립니다.

　학사검전 2부로 시작된 창룡검전은 이번의 6권으로 일단 마무리됩니다. 내용상 학사검전 시리즈 전체의 결말은 아니며, 이후의 내용은 학사검전 3부로 계속될 예정입니다. 보다 자세한 사항은 이후 제 홈페이지 onwrite.com 에서 전해 드리겠습니다.

이번 6권의 첫 장은, 가능한 이야기의 전체 흐름을 해치지 않는 선에서 지난 줄거리의 요약을 대체할 수 있도록 구성했습니다. 그럼, 계속되는 이야기들로 다시 찾아뵙겠습니다.

최현우 올림

제1장
해후, 그리고 지난 이야기들

쏴아—

푸른 바람이 아미산의 풍광을 스치고 지나갔다. 그 모습을 보던 운현은 고개를 돌렸다. 그리고 인사했다.

"오랜만입니다."

운현의 인사에 매화검 영호준이 답한다.

"네, 정말 오랜만입니다."

아미산의 풍광을 배경으로 미소 짓는 영호준. 그 모습은 영락없는 풍류공자의 모습 그대로여서, 그가 사실은 화산파의 도인이며 매화검이라는 칭호를 지니고 있는 검사라는 것을 잊게 할 정도다. 물론 지금 영호준은 옷조차 풍류공자의 복색 그대로이긴 하지만.

"만난 지 몇 년은 지난 거 같군요. 그동안 어떻게 지내셨습니까?"

"아, 그게……."

의례적인 질문이지만 운현은 쉽게 대답하지 못했다. 가벼운 그 질문에 대한 대답이 결코 가볍지 않았던 까닭이다.

"한동안 숨어 계셨다는 건 알고 있습니다. 무림맹이 무너진 이후 장강에 소문이 가득한데도 운 서기의…… 아, 이거 죄송합니다. 지금은 어사 대인이라고 불러야 하나요? 아니, 이제 엄연한 창룡맹의 맹주이시니 맹주님이라 불러야 마땅하겠군요."

매화검 영호준은 자신의 실수를 사과하듯 가볍게 고개를 숙인다.

"아닙니다. 그저, 운현이라 불러 주십시오."

"그럴 수는 없지요."

영호준은 어깨를 으쓱하며 대답한다.

"하지만 맹주님께 말을 놓을 이런 기회를 놓칠 수도 없고…… 그냥 일단은 운 서기라 하지요. 마치 예전으로 돌아간 것처럼 말입니다."

"서기요……."

운현이 쓴웃음을 짓는다. 그건 아마도 서기라는 호칭에 너무나 많은 것들이 매여 있는 탓이리라.

“영웅맹과 맞설 사람은 오직 창룡검주뿐이다.”

영호준은 운현을 보며 웃는 얼굴로 말했다. 상대의 쓴웃음 짓는 표정에도 밝게 웃을 수 있는 것은 아마도 영호준의 장점 중 하나일 것이다.

“정말 대단한 소문이었지요. 저도 그 소문을 들었을 정도니까요. 그야말로 장강에 파다했어요.”

영호준은 운현을 보며 말했다.

“그런데, 그간 어디 있었습니까? 운 서기를 찾는 사람이 적지 않았습니다.”

“저는……”

운현은 잠시 생각했다. 어디에서부터 이야기를 해야 할까?

“무림맹이 무너지던 그날, 항주를 빠져나오다가 삼태상이라 하는 상인의 수하들을 만났습니다. 그건 일전에 독선(毒仙)께서 분명히 경고해 주신 것인데도 불구하고…… 저는 그걸 가벼이 여겼습니다.”

“그래요?”

영호준은 고개를 갸웃했다.

“제가 듣던 이야기와는 다르군요. 창룡검주는 항주 무림맹이 사지(死地)가 될 것을 알고도 무림맹을 구하기 위해 돌아왔다. 신승(神僧) 불영의 사제인 창룡검주야말로 진정한 무림맹의 후계자다. 제가 들은 건 이런 말이었는데요?”

“제가 무림맹으로 돌아온 건 무고한 사람들이 죽는 것을 막기 위해서였습니다. 무림맹을 구하려 한 것은 아니었지요. 사실 저는 그때 무림맹에 사직서도 제출했었고…… 아, 그러고 보니 영호준 대협께선 그때 당문과 함께 공손세가에 대한 조사를 가셨다고 하던데, 어떻게 되었습니까?”

“아, 그거요?”

영호준은 피식 웃었다.

“처음에 당문은 공손세가의 습격 사건에 대한 조사를 하는 듯했습니다. 그런데 며칠 만에 바로 자취를 감춰 버리더군요. 일행이 모두 사라져 버리고 저만 남은 것을 발견했을 때 얼마나 황당했는지 아십니까? 그리고 바로 이튿날, 항주의 무림맹이 무너졌다는 이야기를 들었죠. 그야말로 순식간이었습니다.”

“역시, 그랬군요.”

“당문을 의심하시는군요?”

“무림맹 의사청에서도 그렇게 말했습니다. 그리고 아마도 그럴 겁니다.”

“하긴 이 상황에서는 당연히 그렇긴 하겠죠. 독선께서 알고 계셨다면 당문도 알고 있었을 것이고, 그 상황에서 당문만 빠져나갔으니, 사실상 무림맹 함락을 방조한 셈입니다.”

“그리고 저는…….”

운현은 잠시 말을 멈췄다.

"불영 대사님과 독고랑 대협의 희생으로 목숨을 건졌습니다. 그분들은, 저 때문에 돌아가신 겁니다."

"그렇지 않습니다."

영호준은 단호한 음성으로 말했다.

"삼전무적 독고랑 대협의 이야기는 저도 들었습니다. 항주혈사 당시 수많은 항주 무림인의 생명을 구한 영웅이라고 하더군요. 항주 무림에서 삼전무적 독고랑이라는 이름은 이미 전설입니다. 그리고 불영 대사님은……."

나지막한 음성으로 영호준은 말했다.

"그분은 절대 후회하지 않으셨을 겁니다. 아마도요."

운현은 조용히 그 말을 듣고 있었다. 영호준 역시 여러 가지 상념이 떠오르는 듯 말없이 먼 곳을 바라본다.

"그럼 그 후엔?"

"항주를 빠져나왔지만 저는 갈 곳이 없었습니다. 그래서……."

"갈 곳이 없다니요?"

영호준이 눈을 크게 뜨며 말한다.

"아니, 죄송합니다. 말을 끊으려는 건 아닌데…… 운 서기는 소림 선대 대조사인 와불 선사의 가르침을 받았으니, 배분으로만 따지자면 현 소림 방장의 사숙뻘이 아닙니까? 게다가 듣기로는 남궁세가의 새로운 가주인 철검 남궁벽의 심사관을 하신 데다, 남궁세가의 금지옥엽 남궁비연 소저와도 의남매를 맺었다고 하던데요?”

거침없이 쏟아지는 영호준의 말에 운현이 쓴웃음을 짓는다.

“그런 건 대체 어디서 들으시는 겁니까?”

그러나 영호준은 아직 할 말이 남아 있었다.

“그리고 다른 건 다 제쳐 두고라도, 평소 운 서기에게 노골적으로 호감을 표현하던 모용세가도 있지 않습니까? 제갈세가에서도 옥패를 받긴 했다지만 거기야 워낙 믿을 수 없는 곳이니 그렇다 쳐도 말입니다. 천하의 창룡검주가 갈 곳이 없었다니 대체 그게 무슨……”

“그때 저는.”

운현은 말했다.

“모든 내공을 잃었었습니다.”

영호준의 말문이 막혔다. 내공을 잃었다는 것은 단순히 힘을 잃었다는 것 이상이다. 그것은 더 이상 무림과는 아무 상관 없는 사람이 되었다는 말과 같으니, 갈 곳이 없었다는 운현의 말은 결코 과장이 아니다. 그에게 무슨 사문이 있는 것도 아닌 데다 무림맹마저 없어졌으니 말이다.

“제 탓에 소중한 사람들을 죽게 했다는 자책감과 죄의식, 그리고 모든 것을 잃었다는 상실감으로 인해 저는 그야말로 아무것도 할 수 없었습니다. 아니, 사실 폐인이었지요.”

담담하게 운현은 말했지만 결코 아무렇지 않게 할 말은

아니었다. 영호준조차 침묵을 지킨다.

"하지만 그런 제게 손을 내밀어 준 사람들이 있었습니다. 그리고 그런 저를 용서해 준……."

운현은 잠시 말을 멈춘다.

"그런 사람이 있었습니다. 그래서 일어날 수 있었습니다."

잠시 침묵이 흘렀다. 그때, 한 여인의 카랑카랑한 목소리가 그 침묵을 깬다.

"아아, 그때는 정말 못 봐줄 정도였다고요."

영호준의 시선이 그 목소리의 주인을 향한다. 그 목소리는 바로 진예림, 감찰어사 조관의 일행이자 광주에서부터 운현과 동행한 그녀였다.

"첫인상은 정말이지 완전 세상 다 산 사람처럼 썩은 얼굴을 하고 있는데…… 저러다 무슨 짓이라도 저지르지 않을까 싶을 정도였다니까요. 그다음에 본 게 아마 불량배들에게 두들겨 맞고 있는 모습이었죠?"

"오, 이 아름다운 소저는 누구신지요?"

영호준이 바로 미소를 띠며 말했지만, 돌아온 진예림의 대답은 쌀쌀 맞기만 했다.

"흥. 맘에도 없는 말 하지 말아요. 내가 미인이 아니라는 건 내가 가장 잘 알고 있으니까. 그런 입에 발린 뻔한 헛소리는 다른 여자에게나 하시죠."

“저런, 소저는 충분히 매력적입니다.”

쉽게 물러서지 않는 영호준을 날카로운 눈초리로 한 번 노려봐 준 후, 진예림은 말을 계속했다.

“그뿐인 줄 알아요? 그래도 첫인상보다는 좀 나아졌다 싶더니 그다음엔 기루에서 예쁘장한 여자 하날 두고 웬 남자하고 소란을 피우더라고요. 그때 우리 일행이 나서서 막지 않았다면 정말 위험했을걸요?”

“호오, 삼각관계라고요? 이거 의외인데요?”

영호준이 바로 관심을 보인다.

“아니, 그건…….”

운현이 설명하려는데, 문득 영호준이 고개를 갸웃하며 묻는다.

“그런데, 운 서기가 불량배에게 맞았다니요? 아무리 내공을 잃어도 그런 정도는…….”

대답은 운현이 아니라 진예림이 했다.

“왜냐하면.”

진예림은 단정적으로 말했다.

“본인이 저항할 생각이 없었기 때문이에요. 제가 봐도 그냥 당하고만 있을 상황은 아니었는데, 아예 죽을 작정이라도 한 사람처럼 그렇게 행동하더라고요.”

“오오.”

영호준에게서 나지막한 감탄사가 흘러나온다. 그 반응에

진예림이 날카로운 눈으로 영호준을 쏘아본다.

"뭘 그렇게 감탄하는 거죠?"

"죽을 작정을 하고 여자를 유혹하다니, 대단하지 않습니까?"

"뭐요? 그게 무슨 말이에요? 왜 얘기가 그렇게……."

"방금 전에 기루에서 여자를 두고 다툼이 벌어졌다면서요? 그러니 목숨을 내놓고 여자를 유혹한 것 아닙니까? 이제 보니 운 서기야말로 풍류의 참다운 진미를 아는 분이셨군요."

"그게 아니에요! 불량배하고 기루는 다른 이야기라고요."

진예림이 짜증을 섞어 말하는데, 옆에서 듣고 있던 담소하가 끼어들었다.

"어? 하지만 여자가 넘어온 건 맞잖아요."

같은 감찰어사 조관의 일행인 담소하는 진예림을 쳐다보며 말했다.

"마지막에 그 아가씨가 몸을 날려서 운 대인을 보호한 거 생각 안 나요? 보기에는 완전 넘어간 거 같던데?"

"야! 너 가만히 안 있어?"

진예림이 말했지만 담소하는 물러서지 않는다.

"왜요? 나도 그때 그 자리에 있었다고요. 현장 목격자라니까요?"

담소하는 말을 계속했다.

"그러다가 황궁에서 자그마치 밀명이 왔는데 황실의 예격에 따라 귀인을 모시라고 하더라고요. 게다가 소란스럽지 않게 하라나요? 세상에 그게 무슨 말이 안 되는 명이에요? 황실의 예격인데 소란스럽지 말라니. 이건 아랫사람만 죽어나는 명이라고요."

"크흠."

담소하의 말에 감찰어사 조관이 헛기침을 한다.

"하여간 그 귀인이라는 분을 모시러 가니 바로 이분이 있길래 얼마나 놀랐는지. 아마 그때 예림 누님이 한마디 했죠? 사적인 일에 권력을 남용하는 멍청하고 짜증 나는……읍, 읍."

담소하의 입을 급히 손으로 막은 건 진예림이었다.

"야! 내가 언제 그런 말을 했다고 그래?"

"호오, 그러니까."

두 사람의 실랑이 사이에 영호준이 말했다.

"먼저 황실에서 움직였다는 뜻이로군요? 그리고 그건…… 황실에서도 이번 무림의 일에 촉각을 곤두세우고 있다는 뜻입니까?"

영호준의 물음에 감찰어사 조관의 얼굴이 살짝 굳는다.

"자세한 건 말할 수 없지만…… 그렇소. 혈사라 부를 만한 일이 항주에서 일어났는데 어찌 조정이 가만히 있겠소?”

“그래서 택한 것이 바로 운 서기라…… 그건 그저 장강에 창룡검주에 대한 소문이 나돈다 하여 된 일은 아니겠지요?”

떠보는 듯한 영호준의 말에 조관은 담담히 대답했다.

“모르오. 내가 알아야 할 일도 아니고. 하지만, 한 가지는 분명히 말할 수 있소.”

조관은 말했다.

“운 대인은 조정과 황실을 대표하오. 운 대인께서 하고자 하시는 일이 곧 황실과 조정의 뜻이며 누구도 거역할 수 없는 준엄한 명이오.”

단호한 그의 말에 영호준은 나지막이 감탄한다.

“호오. 이거, 평소 운 서기의 인맥이 대단한 줄은 알고 있었지만 이 정도인 줄은 몰랐군요. 검성(劍聖)에, 신승(神僧)에, 독선(毒仙)에다가 이제는 황실까지.”

새삼 운현을 돌아보며 영호준이 말한다.

“무림맹 서기는 대체 왜 한 겁니까?”

“운 대인이 대단한 건 그 인맥이 아니라…….”

침묵을 지키고 있던 백운상이 말한다. 늘 그렇듯 감찰어사 조관의 곁을 지키고 있던 그는 나지막하고 묵직한 음성으로 말했다.

“바로 대인의 검이오. 운 대인은 철혈사왕(鐵血蛇王) 염중부를 꺾었소.”

“철혈사왕을?”

“염중부!”

놀라움과 당혹이 섞인 목소리가 여기저기서 흘러나온다. 영호준 역시 눈빛이 변한다.

“정말입니까?”

운현은 고개를 끄덕였다.

“독고 대협의 유해를 찾기 위해서였습니다. 내게는, 반드시 해야만 하는 일이었습니다.”

“휘유.”

매화검 영호준이 놀라운 듯 말한다.

“해야 한다고 다 할 수 있는 건 아니죠. 아니, 그런데 내 공을 잃었다 하지 않았습니까? 어떻게…… 아, 혹시 황실에서 무슨 영약이라도…….”

“아니에요.”

진예림이 단호하게 말했다.

“운 대인이 철혈사왕을 꺾은 건 황궁에 도착하기 전 일이었어요.”

그녀는 투덜거리듯 덧붙였다.

“그런 사람이 광주에선 그렇게 당하고만 있었다니, 정말 헷갈리게 하는 사람이라니까.”

“전적으로 동의하오.”

영호준이 고개를 끄덕이며 말했다. 그리고 운현을 돌아
보며 묻는다.

"어떻게 잃어버린 내공을 회복했는지 물어도 되겠습니
까?"

운현은 잠시 망설였다. 무엇이라고 대답해야 할까? 그냥
저절로? 청소하고 빗질하고 물 긷다 보니까? 운현이 대답
할 수 있는 것은 하나뿐이었다.

"제 검(劍)은, 이미 제 안에 있었습니다."

운현은 말했다.

"떠났다고, 잃어버렸다고 생각했지만 떠난 것은 오히려
저 자신이었습니다. 저는 저를 버렸는데, 검은 오히려 한순
간도 저를 떠나지 않았습니다. 그러니 제 내공이 돌아온 것
이 아닙니다. 제가, 검에게로 돌아간 것입니다."

말도 안 되는 소리 같았지만 그것이 운현의 진심이었다.
그리고 그 말은, 운현의 말을 듣던 몇 사람에게는 깊은 생
각에 잠기게 하는 말이기도 했다. 매화검 영호준, 감찰어사
일행인 백운상, 그리고 소림사의 무승(武僧) 혜천은 운현의
말을 들으며 제법 심각한 표정을 지었다.

"아, 정말. 그런 심각하고 모호한 얘기는 남자들끼리 하
라고요."

진예림은 무거운 분위기가 질색이라는 양, 인상을 쓴다.
그러자 영호준이 살짝 눈살을 찌푸리며 말한다.

“진 소저. 대가의 말 한마디가 얼마나 많은 고수들에게 새로운 깨달음을 주는지 아시오? 지금 진 소저는 매우 무례한 짓을 한 거요.”

“흥.”

영호준의 말에도 불구하고 진예림은 코웃음을 쳤다.

“그런 간단한 말로 얻을 깨달음이라면 어디에서라도 또 얻을 테죠. 깨달음을 얻고 싶으면 괜한 남 탓하지 말고 열심히 수련이나 하라고요.”

“오, 그건 또 새로운 가르침이군. ‘일어날 만한 일은 반드시 일어난다.’ 인가?”

진예림을 향한 영호준의 말은 반은 장난조였지만 혜천과 백운상은 오히려 동의하듯 진지한 표정으로 고개를 끄덕인다. 영호준은 쓴웃음을 지었다.

“그럼 항주 영웅맹을 거쳐 황실로 간 것이군요.”

영호준은 운현을 돌아보며 말했다. 운현은 고개를 끄덕였다.

“황실에 가서 운 서기가 이번 일에 대해 전권을 위임받았다는 건 알겠습니다. 그런데 정확히 그 권한이라는 게 어떤 겁니까?”

“그건 내가 답해 드리겠소.”

감찰어사 조관이 말했다.

“운 대인께서는 감찰어사의 직분을 가지고 계시오. 그러

나 또한 좌우도어사의 일부 권한을 가지고 다른 감찰어사를
지휘할 수 있으며, 도찰원을 통하지 않고 직접 동창 병필태
감 박 공공께 보고하실 수 있소. 그리고……."

　설명하던 조관은 말을 흐렸다. 자신의 말을 듣는 사람들
의 표정이 굳어 가고 있었기 때문이다. 아무래도 그들에게
도찰원의 직책에 대한 설명은 따분하기 그지없으리라.

　"크흠. 운 대인의 판단에 따라 증거도 필요 없고 법률에
도 구애받지 않는 초법적 권한을 행사할 수 있소. 예컨대
운 대인께서 지목만 하신다면."

　조관은 말했다.

　"태평맹이나 영웅맹 따위, 백만 황군에 의해 순식간에 흔
적조차 남지 않게 될 거요."

　"그건 좋지 않군요."

　영호준이 살짝 눈살을 찌푸린다.

　"무림인은 자존심에 사는 사람들입니다. 영웅맹이건 태
평맹이건, 조정이 강제로 개입한다고 하면 누구도 좋아하지
않을 겁니다. 경우에 따라서는 괜히 민심만 흉흉해질 수 있
습니다."

　영호준의 목소리에는 무림을 얕보는 듯한 조관의 태도에
대한 반감이 은근히 깔려 있었다.

　"흥. 조정과 황실의 높은 분들이 민심 같은 걸 신경 쓸 것
같아요?"

진예림이 말했다.

"문제를 해결할 수만 있다면, 영웅맹과 태평맹을 동시에 쓸어버리는 것도 조정에서는 주저하지 않을걸요? 그건 잘난 척 무게를 잡고 있는 소림이나 화산에 대해서도 마찬가지죠. 조정이 그러지 않는 이유는 단 하나예요."

무림과 관의 속성에 대해 어느 정도 알고 있는 진예림이 단정하듯 말했다.

"아직 누가 진짜 적인지 확인하지 못했다는 거죠."

"진 소저의 말이 맞습니다."

운현이 고개를 끄덕이며 말했다.

"그리고 여기엔 조정과 황실 내의 여러 가지 정치적 역학 관계와 입장들이 얽혀 있습니다. 황실의 힘을 빌려 무력을 행사하는 것은 어렵지 않으나, 그것은 오직 반역이 명백해졌을 때뿐입니다."

"흐음. 그러니까 최후의 수단이라?"

영호준의 말에 운현은 고개를 끄덕였다.

"그렇군. 그럼……."

무언가 물어보려는 영호준의 말을 진예림이 잘랐다.

"그러곤 바로 태평맹 무림용봉지회로 왔어요. 오다가 황보선혜라는 웬 여우 같은 여자를 만난 것 말고는 아무 일도 없었죠. 그리고 박 공공의 전권 대리로 태평맹 무림용봉지회에 참석했어요. 태평맹의 대외총괄군사라던 당설련이라는 여자는 운 대인을 보더니 얼굴색이 하얗게 변하던데요?
예전에 뭔가 있었던 사인가 봐요?"

"당설련 소저의 얼굴이 하얗게 변했다고?"

영호준이 놀란 목소리로 되묻는다.

"아뿔싸, 내가 그걸 봐야 했는데."

"흥. 남의 그런 얼굴을 봐서 뭐하려고요?"

진예림이 톡 쏜다.

"하여간, 태평맹에서는 만나는 사람마다 아주 볼 만한
얼굴들을 하더라고요. 화들짝 놀라고, 도망가고, 당황해하
고……."

"하하, 아마 당연히 그랬을 거요."

영호준이 통쾌한 표정을 숨기지 않으며 말한다.

"그들에게는 신승이 살아 돌아온 것 같았을 테니까 말이
지. 자신들이 버린 무림맹이 멀쩡히 다시 살아서 나타났으
니 얼마나 혼비백산했을까? 생각만 해도 속이 시원하군."

"무림맹? 운 대인이 무림맹이에요?"

담소하의 물음에 영호준이 고개를 끄덕인다.

"뭐, 그렇진 않았지만 그렇게 되고 말았다네. 일종의 상
징성 같은 것이지. 본래 무림맹을 창설한 분이 신승이신데,
운 서기는 그 신승 불영의 사제인 데다가 무림맹을 구하려
사지로 걸어 들어간 사람이 아니던가? 게다가 영웅맹에 맞
서 많은 사람들을 구해 내기까지 했지. 그래서 장강에 그런

소문이 퍼진 것이라네. 영웅맹과 맞설 사람은 창룡검주뿐이라는…… 당문이 일찌감치 무림맹을 버리고 몸을 뺀 걸 생각하면 아주 대조적이지."

"아하."

담소하는 고개를 끄덕였다.

"그런데 조금 이상하네요? 태평맹은 무림맹에서 나온 문파들이 만든 거잖아요? 그럼 운 대인을 환영해야 하는 거 아니에요? 무림맹에 있을 때 사이가 나빴나요?"

그 물음에 영호준이 쓴웃음을 짓고, 진예림이 대답을 대신한다.

"태평맹은 무림맹을 부정하고 있어. 아니, 아예 없었던 일처럼 취급하지. 그리고 자신들이 무림의 새로운 정통 세력인 양 행동하고 있어. 무림맹은, 태평맹에게는 묻어 두고 싶은 과거란 말이야. 게다가 운 대인의 판단으로는 태평맹은 분명히 일대상인(一大上人)과 모종의 관계를 가지고 있어. 한마디로 말하면 태평맹과 영웅맹이 서로 나눠 먹기 한 거란 말이지. 그러니 지금 와서 운 대인이 나타난다 해도 반가울 리가 없지."

거침없이 말하던 진예림이 고개를 돌려 운현을 쳐다본다.

"그런데, 대체 누가 진짜예요?"

난데없는 진예림의 물음에 운현이 의아한 표정을 짓자,

진예림이 씨익 웃음을 지으며 말한다.

"모용세가의 아가씨가 진짜인 줄 알았더니, 북해일문의 그 아가씨가 나타나니까 반응이 아주 볼 만하더군요."

"아, 그 북해의 아가씨! 저도 봤어요. 진짜 미녀던데요?"

담소하가 얼른 한마디 거든다.

"이름도 안 가르쳐 주는데, 완전 신비주의더라구요. 차라리 얼굴도 반쯤 면사로 가리면 더 끝내줬을 텐데."

"그쪽 풍습이라잖아. 그보다, 무슨 사이예요? 그리고 그녀가 운 대인을 북해의 무신(武神)이라 부르던데 그건 또 뭐죠?"

진예림이 담소하에게 핀잔을 주듯 말하고는 계속 묻는다.

"북해의 푸른 늑대라고도 했죠? 아까 그 빙설이라던 북해의 여검객이."

"아, 빙설."

담소하가 감탄하는 표정으로 말한다.

"정말 무시무시하던데요? 아미의 천수 신니도 대단했지만, 그 여검객은 그야말로 무시무시했어요. 천수 신니가 천하일절(天下一絕)이라고 감탄했죠? 북해 사람들은 다 그렇게 강한가?"

정작 운현의 대답은 기다리지도 않고 서로 떠들어 대는 모습을 보며, 운현은 쓴웃음을 지었다.

"제가 가지고 있는 내력의 상당 부분은."

운현의 말에 주변이 조용해진다.

"사실, 이제는 내력과 무학의 구분이라는 것이 거의 의미가 없다는 생각이 들긴 합니다만…… 여하튼 제 내력의 상당 부분은 북해에 기인하고 있습니다."

"북해? 그 북해 소궁주와 갔다 왔다던 북해 말입니까?"

영호준의 말에 운현이 고개를 끄덕인다.

"우와, 단둘이 여행한 거예요?"

담소하의 말에 운현이 다시 쓴웃음을 짓는다.

"아닙니다. 빙설도 있었고, 아까의 그 삼궁주와 제갈세가의 분도 계셨습니다."

"내력의 상당 부분이 북해에서 기인했다는 건 무슨 뜻입니까? 혹시 무슨 영약 같은 거라도……."

"아까부터 자꾸 영약, 영약 하는데, 화산파 도사가 무슨 영약에 그리 관심이 많아요?"

진예림이 짜증을 담아 영호준에게 말하는데, 영호준은 천연덕스럽게 답한다.

"모르는 말씀. 자고로 선도(仙道)는 단약의 제련이 수련의 핵심 중 하나입니다. 모든 도가(道家)는 당연히 선단에 관심이 많고, 단약 제조에 관한 기술 또한 뛰어나지요."

"영약은 아닙니다만……."

자신의 내력에 어째서 한기(寒氣)가 서리는가? 운현은 그 이유를 짐작할 수 있었다. 자신의 경험 중에 한기와 관련이 있는 것이라면 단연 만년빙정이다. 그러나 자신은 그저 만년빙정에 손을 대 보았을 뿐, 실제로 그 힘을 받아들이지 않았다. 그렇다면 남은 것은 다른 하나뿐이다. 바로 북해의 검, 낙일(落日).

"그게 뭐지요?"

묻는 영호준의 눈동자가 빛난다. 그뿐 아니다. 이곳에 있는 모든 사람들의 눈동자에 숨길 수 없는 호기심이 가득하다. 그 시선을 마주한 운현은 문득, 대단히 조심스럽게 대답해야 한다는 생각이 들었다. 영약과 무공에 대한 무림인들의 관심, 아니, 힘을 향한 무림인들의 무분별한 갈망과 탐욕은 때론 재앙을 가져오기도 하지 않는가? 혹시라도 무림인들이 기연을 찾아 북해로 몰려가는 일이 있어서는 안 될 테니까.

"검성께서 제게 전해 주신 검이 있었습니다."

"검성?"

"검! 설마, 한월(寒月)?"

진예림이 놀란 표정으로 말한다. 한월은 검성의 이름과도 같은 검이다. 운현이 검성의 제자도 아닌데 그 검을 받을 수 있을 리가 없다. 운현은 고개를 저었다.

"아닙니다. 제가 받은 것은 낙일이라는, 본래 북해의 것이었던 검입니다. 그리고 그 검엔 비밀이 있었습니다. 저도 확실히는 모릅니다만…… 북해로 가는 중에, 낙일검으로 수련을 하다가 그만 검이 사라지는 일이 일어났습니다. 정확하게는 검날이 사라졌지요.”

“사라져요? 누가 훔쳐 갔나?”

담소하의 말에 운현이 고개를 젓는다.

“아닙니다. 수련 중에 그냥 사라졌습니다.”

“검날이 사라졌단 말입니까?”

영호준이 납득이 가지 않는다는 듯 묻는다. 운현은 고개를 끄덕였다.

“네. 검날이 사라지고 검 손잡이만 남았습니다.”

“어딘가로 날아간 거 아니에요?”

담소하가 묻는다. 진예림도 고개를 끄덕이며 그의 말에 동의를 표시하는데, 운현은 고개를 젓는다.

“그때는 저도 한참 찾아봤습니다만, 아닙니다. 사라진 것이 확실합니다.”

“하지만 못 찾았을 수도 있잖아요? 어딘가 멀리 날아간 거라면…….”

진예림이 다시 묻는다. 그녀의 얼굴에는 미심쩍은 표정이 가득하다.

“검날이 빠져 어딘가로 날아간 거라면, 운 대인 같은 고수가 모를 리가 없다.”

논란에 종지부를 찍듯 백운상이 말한다.

"아, 그런가?"

담소하가 머리를 긁는다. 그때 운현이 말했다.

"사라진 것이 확실하다고 말한 건, 제가 다시 찾았기 때문입니다."

"뭐야, 날아간 거 맞잖아요."

담소하가 웃으며 말하고, 진예림은 지금 무슨 소리를 하고 있나 하는 표정으로 운현을 쳐다보는데, 운현은 그저 말없이 미소를 짓는다.

"헉."

문득, 무언가를 알아차린 듯 영호준이 숨을 삼킨다. 놀란 얼굴로 그는 운현에게 묻는다.

"서, 설마, 그 내력의 상당 부분이라는 게……."

운현은 고개를 끄덕였다.

"맞습니다. 아마도, 그럴 겁니다."

"뭐예요? 무슨 소리예요?"

어리둥절한 진예림과 담소하가 운현과 영호준을 번갈아 쳐다본다. 영호준은 쓴웃음을 지으며 대답했다.

"이거 뭐라 설명해야 할지…… 현재 운 서기가 가지고 있는 내기의 상당 부분은, 바로 그 검에서 온 거란 뜻이오."

"뭐라고요?"

진예림이 인상을 쓴다.

"그러니까, 그 낙일이라는 검은 아마도 어떤 종류의 내기나 혹은 자연의 기가 응집된 일종의 단(丹)이었을 거요. 마치 만년설삼이나 오랜 영물의 내단(內丹) 같은 것 말이오. 그리고 그것은 어떤 계기, 아마도 강한 다른 내기를 만나거나 혹은 올바른 기운을 만날 때 풀려나도록 되어 있었을 테지."

영호준은 나지막이 한숨을 쉬었다.

"낙일에 대해서는 나도 들어 본 적이 있소. 오랜 옛날부터 북해에 전해져 내려온 검인데, 무슨 커다란 비밀이 숨어 있는 검이라고 하더군. 역대 빙제나 검성 이검학 대협조차 풀지 못했던 것이라고 해서 그저 말도 안 되는 전설 같은 거라고 생각했는데…… 그걸 운 서기가 풀어낸 거였군."

"말도 안 돼. 철로 된 검이 무슨 단(丹)이 된다는 거예요?"

진예림의 말에 담소하가 거든다.

"철(鐵)이라면 더 말이 안 되죠. 오랜 옛날의 검이라면 동검(銅劍)일 텐데?"

"철도, 동도 아니었습니다. 낙일의 검신이 무엇으로 되어 있었는지는 모르지만 그 검엔 검기가 맺히지 않았습니다. 그리고 가끔은 투명하게 보이기도 했고."

담담한 운현의 말에 진예림이 어이없다는 듯한 표정으로 쳐다본다.

"하아. 뭐랄까, 운 대인이 하는 말은 제가 도무지 따라갈

수 없는 이야기네요. 검기라는 말을 그렇게 간단히 하는 것
도 그렇지만 검이 가끔 투명해지다니…… 그건 또 어느 세
상의 이야긴가요?”

그러나 운현은 그저 어깨를 으쓱할 뿐이다. 실제 그랬던
것을 어찌하랴? 그사이 담소하가 끼어든다.

“그래서 운 대인을 북해의 무신이니, 푸른 늑대니 하고
부르는 건가요?”

“그건 저도 잘 모르겠습니다. 북해 빙제께서 제게 푸른
늑대라는 칭호를 주시면서, 제가 푸른 늑대인 한 북해는 무
림맹을 적대하지 않겠다고 했습니다. 그래서 받았죠.”

담소하의 물음에 운현이 답했다. 하지만 담소하는 아직
궁금한 것이 남아 있는 듯했다.

“혹시 북해에서 뭔가…… 또 했나요? 무슨 결투나 혹은
북해 최강자와 대결 같은 거라도?”

담소하의 물음에 백운상도, 혜천이나 다른 무림인들도
운현의 대답을 기대하듯 쳐다본다.

“글쎄요.”

운현은 기억을 떠올리며 말했다.

“역대 빙제의 연공실이라는 곳에서 시험 비슷한 것도 겪
었고, 몇 명과는 비무를 하기도 했지요. 빙제의 치료를 도
우려고 침입자를 막았던 일도 있었군요.”

역대 빙제의 연공실에 있었던 만년빙정에 대한 이야기

는, 운현은 하지 않았다.

"비무는, 역시 전부 이겼겠죠?"

진예림이 묻는다. 운현은 고개를 끄덕였다.

"그렇다 해도 무신이라니……."

"그러고 보니."

운현이 말했다.

"빙설과도 비무를 했었죠. 그보다 훨씬 전이지만."

그 말에 사람들의 안색이 살짝 변한다. 빙설이 보여 준 그 무시무시한 검이 그들의 눈앞에 생생한 까닭이다. 그러나 생각해 보면 천수 신니와 빙설의 비무를 강제로 중지시킨 사람이 바로 운현이다.

"방금 전에, 북해는 무림맹을 적대하지 않겠다고 했죠? 그럼, 본래 북해는 무림맹과 적이 될 예정이었다는 건가요?"

진예림의 물음에 운현은 고개를 끄덕였다.

"일대상인의 음모가 있었습니다. 일대상인은 북해의 호전적인 사람들을 충동하여 혼란을 일으키려 했죠. 실패했지만."

"아니, 잠깐만요. 운 대인이 있으면 적대하지 않겠다고 했다면서요? 근데 지금은 왜 태평맹에 가 있는 거예요? 게다가 북해일문이라고 아예 대놓고 무림에 진출했던데? 이 민족이 이래도 돼요?"

"본래 중화나 중원이라는 말은 극히 일부 지역을 일컫는 말일 뿐이다. 그렇게 따지면 이곳 사천이나 장강 이남도 사실은 이민족이나 마찬가지지. 황법을 지키고 쓸데없는 분란만 일으키지 않는다면 상관없다."

감찰어사 조관이 말했다. 그 말에 영호준이 보탠다.

"그리고 태평맹에서 북해일문의 위치는 명확하지 않은 감이 있소. 운 서기와의 관계도 그렇고…… 무조건 적대하기보다는 슬금슬금 태평맹의 의심을 부추겨 우리 편으로 끌어들이는 방법을 생각하는 것도 좋을 거요. 아무래도 미인은 일단 우리 편인 게 좋으니까."

"그런 소리를 참 진지하게도 하는군요?"

진예림이 이죽거리듯 말한다.

"세상에 미인을 싫어하는 사람도 있소?"

더없이 진지한 표정으로 영호준이 반문했다. 진예림이 어이없는 표정이 되더니, 한쪽 눈살을 찌푸리며 말한다.

"도를 닦는다는 화산파의 도인이 그렇게 여색(女色)을 밝혀도 되는 거예요?"

"여색이 아니오."

영호준은 말했다.

"미인은 척박한 세상 속의 한 송이 꽃과 같은 것. 하늘이 내려 준 이 아름다움을 감사하고 기뻐하는 마음조차 갖지 못하고서 어찌 세상의 도를 논하고 우주의 법을 이야기하겠소? 서역의 붓다는 여인을 싫어하는지 몰라도, 우리 도가는 그렇지 아니하다오."

"크흠, 붓다께서 여색을 경계하신 것은 겉모습에 현혹되어 참다운 법을 잊지 말라 하신 것이지, 여인을 천대하거나 무조건적인 금욕을 명하신 것은 아니외다."

소림의 무승 혜천이 나지막하게 말한다. 편파적인 영호준의 말에 반박하려 한 깃이지만, 오히려 영호준의 말을 거든 셈이 되었다. 그 말에 영호준이 어깨를 으쓱하며 말한다.

"들었소? 세상의 참된 가르침은 모두 아름다움을 기뻐하고 감사하라 가르친다오."

그 능청맞은 모습에 진예림은 질린 듯한 표정으로 말했다.

"맘대로 하세요. 도인이나 승려나, 남자들이란 하나같이…… 쳇."

영호준은 의기양양한 표정으로 진예림을 쳐다보고는, 다시 고개를 운현에게 돌린다.

"무림맹 서기께서 이제는 감찰어사에 창룡맹의 맹주가 되셨군요. 엄청난 출세이긴 한데, 어째 저는 예전 서기 때나 지금이나 어차피 마찬가지가 아닌가 하는 느낌이 듭니다?"

영호준이 말한다. 하긴 예전 무림맹 서기 때도 운현은 검성의 후계니, 신승의 사제니 하며 꽤나 유명 인사였으니 그의 감상이 맞는지도 모른다.

"게다가 차림새 역시 맹주이자 감찰어사치고는, 뭐랄까, 예전 서기 때와 그다지 변한 게 없어 보이고 말이지요. 우리 사이니까 하는 말이지만, 지나가던 서생 모습 그대로인데요? 예전에도 그랬지만, 이제 좀 새로운 변화를 추구할 때도 되지 않았습니까?"

운현은 쓴웃음을 지었다.

"맹주답게 말입니까? 영웅맹을 가 보니 정말 요란하게도 차려입었더군요. 하지만 저는 이대로가 편합니다. 같은 감찰어사인 조 대인도……."

그렇게 말하며 감찰어사 조관을 쳐다보던 운현이 아차 했다. 지금 조관은 정식 관복을 차려입고 있는 참이기 때문이다. 수수한 복장으로 다니던 평소와는 달리 말이다.

"크흠, 물론 필요하다면 저도 예의와 격식에 맞는 복색을 하겠습니다만…… 일단은 이대로가 편하군요."

말을 마친 운현이 사람들을 둘러보며 말했다.

"혹시, 뭔가 또 궁금하신 분들이 있으십니까?"

운현의 말에 진예림이 대번에 묻는다.

"북해 소궁주와는 무슨 사이죠?"

"개인적인 것이라 말씀드릴 수 없습니다."

단호하게 운현이 말했지만 진예림의 눈은 물러날 기색이

아니었다.

"그럼 모용세가의 아가씨와는요? 그러고 보니 황보선혜라는 아가씨는 오라버니라 부르던데, 운 대인을 오라버니라고 부르는 아가씨가 또 있나요?"

"오오."

영호준을 비롯한 남자들의 눈빛이 운현을 향하고, 운현의 표정은 살짝 일그러진다.

"아니, 그런 건 어디까지나 개인적인……."

운현의 말을 끊으며 영호준이 정색을 하고 말한다.

"어허, 운 서기는 이제 창룡맹의 맹주십니다. 이런 문제는 차후 맹에 큰 문제가 될 수도 있으니, 사전에 확실히 알아 두어야 하지 않겠습니까?"

운현이 어찌할 바를 모르는데, 도움의 손길이 뻗어 왔다.

탁탁탁.

아미의 한 여승이 급한 걸음으로 일행이 모여 있는 작은 정자로 올라왔다. 그리고 두 손을 모아 정중한 태도로 합장을 하고는 가쁜 숨소리를 섞어 말했다.

"기, 기다리게 해서 죄송합니다. 이제 손님들을 모실 준비가 되었다고 합니다. 서, 선사들께서도 모두 모이셨으니, 이쪽으로……."

그녀의 말이 채 끝나기도 전에, 운현은 벌떡 일어섰다.

"알겠습니다. 지금 가지요."

"에엑!"

"맹주님! 분명한 답을!"

"운 대인!"

진예림과 영호준, 그리고 담소하가 한목소리로 소리쳤지만 운현은 못 들은 척 급히 발을 옮겼다. 그의 허리에 걸린 검 미명(未明)이, 주인의 거친 발걸음을 따라 이리저리 흔들렸다.

제2장
창룡맹의 시작

강호의 중심(中心).

기나긴 시간 동안 변방(邊方)으로 살아온 사천성 성도 사람들에게 '강호의 중심'이라는 단어는 꿈에 속했다. 사천의 사람이라면 누구나 바라 마지않는, 그러나 결코 이루어질 수 없는 꿈.

그런데 그 꿈이 현실이 될 수 있다는 희망을 태평맹이, 아니, 정확히는 사천당문이 주었다. 천하에 내로라하는 거대 정파들이 태평맹 무림용봉지회에 모여들고, 태평맹 대외총괄군사 당설련이 백여 기가 넘는 기마를 통솔하며 당당하게 성도를 나설 때, 사천성 성도는 한껏 달아오를 수밖에 없었다. 비록 태평맹이 무력을 행사하는 상대가 같은 사천성 명문 정파인 아미파라 하더라도 말이다.

당연히 사천 사람들의 화제는 태평맹과 아미파, 그리고 천하 무림에 대한 것들이 되었다. 어떤 이는 태평맹이 아미파를 끌어안았어야 한다고 말했고, 어떤 이는 아미파가 너무 예전의 권위에 매달려 있다고도 했다. 하지만 이제 사실상 태평맹, 아니, 당문이 사천의 맹주라는 사실을 부정하는 사람은 아무도 없었다. 그들의 흥분된 목소리 그 밑바닥에는 태평맹에 대한 기대, 즉 이제껏 중앙으로부터 소외되어 왔던 사천성과 성도를 천하 무림의 중심으로 만들어 줄 것이라는 은근한 기대가 짙게 깔려 있었다.

아미산에서 그들의 기대를 뒤엎는 소식이 들려오기 전까지만 해도, 그것은 이미 정해진 일이나 다름없었다.

"문주님."

문밖에서 들리는 중년 사내의 예의 바른 음성에 서탁을 밝히던 촛불이 가볍게 흔들린다. 서탁에 기대선 채 고개를 숙이고 있던 여인은 미동도 하지 않은 채 나지막이 대답한다.

"들어오세요."

스륵.

가벼운 소리와 함께 문이 열렸다. 안으로 들어선 총관은 두 손을 들어 올려 공손히 예를 올렸지만 여인의 시선은 여전히 서탁 위에 놓인 서류들을 향해 있었다. 문주의 위엄을 보여 주듯 크고 넓은 방이었지만 빛을 밝힌 곳은 오직 서탁뿐이어서 어딘지 음산하다는 느낌마저 줄 정도였다.

총관은 조심스럽게 그녀에게 가까이 다가갔다. 이리저리 흩어진 서류들을 슬쩍 쳐다본 후, 총관은 다시금 공손하게 고개를 숙인다.

"아미산에서 긴급한 연락이 왔습니다, 문주님."

그녀의 검고 긴 그녀의 머리카락이 촛불 아래 출렁인다. 북해일문의 문주이자 북해의 소궁주인 그녀는 그제야 고개를 들어 총관을 쳐다본다.

"결과는?"

옥이 굴러가듯 청량한 여인의 목소리에 총관은 잠깐 당황한 표정을 보였지만, 대답은 지체 없이 튀어나왔다.

"당설련은 아미에서 패퇴(敗退), 태평맹의 아미 공략은 실패입니다."

북해일문주의 눈살이 살짝 찌푸려진다. 하지만 그뿐. 놀랄 만한 소식에도 그녀는 마치 예상이라도 하고 있었던 것처럼 표정 변화가 크지 않았다.

"그리고, 아미산에 동행하신 소궁주께서 지급(至急)으로 전하라 하신 말씀이 따로 있습니다."

"지급?"

의아한 눈빛으로 북해일문주가 되묻는다. 지급이라면 대단히 긴급한 연락이라는 뜻이다. 당설련이, 아니, 태평맹이 아미에서 패퇴했다는 소식을 제쳐 둘 정도로 긴급한 일이 있던가? 그녀의 의문에 답하듯 총관은 또박또박 읽어 내려가듯 말했다.

"푸른 늑대가 깃발을 올렸다."

총관이 말했다.

"이것이 연락의 내용입니다."

순간 북해일문주의 표정이 굳어지고 그녀의 눈동자가 확연히 흔들렸다. 살짝 입술을 깨물던 그녀는, 그러나 곧 흔들림을 수습하고 총관에게 묻는다.

"태평맹이 물러나게 된 상황에 대해 자세히 말해 보세요."

그녀의 물음에 총관이 기다렸다는 듯 대답한다.

"문주님의 계획대로 빙설 여협이 아미파 고수들을 제압해 나가던 도중, 창룡검주가 난입하였습니다. 비무는 중지되었고 그 자리에서 창룡검주는 창룡맹의 설립을 선언하였습니다."

"그리고?"

그녀, 북해일문주가 보고를 재촉하는 것은 드문 일이었다. 그러나 총관 역시 자신의 보고에 살짝 흥분해 있었기에 그것을 미처 눈치채지 못했다.

"즉시 아미파가 창룡맹에 가입할 것을 결의하였고, 조정의 감찰어사가 창룡맹을 향한 모든 적대 행위에 대해 협박성 발언을 하였습니다. 결국 조정과의 뒷일을 염려한 당설련 측이 물러선 것으로 보입니다."

북해일문주가 가볍게 고개를 젓는다.

"당설련은 뒷일 따위에 얽매일 여자가 아니에요. 그녀가 싸움의 자리에서 물러섰다면 그 이유는 단 하나."

북해일문주는 미간에 살짝 주름을 잡으며 말했다.

"이기지 못할 상대였기 때문이지요."

총관은 고개를 숙였다. 잠시 틈을 두고 북해 일문주가 총관에게 묻는다.

"그와 동행한 사람은…… 감찰어사뿐입니까?"

누구를 지칭하는지 잠깐 생각한 후, 총관은 대답했다.

"더 이상의 상세한 내용은 파악되지 않았습니다. 내일 새벽까지는 좀 더 자세한 내용을 파악할 수 있을 것입니다."

"알았어요. 파악되는 대로 보고하도록 하세요."

총관은 깊숙이 고개를 숙여 예를 표한 후 방에서 나갔다.

탁.

문이 닫히는 소리와 함께, 홀로 남은 북해일문주는 살짝 입술을 깨물었다.

'푸른 늑대가 깃발을……'

깃발을 올렸다는 것은 곧 창룡맹의 설립을 뜻한다. 어차피 알게 될 그 소식을 따로 지급으로 전한 의미는 분명했다. 의심의 여지없는 중대한 사안이라는 뜻.

'결국⋯⋯.'

푸른 늑대 운현이 혼자인 것과 세력을 형성한 것은 전혀 다른 의미를 가진다. 적어도 북해의 사람들에게 그 차이는 막대하다. 소궁주로서는 당연히 지급으로 전할 수밖에 없으리라.

"이렇게 되는군요."

눈살을 찌푸린 채, 그녀는 나지막하게 중얼거렸다.

＊　　　＊　　　＊

띠링.

처마에 매달린 풍경이 내는 작은 소리에 운현은 문득 고개를 들었다. 아미산의 단아한 풍광이 시야에 가득 들어온다.

"조용하고 아름다운 곳이군요."

운현은 나지막이 말했다. 손에 들린 따뜻한 찻잔에서 부드러운 온기가 느껴졌다.

"그렇지요."

나지막한 노년의 목소리가 그에 답한다. 주름진 얼굴의 법영 사태가 부드러운 표정으로 말했다. 실질적으로 아미파를 책임지고 있는 그녀다.

"가을이 되면 높은 하늘이 더욱 청명하게 보이는 곳입니다."

"그런가요? 꼭 한번 보고 싶군요."

운현이 고개를 끄덕이며 손에 들린 찻잔을 잠시 들어 올려 차향을 음미했다. 고급스러운 차는 아닌 듯했지만 소박한 향기가 산사에 무척이나 어울리는 차였다. 그때, 두 사람의 대화를 방해하기라도 할 듯, 소곤거리는 목소리가 나지막이 들려온다.

"저기 말이에요, 누님."

목소리의 주인공은 담소하였다. 감찰어사 조관의 약간 뒤쪽에 앉아 있던 그는 속삭이듯 작은 목소리로 진예림에게 묻고 있었다.

"문파가 위기에서 벗어났는데, 잔치라도 해야 하는 거 아니에요? 아니면 여기는 원래 이런 거예요?"

작은 목소리로 말한다곤 했지만, 주변이 워낙 조용했던지라 담소하의 목소리는 모든 사람에게 똑똑히 들렸다. 감찰어사 조관 일행은 물론이고 매화검 영호준과 소림의 혜천 일행, 아미파 십이선사(十二禪師)들까지 스무 명이 넘는 사람들이 모여 있는 이 작은 누각 안에 분명히 말이다.

진예림이 담소하를 향해 눈을 부라리며 짧게 한마디 한다.

"지금이 잔치할 상황이냐?"

담소하는 '상황이 뭐 어때서?' 라는 듯 고개를 갸웃한다. 아무래도 진예림의 대답이 마음에 들지 않는가 보다. 하지만 두 사람의 대화 덕분에 긴장된 전각의 분위기가 잠시 느슨해진다.

"저 역시 맹주님과 사태님의 고매(高邁)한 풍류를 방해하고 싶지는 않습니다만."

기회를 놓칠세라 매화검 영호준의 목소리가 울려 나온다.

"일모도원(日暮途遠)이라 했습니다. 우리 역시 갈 길은 멀고 할 일은 많으니 해가 서산에 걸리기 전에 조금 서두르시지요."

운현은 살짝 웃었다. 그렇지 않아도 사람들의 시선에 각자 나름의 호기심과 의문이 가득하다. 운현은 고개를 돌려 마주 앉아 있는 법영 사태, 현재 아미파를 책임지고 있는 그녀에게 고개를 돌렸다.

"사태께서는 제게 묻고 싶은 것이 있습니까?"

아미파 십이선사들의 반짝이는 시선이 일제히 법영 사태에게로 향한다. 법영 사태는 주름 가득한 얼굴로 빙긋 웃었다.

"악인은 매사에 악을 행하고 선인은 매사에 선을 행하니, 그 사람됨이 어떠하면 그의 하는 일 역시 그러한 법."

늙은 법영 사태는 찻잔을 들어 올리며 말했다.

"운 맹주께서 이리 진중(鎭重)하시어 흔들림이 없으시니, 하시는 일 또한 그러하겠지요. 저는 아무것도 물을 것이 없습니다."

전폭적인 신뢰를 나타내는 말이다. 그 대답에 동의하듯 그녀 옆에 있던 그녀의 오랜 친우, 법현 사태가 빙긋 미소 짓는다.

"좋게 보아주시니 감사합니다."

운현은 고개를 숙여 법영 사태의 말에 감사를 표했다. 그리고 사람들을 향해 시선을 던지며 말한다.

"저는 이것으로 충분합니다만, 다른 분들은 그렇지 않으시겠지요?"

몇몇 사람들이 자신도 모르게 고개를 끄덕인다.

"우선은, 제가 무례를 무릅쓰고 난입한 경위를 말씀드려야겠지요."

운현은 감찰어사 조관을 바라보며 잠시 생각을 더듬는 듯하더니 곧 담담한 목소리로 말을 이었다.

"저는 태평맹이 무언가 심상치 않은 일을 벌이리라고 확신하고 있었습니다. 그 대상이 아미파가 되리라고는 알지 못했습니다만…… 태평맹은 굳이 자신들의 행동을 숨기려는 생각이 없는 듯하더군요."

운현의 말에 아미파 선사들의 눈빛에 새삼 태평맹에 대

한 노기가 어린다. 그랬다. 사건의 발단부터가 태평맹이 아미를 보란 듯 무시했기 때문이 아니었던가?

"저로서도 아미의 도움이 필요했던지라, 무례인 줄 알면서도 나서게 되었습니다."

"그것을 무례라 탓할 사람은 아무도 없습니다."

법영 사태는 말했다.

"적어도, 어려운 때에 고개를 돌려 외면한 다른 이들의 무례함보다야 백배 나은 일이지요."

"감사합니다."

운현은 법영 사태에게 감사를 표했다.

"흐음, 헌데……."

법영 사태의 시선이 화산의 매화검, 영호준과 소림의 혜천에게 향한다.

"두 분께서는 화산과 소림의 대표로 오신 것인지요?"

영호준은 어색한 표정으로 말했다.

"그렇지는 않습니다. 굳이 말하자면 불영 선사님과의 인연 때문입니다만…… 저기 저 혜천 스님도 마찬가지입니다."

법영 사태가 혜천을 돌아보자, 혜천이 그녀에게 예를 취한다. 법영 사태는 혜천의 예에 답했다.

"아미타불. 그러하시군요."

무림맹을 통해 한 시대를 이끌었던 신승 불영. 법영 사태는 상념에 잠기는 듯 눈을 감고 나지막이 불호를 왼다. 그러고는 잠시 후, 눈을 뜨고 운현에게 말한다.

"운 맹주."

운현을 부르는 그녀의 목소리는 진심에서 우러나오는 염려가 담겨 있었다.

"태평맹은 이제 창룡맹을, 아니, 운 맹주를 핍박할 것이 분명하오. 아무리 조정의 도움이 있다 해도 한계가 있는 법. 게다가 우리는 영웅맹과도 맞서야 할 테니, 뜻을 같이하는 이들을 더 규합함이 어떠하겠소?"

법영 사태의 말에 운현은 대답하지 않았다. 대신 고개를 돌려 매화검 영호준을 바라보았다.

"크흠."

영호준은 짐짓 헛기침을 한 후, 법영 사태에게 말한다.

"그 점에 대해서는 제가 답변을 드리겠습니다."

"매화검께서요?"

법영 사태는 의외라는 듯 반문하다간 바로 납득한 듯 고개를 끄덕인다.

"하긴, 무림맹에서 지낸 날이 적지 않으시니…… 무림의 정세에 대해서라면 그 누구보다 적임자라 하실 수 있겠지요."

영호준은 쓴웃음을 지었다. 도인으로서 무림의 정세에 누구보다 밝다는 것은 그다지 칭찬이라고는 할 수 없는 탓이다.

"먼저 간단히 현 상황을 짚어 보겠습니다."

매화검 영호준은 사람들을 둘러보며 말했다.

"결론을 먼저 말씀드리면, 세(勢)에 관해서는 전혀 걱정하실 필요가 없다는 것입니다. 왜냐하면 창룡맹은 반드시 커질 테니까요. 그것도 순식간에."

영호준의 단호한 목소리. 순간 주변에 정적이 감돈다. 그러나 영호준은 개의치 않고 말을 잇는다.

"현재 강호의 양대 세력은 영웅맹과 태평맹입니다. 영웅맹이야 어디 한 군데 나무랄 데 없는 명실상부 정통 사파인데다가, 현재 장강 물길을 장악하고 있는 골칫거리로서 관에서도 주목하고 있는 대상입니다."

정통 사파라는 어울리지 않는 말에 소림의 혜천이 쓴웃음을 짓는다. 하지만 장강을 따라오며 그들의 행태를 보아온 그로서는 동의할 수밖에 없는 말이다.

"그다음은 태평맹인데, 영웅맹이라는 현실적 위협에 대해 현재 유일한 대안이기도 합니다만, 이게 이상하게도 영웅맹과 대립하기보다는 기존 문파들을 집어삼키는 데 더 혈안이 되어 있단 말이지요. 덕분에 지역 중소 문파들은 영웅맹과 태평맹 사이에서 이러지도 저러지도 못하고 있는 상황입니다."

사람들은 여전히 침묵 속에 있고, 영호준은 그 반응이 만족스러운 듯 여유롭게 찻잔을 들어 올렸다.

"그리고 이러지도 저러지도 못하고 있는 상황이라면, 더 심각한 곳이 있습니다. 바로 화산, 소림, 무당, 아미 같은, 기존 무림맹을 구성하던 명문 정파들이죠. 항주혈사에서 핵심 정예들이 피해를 입은 데다가 장문인들이 심각한 부상을 당한 와중에 내홍(內訌)까지 겹쳐서 내부 수습마저 제대로 되지 못하고 있는 상황이죠."

"잠깐, 내홍이라니요?"

진예림이 놀란 얼굴로 말했다.

"그리고 장문인들이 심각한 부상을 당했다고요? 그런 이야기는……."

"화산을 예로 들자면."

영호준이 말했다.

"화산은 지난 항주혈전에서 장문인이 심각한 부상을 당했소. 그리고 장로들은 이 일의 책임 소재와 처리를 놓고 하나같이 세력다툼 중이오. 이른바 내홍이라는 것이지. 아, 참고로 이 사실은 비밀이오. 그리고 물론 소림이나 아미파 역시 마찬가지 형편이오. 적어도 아미는 이번 일로 내홍은 사라졌겠지만."

영호준은 태연한 표정으로 말했지만 소림의 혜천과 아미파 십이선사의 얼굴은 살짝 굳는다. 하지만 진예림의 표정은 놀라움을 넘어 경악에 가까웠다. 무림의 하늘과도 같은 소림, 화산, 아미 같은 거대 문파가 그런 상황에 처해 있다는 것은 그녀로서는 상상도 못 한 일이었기 때문이다.

"그런 이야기는 전혀 듣지 못했어요. 아니, 대체 누가 그런 일을……."

"염중부와 삼태상이오. 자세한 얘기는 나중에 직접 알아보도록 하고."

영호준은 사람들을 향해 진중한 어조로 말을 이었다.

"태평맹은 이런 기회를 타서 세력을 넓히기 위해 혈안이 되어 있는 상황입니다. 그래서 영웅맹과의 대립은 뒷전인 것이지요. 물론 그 반대라고 생각하시는 분께서도 계십니다."

"반대?"

법영 사태가 의아한 표정으로 반문한다. 영호준은 기다렸다는 듯 미소를 지으며 대답했다.

"같은 자리에 있었는데도 불구하고 누구는 벼락을 맞았고, 누구는 멀쩡히 살아서 오히려 다른 사람들의 것까지 차지하게 되었습니다. 그런데 알고 보니 살아남은 사람들은 미리 벼락이 떨어질 걸 알고 있었던 것 같다면…… 글쎄요, 어떨까요?"

듣고 있던 법영 사태의 얼굴에 경악이 떠올랐다.

"애초부터 태평맹은 영웅맹과 대립할 의사가 없다. 그래서 태평맹은 다른 문파들을 집어삼키고 세력을 확장하는 데

전력하는 것이다.”

영호준은 말했다.

“그래서 앞뒤가 반대라는 것입니다. 기회를 타서 세력을 넓히는 것이 아니라, 세력을 넓히기 위해 기회를 만들었다는 것이죠.”

“그럼.”

분노한 표정으로 법영 사태가 말했다.

“태평맹이 영웅맹과 한통속이었다는 말이오?”

영호준은 대답 대신 운현을 돌아보았다. 운현이 말했다.

“처음부터 같은 의도로 움직였는지는 모릅니다. 그러나 적어도 당문이 일대상인의 계획을 미리 알고 있었던 것은 확실합니다. 아마도 당문과 일대상인 사이에 일종의 밀약, 혹은 암묵적인 동의 같은 것이 있지 않았나 생각합니다.”

“일대상인?”

법영 사태가 기억을 더듬는다.

“혈공자(血公子) 문왕의 배후입니다. 예전에 제가 무림맹에서 말한 적이 있습니다.”

“아.”

그제야 그 이름이 기억이 났다. 예전 운현이 무림맹에 보고한 것 중에 그런 내용이 있었던 것이다. 비록 아무도 진지하게 받아들이거나 주목하지는 않았지만.

“혹시, 그에 관한 증거를 가지고 있소?”

사태의 물음은 운현을 향한 것이었다. 묻는 법영 사태의 목소리가 가늘게 떨린다. 정말 그것이 사실이라면, 그리고 분명한 증거가 있다면 아미로서는 태평맹에 반격할 막강한 명분을 갖게 되는 셈이다. 아니, 피해를 입은 다른 문파들의 분노와 협조를 얻는 데 성공한다면 태평맹을 궁지로 몰아갈 수도 있다.

그러나 법영 사태의 기대에도 불구하고 운현은 조용히 고개를 젓는다.

"허어."

법영 사태가 나지막이 탄식을 내뱉는다. 그리고 깊은 한숨과 함께 불호를 되뇐다. 그녀를 의식한 듯, 영호준은 잠시 기다렸다가 말을 이었다.

"영웅맹과 태평맹이 강호무림을 장악하고 있는 이 상황에서, 우리는 세 번째 선택이 있다는 것을 선포한 셈입니다."

영호준은 운현을 돌아보았다.

"영웅맹에 대적할 자는 창룡검주뿐이다."

싱긋 영호준은 웃으며 말했다.

"이미 장강에 가득한 소문입니다. 게다가 이번에는 아미파를 위험에서 구해 냈습니다. 무림맹의 이름을 잇는 정통 계승자로서 창룡검주가 맹을 창설했다는 것은 머지않아 강호에 파다하게 알려지게 될 것입니다. 현 강호무림에 이보다 더 흥미로운 이야기는 없을 테니까요.”

사람들 사이에 자그마한 웅성거림이 일어났다. 영호준의 말에 창룡맹이 가지는 의미가 새삼 놀랍게 다가온 탓이다. 사람들의 표정이 한결 밝아지고 영호준의 말은 계속 이어졌다.

“이제 강호의 모든 문파들이 창룡맹을 주시하게 될 겁니다. 물론 태평맹 역시 이번 일의 의미를 잘 알고 있지요. 초조해진 그들은 더욱 세력 확장에 박차를 가하겠지만 그럴수록 위기감을 느낀 문파들은 창룡맹의 문을 두드리게 될 것입니다. 요컨대, 언덕에서 눈덩이를 굴리는 것과 같은 형세가 된 것이니 창룡맹이 커지지 않을 수가 있을까요?”

영호준은 반문하듯 말했다.

“흐음.”

진예림이 손으로 턱을 괴며 생각에 잠긴다.

“그럴듯하군요. 정통성과 명분을 가지고 있다는 건 대단한 이점이니까…… 하지만.”

진예림은 영호준을 똑바로 바라보며 말했다.

“결국 문제는 우리에게 그 모든 문파들을 도울 만한 여력이 없다는 것에 있어요. 실제적인 도움을 주지 못하는데도 우리와 함께하겠다는 문파가 있을까요?”

영호준은 씨익 웃었다.

“그게 바로 ‘고기 맛도 먹어 본 놈이 안다’는 속담의 의

미지요."

진예림이 눈살을 찌푸린다.

"권력이란 건."

영호준이 두 손을 가볍게 모으며 말했다. 그의 두 손은 마치 무엇인가를 소중하게 감싸 쥐는 듯했다.

"한번 맛보고 나면 절대 거부할 수 없는 강렬한 매력을 지니고 있습니다. 의무는 대단히 적은 반면, 자연스럽게 누리게 되는 크고 작은 이점들은 생각보다 훨씬 크지요. 각 문파들이 필요로 하는 도움이요? 그런 것 따위 손가락 하나 까딱하는 것으로도 해결할 수 있습니다. 그야말로 거저먹기지요."

"말 한마디로 단숨에 강호 제삼세력으로 등극하다니, 참 대단한 분이시군요."

진예림이 빈정거리는 듯 말했다.

"아니지요."

영호준이 고개를 저으며 대답한다. 눈살을 찌푸리는 진예림을 똑바로 쳐다보며, 영호준이 말했다.

"못 들었습니까? 창룡맹의 취지는 반(反)영웅맹이라고 말입니다."

"그게 무슨……."

순간, 무엇이 생각났는지 진예림의 얼굴이 굳었다. 화산파 제자이자 영호준의 사제인 진하성이 고개를 갸웃하며 사형인 영호준을 쳐다본다. 영호준은 나지막이 혀를 차고는 사제를 위해 설명을 시작했다.

"반영웅맹을 선언함과 동시에 창룡맹은 영웅맹의 맞수로 자신의 위치를 자리매김한 셈이다. 이제 강호무림의 관심은 창룡맹과 영웅맹에 쏠리게 될 테지. 그러니까 이제 이후로……."

"그래요. 강호 제삼세력은, 이제 태평맹이군요."

나지막한 진예림의 말에 영호준이 빙긋 웃으며 말한다.

"그렇습니다. 그리고 더욱 중요한 것은……."

영호준은 빛나는 눈빛으로 사람들을 쳐다보며 말했다.

"이제 우리가 현 무림의 주도권을 쥐게 되었다는 것입니다. 강호무림은 우리의 움직임을 주시하게 될 것이고, 태평맹이나 영웅맹은, 그들이 원하든 원치 않든 우리에 대해 반응해야 하게 되었습니다. 이 사실이 가져다주는 이익은 그야말로 막대합니다. 큰 그림, 요컨대 어떤 식으로 강호무림의 판세를 재편하는 것이 우리에게 유리할 것인가……."

영호준의 두 손이 강하게 허공을 움켜쥐었다.

"그것을 결정할 수 있는 절호의 기회를 우리는 손에 쥐게 된 것입니다"

말하는 영호준의 입가에 떠오른 미소에는 무언가 오싹한 느낌을 주는 것이 있었다. 거부할 수 없는 강렬한 유혹을 앞에 둔 사람처럼 영호준의 눈동자는 번들거렸다.

"결국 창룡맹 때문에 가장 큰 피해를 받게 되는 건 태평맹이군요."

진예림의 나지막한 목소리가 침묵을 깨뜨렸다.

"냉철한 현실 인식이로군요."

영호준은 만족한 미소를 지으며 진예림에게 말했다.

"소저의 말대로입니다. 태평맹의 확장 정책은 당장 제동이 걸릴 것이고, 순식간에 주도권을 빼앗긴 데다, 우물쭈물하던 많은 문파들이 그들에게서 등을 돌리겠지요. 그러니 그들이 얼마나 이를 갈고 있을지 알 만하지요?"

운현을 돌아보며 영호준은 싱글거리는 얼굴로 말했다.

"태평맹은 반드시 무언가를 할 겁니다. 당문이라면 암살이나 독의 위험도 배제할 순 없죠. 그러니 좀 조심하셔야 할 겁니다, 맹주님. 당설련 소저도 개인적으로 꽤나 이를 갈고 있는 모양이니까 말이죠."

듣기에도 섬뜩한 말이었지만 운현은 마치 남의 일이라는 듯 차를 음미하고 있었다. 그 모습을 보던 진예림은 어이없다는 표정으로 고개를 저었다.

'말하는 사람이나, 듣는 사람이나……'

이해가 가지 않기로는 둘 다 마찬가지다. 하지만 운현이라면 제아무리 당문이 어쩐다 해도 그저 멀쩡할 것만 같이 느껴지는 건 무슨 일일까?

"소림이나 화산, 무당과 함께하는 것은 어떻겠소?"

문득 들리는 목소리는 법영 사태의 것이었다.

"태평맹이 우리 아미를 향해 이빨을 드러내었으니, 소림이나 화산, 무당 또한 남의 문제라 좌시하지는 않을 것이오. 아미가 이미 맹의 일원이 되었으니, 이 기회에 정파 연합을 이룬다면 태평맹이라 해도 감히 함부로 움직이지는 못할 것이오."

"당연히 옳으신 말씀입니다만, 사태 파악에 관한 기본적인 관점이 달라서 시간이 좀 걸릴 것 같습니다."

"관점?"

법영 사태의 반문에 영호준이 쓴웃음을 지으며 대답한다.

"화산, 소림, 무당 모두 무림맹이 무너진 여파로 인해 잠시 어려움을 겪고 있기는 합니다. 하지만, 감히 태평맹 따위가 우리에게 어떻게 하겠느냐는 생각을 그들은 하고 있습니다. 아마도 아미파 역시 그랬을 겁니다. 그렇지 않습니까?"

법영 사태 역시 쓴웃음을 지으며 고개를 끄덕인다.

"맞소. 우리가 태평맹의 처사에 대해 분노한 것도, 생각해 보면 그들을 멸시하는 안이한 마음이 있었기 때문이오."

"그렇습니다. 태평맹을 이끄는 것이 당문을 비롯한 세가 출신의 문파들이라는 점도 한몫 했겠지요."

영호준의 지적에 법영 사태는 조용히 고개를 끄덕였다.

“이번 아미의 일이 조금은 자극이 되겠지만, 과연 얼마나 자극이 될지는 잘 모르겠습니다. 보나 마나 우리는 아미와는 다르다는 말이나 하고 있겠지요.”

유서 깊은 문파의 자존심은 남다르다. 아무리 어려운 상황이라 해도 그들이 고고한 자존심을 굽히려 들지는 않을 것이다.

“허나, 비록 그렇다 해도 반드시 필요한……..”

“잠깐만요. 조금 이상한데요?”

진예림의 목소리가 두 사람의 대화를 끊었다. 영호준이 돌아보자 진예림이 심각한 표정으로 말했다.

“아미파는 태평맹 때문에 멸문에 가까운 위험까지 겪었어요. 그런데, 소림이나 화산은 괜찮은 거예요?”

“그게 무슨……..”

영호준의 반문에 진예림이 말했다.

“장문인이 다치고 내홍을 겪는다지만, 결국 일시적인 거잖아요? 그럼 이대로 놔두면 예전처럼 돌아갈 텐데, 혈공자 문왕이나 일대상인이 가만히 있겠어요? 아미파만 봐도 그렇잖아요. 태평맹이 아예 집어삼키려 했잖아요.”

“그건……..”

무언가 말하려던 영호준이 눈살을 찌푸리며 생각에 잠긴다. 진예림은 계속 이야기했다.

“제가 이상하다는 건 그거예요. 애써 무림맹까지 무너뜨렸는데, 그 실세였던 거대 문파들에게 아무 손도 쓰지 않고 그냥 놔둔다고요? 태평맹이 아미를 위협한 게, 그저 아미가 운이 없었기 때문이라는 건가요? 일대상인의 입장에서 보면 오히려 지금이야말로 뭔가 해야 되는 거 아닌가요?”

생각에 잠겨 있던 영호준이 혼잣말처럼 중얼거린다.

“그러니까 뭔가 수를 쓰려면, 지금 쓰는 것이 최상이라…….”

영호준의 혼잣말에 진예림이 한마디를 더한다.

“심지어 그들은 조정에까지 영향력을 행사하려 했어요. 제 생각엔 이미 뭔가를 하고 있다고 봐도 좋을 거예요. 애초에 태평맹이라는 것도…….”

“잠깐.”

영호준이 진예림의 말을 끊었다.

“사제.”

자신의 사제를 돌아보며 영호준이 말했다. 화산파를 나와 지금까지 같이 움직였던 사제, 진하성이다.

“지금 즉시 화산으로 돌아가게.”

“네?”

진하성이 어리둥절한 표정으로 영호준을 바라본다.

“아미에서 있었던 일을 전하러 왔다고 대충 둘러댄 다음, 은밀하게 태을 도장님을 찾게. 그리고 근래 화산에서 무슨 일이 있었는지 다 알려 달라고 하게. 아무리 작은 일이라도, 심상치 않은 일은 전부 다 알려 달라고 하게. 알겠나?
그리고 대답을 듣는 즉시, 다시 돌아와야 하네.”

“아, 알겠습니다. 대사형.”

여전히 당혹스러운 표정이었지만, 진하성은 대사형의 말
에 예를 표하며 고개를 숙였다.

“어쩌면 이 일에 화산의 존망이 걸렸는지도 모르네. 명심
하게.”

다시 한 번 다짐하는 영호준의 말에 진하성의 얼굴이 굳
는다.

“알겠습니다. 반드시 그리하겠습니다.”

진하성의 대답과 함께, 영호준은 소림의 혜천에게 고개
를 돌린다.

“혜천 스님.”

“사제도 매화검 대협의 말대로 하게.”

이미 혜천은 자신의 사제인 원정에게 명을 내리고 있었
다. 영호준의 의도를 그도 알아차린 까닭이다.

“가서 영허 대사님께 찾아가게. 알겠나?”

“말씀대로 하겠습니다.”

이미 분위기를 파악한 원정은 차분한 어조로 내답했다.
그리고 사형인 혜천에게 예를 올리고는 바로 자리에서 일어
선다.

두 사람이 자리를 뜨자 아미파 십이선사 중 한 명이 여승

한 사람을 불러 두 사람에게 도움을 주라고 지시했다. 그러는 동안, 영호준은 곰곰이 생각에 잠긴 채 혼잣말처럼 중얼거린다.

"맞아. 그냥 놔둘 리가 없지. 무림맹까지 무너뜨렸는데, 그냥 놔둘 리가 없어."

문득, 영호준은 법영 사태를 돌아보며 묻는다.

"아미에서는, 무슨 심상치 않은 일이 없었습니까?"

법영 사태는 고개를 젓는다.

"아직까지는."

"으음."

영호준은 짧은 신음을 흘린다. 그리고 고개를 들어 진예림을 쳐다본다.

"날카롭고 명확한, 정말 꼭 필요한 지적이었습니다."

"아, 아니. 뭐……."

정색을 하고 말하는 영호준의 모습에 갑자기 쑥스러워진 진예림이 말을 얼버무린다.

"아미에 닥친 위협은 태평맹이었으며, 그것은 어쩌면 아미를 영원히 봉문하게 했을지도 모르는 것이었습니다."

영원한 봉문이라는 영호준의 말은 결코 과장이 아니었다. 실제로 태평맹은, 아니, 당문은 그리하고도 남았을 것이다.

"화산이나 소림, 무당에 닥친 위협은 태평맹은 아니겠지요. 하지만 그것이 무엇이든, 지금 보이지 않는 그 위협은 어쩌면 화산을 영원히 봉문하게 할지도 모릅니다. 그러니 화산의 제자로서 저는 진 소저에게 진심으로 감사를 표하는 바입니다.”

진예림이 무어라 답해야 할지 당황하는 사이, 영호준은 고개를 돌려 운현에게 말했다.

“맹에는 조직도 필요합니다. 인사(人事)는 어떻게 하시겠습니까?”

운현은 대답 대신 법영 사태를 보며 말했다.

“매화검께 맡기는 것이 어떻겠습니까?”

“좋은 생각입니다.”

법영 사태는 고개를 끄덕였다.

“번거로우시겠지만, 수고해 주십시오.”

운현의 말에 영호준은 자리에서 일어났다. 그리고 의복을 단정히 하더니 운현과 법영 사태를 향해 손을 모으고 고개를 숙여 정중한 예를 올렸다.

“중책을 맡겨 주셨으니 성심(誠心)을 다하겠습니다.”

운현 역시 자리에서 일어나 마주 예를 표했다.

“자, 그럼.”

예를 마친 영호준이 자리에 앉자마자 말했다.

“제 직책은…… 뭐, 일단 대내총괄 정도로 하도록 하지요. 대외는 맹주님과 사태께서 알아서 하실 테니…….”

"대내총괄 정도? 혼자 북 치고 장구 치고 다 하는군요."

진예림의 핀잔에 이제 막 창룡맹 대내총괄이 된 영호준이 싱긋 웃으며 대답한다.

"감사합니다. 재주가 많다 보니까요."

"그런데, 화산파 제자가 이렇게 함부로 외부의 직책을 맡아도 되는 거예요?"

"뭐, 중생의 어리석음을 깨우치도록 잠시 돕는 것도 수도(修道)의 한 방법이니까요."

"잠시?"

어이없다는 듯 말하는 진예림. 영호준의 태도로 봐서는 평생직장이라도 잡은 듯한 기세가 아닌가?

"그리고 창룡맹의 직책이라면, 화산에서도 그리 뭐라 하지는 못할 겁니다. 맹주님이 무림에서 꽤나 배분 높은 분이시거든요."

진예림의 말을 무시하며, 영호준은 아무 일 없었다는 듯 다시 말을 이었다.

"그리고 남 얘기가 아닙니다. 진 소저."

영호준이 진예림을 보고 말한다.

"이렇게까지 날카로운 지적을 해 주셨으니, 그 책임은 충분히 져 주시겠죠? 앞으로 열심히 일해 주십시오. 참고로 말씀드리면, 제가 다른 사람을 인정하는 건 매우 드문 경우입니다."

"아, 미안하지만."

진예림이 살짝 웃으며 말했다.

"저는 관(官)에 매인 몸이라서요. 정말 안타깝지만 그건 안 되겠네요. 호호."

"아, 그거라면 문제없습니다. 관의 허락은 쉽게 나올 것 같으니까요."

영호준은 감찰어사 조관을 바라보았다.

당연하다는 듯 조관은 고개를 끄덕였다. 그와 동시에 진예림의 얼굴이 일그러지고, 영호준의 얼굴에는 승리의 표정이 떠오른다.

"쯧쯧."

진예림의 일그러진 표정을 바라보며, 옆에 앉아 있던 담소하가 조그맣게 한마디 했다.

"그러게 아까부터 나서더라니."

진예림은 담소하에게 아무런 반박도 하지 못했다.

제3장
태평맹의 혼란

　태평맹이 아미산에서 아무런 소득도 없이 돌아섰다는 소문이 사천성 성도에 나돌기 시작한 것은 당설련과 일백여 기마대가 미처 성도로 돌아오기도 전의 일이었다. 달아오른 분위기에 찬물을 끼얹는 이 소식에 사람들은 충격에 빠졌다. 그리고 대체 아미산에서 무슨 일이 있었는지 알고 싶어 했다.

　태평맹은 이에 대해 아무런 공식적인 언급도 하지 않았다. 하지만 무슨 일이 있었는지 알려지는 것은 순식간이었다. 아미산에 갔던 이들이 돌아오면서 상황은 더욱 명확해졌다. 태평맹을 물러나게 하고 아미를 구해 낸 것은 바로 창룡검주이며, 그가 반영웅맹의 기치를 들고 창룡맹을 창설한 것이다.

'영웅맹에 맞설 자는 창룡검주뿐이다.'

장강에 가득한 이 소문을 사천이라고 모르랴? 사천성 성도 사람들은 창룡맹을 그다지 달가운 시선으로 바라보지는 않았지만, 태평맹을 패퇴시키고 아미를 구해 낸 창룡검주의 이야기는 사람들의 관심을 사로잡기에 충분했다.

놀라운 소식은 바람처럼 퍼져 나갔다. 사람들은 소문의 그 창룡검주가 드디어 영웅맹에 맞서기 시작했다는 것에 흥분하기 시작했고, 창룡맹의 소식은 장강을 타고 날개 돋친 듯 퍼져 나가기 시작했다. 영호준의 말대로, 정파무림의 새로운 세력이 강호에 화려하게 등장한 것이다.

"곤란하군."

나지막한 목소리가 의사청 안에 나지막이 울린다.

"한시가 바쁜 이때에 이런 일이라니…… 쯧쯧."

나지막하게 혀를 차는 그 사람은 시선을 내려 자신 앞에 한쪽 무릎을 꿇고 있는 여인을 쳐다보았다. 그녀는 바로 당문의 눈꽃이자 태평맹 대외총괄군사, 당설련이었다. 그녀 너머로 다른 누군가의 목소리가 들려왔다.

"허나 이 일은 대외총괄군사의 잘못이라고만은 할 수 없습니다. 창룡검주의 등장은 누구도 예측 불가능한 돌발적인 변수였습니다."

또 다른 목소리가 그 말에 끼어든다.

"게다가 그는 조정의 전권 대리인이기도 하지요. 당벽후께서도 발길을 돌리셨으니, 대외총괄군사로서는 불가항력이라 할 수 있지 않겠습니까?"

당벽후는 당문이 이번 아미 공략을 위해 준비한 비장의 한 수였다. 그가 발길을 돌리는 데 동의했다면 사실상 당설련으로서는 어쩔 수 없는 일이었다는 뜻이다. 하지만 당설련 앞에 있던 그는 조용히 그녀에게 되묻는다.

"불가항력이라…… 너도 그렇게 생각하느냐?"

그의 물음에 당설련은 나지막하게 대답했다.

"불가능한 것을 가능하게 하지 못했다면, 오늘의 당문은 없었을 것입니다. 이 모든 일은 전적으로 제 책임입니다."

"허허허."

그녀의 대답이 그를 만족하게 한 듯, 그는 흰 수염을 쓰다듬으며 말했다.

"과연 당문의 이름을 부끄럽게 하지 않을 만한 대답이로다."

그는 무릎 꿇은 당설련을 지그시 쳐다보다가 말했다.

"허나 우리는 시간이 없다. 알고 있겠지? 네가 왜 대외총괄군사인지 말이다."

모를 리가 없다. 지금의 태평맹은 제각기 다른 생각을 가진, 사실상 일곱 개로 갈라진 조각들의 모임에 불과하다. 그들을 하나로 묶고 있는 것은 현실적인 이익이라는 지극히 강력하고도 당연한 이유뿐, 그 외에는 어떠한 명분도 결속력도 없다. 그래서 태평맹은, 아니, 당문은 계속해서 세력을 확장해 나가야 하고, 누구도 이의를 제기하지 못할 정도로 세력 우위를 확보해야 한다.

"알고 있습니다."

당설련은 대답했다.

대내적인 문제를 해결하는 가장 좋은 방법은 바로 대외적인 확장의 유지다. 끊임없이 다른 문파를 먹어 치우고, 바깥으로 확장해 나가야만 유지될 수 있는 단체. 그것이 지금의 태평맹이다. 그래서 당설련이 대외총괄군사인 것이다. 태평맹이 계속해서 확장되어 나가는 한, 내부적인 문제는 결코 큰 의미를 가지지 못할 테니까.

"이번 일은 대외총괄군사로서 치명적인 실수다. 그렇지 아니하냐?"

당설련이 채 무어라 대답하기 전에, 다른 목소리가 들려왔다.

"하지만 그런 점에서 본다면 대외총괄군사의 이번 태평맹 무림용봉지회는 크게 평가할 만합니다."

또 다른 누군가의 목소리가 들려왔다.

"그렇습니다. 대외적으로 많은 성과를 거둔 것은 물론,

맹 내에서도 당문의 위상을 크게 높이지 않았습니까?”

태평맹 무림용봉지회는 당설련이 기획한 회심의 역작이었다. 현재 강호 최강의 세력이자 유일한 대안이 태평맹뿐이라는 것을 대외적으로 분명히 보여 주는 동시에, 맹 내부적으로는 실질적인 맹주로서 당문의 위상을 확실히 다졌다. 상계와의 거래 관계를 통해 실질적인 이익을 확실히 챙긴 것도 물론이다.

“그래, 그러했지. 만일 조정과의 밀약을 성공시키고 아미파를 확실히 무릎 꿇게 했다면 그야말로 더 이상 좋을 수는 없을 정도였을 테지. 허나 그 마지막 화룡정점을 너는 성공하지 못했다. 그렇지 아니하냐?”

“그렇습니다.”

당설련이 대답했다. 그런 당설련을 잠시 묵묵히 내려다보던 그는 나지막이 한숨을 내쉬었다.

“후우.”

그는 천천히 손가락 하나를 세웠다.

“한 번.”

그는 말했다.

“실수는 이번 한 번으로 족하다. 알겠느냐?”

당설련은 고개를 숙였다. 그리고 그녀는, 자신에게 더 이상 물러날 곳이 없다는 것을 알았다. 그에게는 결코 허언(虛言)이란 없으니까.

“아, 그리고……”

마치 문득 생각난 것인 양, 그는 당설련에게 말했다.

“조정과의 밀약이 성사되지 않은 것도, 아미파를 복속(服屬)시키는 것이 실패한 것도 모두 한 사람 때문이더구나.”

그렇다. 한 사람 때문이다. 밀약이 성사되지 않은 것도, 아미산에서 치욕스럽게 물러날 수밖에 없었던 것도, 그리고 지금 이런 추궁을 당하는 것도 모두 한 사람 때문이다.

당설련은 이를 악물었다.

“네.”

“대책은 있겠지?”

당설련은 고개를 숙이며 대답했다.

“네.”

“필요한 건?”

“없습니다.”

“흐음.”

조금도 지체 없는 당설련의 대답에도, 그는 미심쩍은 듯 한쪽 눈살을 찌푸린다.

“굳이 확실하냐고 묻지는 않겠다. 너라면 누구보다 더 잘 처리할 수 있을 테니까. 게다가……”

방금 전까지의 서릿발 같은 추궁이 마치 거짓말인 양, 한없이 부드러운 목소리로 그는 말했다.

“내 딸은, 두 번이나 같은 실수를 거듭하지 않으니 말이야."

　마치 사랑스러운 딸에게 신뢰를 보내는 듯 들리는 목소리였지만, 당설련은 그 뒤에 숨은 의미가 무엇인지 잘 알고 있었다.

"네."

　당설련의 짧은 대답에 당문의 문주, 당천령은 얼굴 가득 만족스러운 미소를 지었다.

＊　　＊　　＊

　자박, 자박.

　태평맹 대외총괄군사 당설련은 절제된 걸음걸이로 천천히 앞으로 나섰다. 그녀를 따라 함께 움직여 가는 시선들을 느끼며 당설련은 천천히 돌아선다. 그리고 그 날카로운 시선들을 마주했다.

"보고하겠습니다."

　늘 그러했듯 당설련은 자연스러운 어조로 말했다.

"결의에 따라 시행된 아미파에 대한 제재는 외부 방해 요소에 의해 일부 목적을 달성하지 못하였습니다. 상세는 서면으로 보고된 바와 같으며……."

　당설련은 자신을 둘러싼 시선들을 천천히 돌아보았다. 태평맹을 구성하는 칠대세가의 가주, 혹은 가주 대행과 각

세가의 주요 인물들이 그녀를 주목하고 있었다. 그들 앞에는 이미 두터운 서류가 놓여 있었지만 지금 이곳에서 그것을 뒤적이고 있는 사람은 한 사람도 없었다.

"이미 시행된 후속 대책을 포함할 때 아미파에 대한 제재 목표는 성공했다고 판단됩니다."

태평맹 대외총괄군사, 당설련의 눈빛이 마치 도발하듯 반짝였다.

"성공? 헐."

누군가의 입에서 어이없다는 듯 헛웃음이 새어 나온다. 아미파에 대한 직접적인 제재가 분명히 실패했음에도 성공이라니? 그것은 마치 트집을 잡아 달라고 말하는 것과 같았다. 공손세가의 외당 부당주 공손추현이 제일 먼저 반응했다.

"성공이라니? 어이가 없……."

"그 판단의."

공손추현의 말을 끊은 것은 모용세가의 외당 당주 모용미다.

"구체적인 근거를 말해 주겠습니까?"

"그러지요."

당설련의 붉은 입꼬리가 살짝 올라간다. 그리고 그녀의 붉은 입술 사이로 낭랑한 목소리가 흘러나온다.

"아미파에 대한 제재 결의의 의도는 사천 무림에서 아미파의 영향력을 무력화하는 것입니다. 이번 일을 통해 아미파는 사실상 태평맹에 맞설 무력을 가지고 있지 못함이 확실히 알려졌으며 아미파의 중요한 협력 문파 다섯 개가 아미파와의 관계를 단절하고 태평맹에 협력할 것을 결정하였습니다.”

당설련이 아미에서 얌전히 돌아온 것은 결코 아니다. 아미산과 성도 사이에 있던 몇 개의 중소 문파들, 특히 아미파와 밀접한 관계에 있던 문파들을 확실히 정리했다. 당설련의 지략과 압도적인 세(勢)의 과시를 통해 그 문파들은 확실히 태평맹 쪽으로 복속하였다. 그들과 아미파의 관계는 끊어졌고, 그것만으로도 아미파의 세력을 절반은 꺾어 버린 것이나 다름없었다.

“이를 토대로 판단할 때 사천성에서 아미파의 세력은 사실상 유명무실, 당초 목적은 구 할 이상 달성하였다고 말할 수 있습니다.”

청산유수처럼 흘러나오는 당설련의 목소리.

쿵!

“그게 무슨 소리요!”

탁자를 내려치는 소리와 함께 공손세가의 외당 부당주 공손추현이 성난 목소리로 말했다.

“구 할 이상이라니! 이는 명백히…….”

“명백히, 무엇이지요?”

대외총괄군사 당설련의 날카로운 음성이 공손추현의 말을 끊는다. 그녀는 공손추현을 똑바로 쳐다보며 말했다.

"아미파 제재에 대한 모든 권한은 가주 회의의 결의에 따라 태평맹 대외총괄군사인 저에게 있습니다. 구체적인 목표와 그 범위, 그리고 결과의 판단까지도 모두 제 권한입니다. 그러므로 공손세가에서 이의가 있으시다면 먼저 그 근거를 명확히 제시하세요."

"아미파의 산문 앞에서 그냥 돌아오지 않았소!"

당설련의 입꼬리에 가느다란 웃음이 걸렸다. 마치 비웃음처럼.

"착각하시는가 본데, 처음부터 태평맹은 아미파의 산문 안으로 들어갈 계획이 없었습니다. 아니면 태평맹이 삼류 흑도 문파처럼 아미파를 몰살이라도 시켰어야 한다고 생각하시는 건가요?"

"하지만 결국 아미파는……!"

"아미파는 졌습니다. 전대 고수인 천수 신니가 나섰어도 그들은 한 번도 승리하지 못했습니다. 아니, 일시적인 우세조차 점하지 못했지요. 우리가 승리하고도 정당한 권리를 행사하지 못한 것은 관의 개입 때문이었습니다. 그 자리에 계셨으니 누구보다 잘 아실 텐데요?"

당설련은 공손추현을 향해 문득 생각난 것처럼 한마디를 던졌다.

“아니면, 그 자리에 계셨기 때문에 이러시는 건가요?”

공손추현의 안색이 확 변했다.

그 자리에 있었기 때문에 책임 추궁을 면하려고 당설련에게 책임을 전가하고 있다. 당설련은 지금 그렇게 말하는 것이다. 그렇지 않아도 이번 일로 공손세가에서의 입지가 곤란하게 된 공손추현으로서는 허를 찌르는 말이 아닐 수 없었다. 그가 잠시 주춤한 사이 당설련의 말이 이어졌다.

“다시 한 번 말씀드리지만 이번 아미파 제재의 목표는, 비록 외부 요소의 개입에 의해 방해받았음에도 불구하고 이후의 후속 조치를 통해 분명히 달성되었습니다. 아미파는 사천 성도의 출입이 금지되었고, 문파의 자존심과 명예가 실추되어 사천 무림에서의 영향력이 축소된 것은 물론, 다섯 문파와의 관계 단절로 인해 명시적인 금전적인 손실을 입게 되었습니다. 이것이…….”

당설련은 단언하듯 말했다.

“명백한 결과입니다.”

“이, 이익…….”

반박할 흐름을 놓쳐 버린 공손추현이 이를 악물었지만 할 말이 없었다.

“구 할의 성공이라면…….”

낭랑한 젊은 여인의 목소리가 문득 울려 퍼졌다. 당설련이 시선을 돌리자 아름답게 차려입은 자그마한 체구의 아

가씨가 커다란 눈을 반짝이며 자신을 바라보고 있는 모습이
시야에 들어왔다. 남해검문의 황보선혜였다.

"일 할의 실패라는 뜻과 마찬가지이지요?"

당설련의 눈썹이 살짝 일그러지자 황보선혜는 오해를 피
하려는 듯 말을 덧붙인다.

"아, 물론 결과적으로는 본래 의도를 충분히 달성한 것이
라 해도 말이에요. 그래도……."

황보선혜는 미안한 듯한 표정을 지으며 말했다.

"일 할은 실패했다는 의미이잖아요? 예컨대…… 지심 사
태에 대한 처분이라든가 말이죠."

웃음을 머금으며 말하는 황보선혜는 말했다.

'여우 같은 것.'

당설련은 속으로 그렇게 생각했다.

본래대로라면 지심 사태는 팔이 잘렸어야 한다. 아미파
의 영향력이나 세력, 혹은 금전적 제재 같은 것이야 관점에
따라 다르게 볼 수도 있다. 그러나 지금 황보선혜가 걸고넘
어지는 것은 분명하고 구체적인 사실이다. 지심 사태가 여
전히 두 팔이 멀쩡하다는 것은 당설련의 실패를 단적으로
보여 준다.

당설련은 웃음을 담은 채 황보선혜에게 대답했다.

"맞아요. 바로 그것이 구 할이라고 말하게 된 직접적인
원인이지요. 하지만 전체적인 구도를 보자면 그리 중요한

것은 아니지 않겠어요?”

“맞아요. 그렇지요.”

황보선혜는 당연하다는 듯 고개를 끄덕이며 말했다.

“그래서 구 할의 성공이로군요.”

‘구 할의 성공’을 유난히 강조하는 그녀의 목소리는 마치 ‘일 할의 실패’를 말하는 것처럼 들렸다.

“구 할이라…… 그리 나쁘진 않네요.”

황보선혜는 마치 혼잣말이라도 하듯 그렇게 중얼거렸다. 그 모습이 더욱 당설련을 자극했지만 그녀는 이런 간단한 감정적인 도발에 넘어갈 만큼 어수룩하진 않았다.

“그러면, 다음으로…….”

당설련이 다음 안건으로 넘어가려는 순간, 대내총괄군사 제갈기호가 문득 손을 들었다.

“아! 잠깐만, 한 가지.”

당설련이 돌아보자 제갈기호가 별것 아니라는 듯한 표정으로 말했다.

“창룡검주가 창룡맹의 설립을 선언했는데…….”

창룡맹이라는 이름이 거론되자 사람들이 잠시 술렁인다. 제갈기호는 여전한 표정으로 당설련에게 물었다.

“창룡맹은 적(敵)이오?”

난데없는 그리고 단도직입적인 질문. 당설련은 제갈기호를 똑바로 쳐다보았다. 제갈기호 역시 느물거리는 표정 그대로 당설련을 마주 본다.

"태평맹 대외총괄군사로서의 견해를 묻는 것인가요, 아니면 나 개인의?"

제갈기호는 어깨를 으쓱하며 반문한다.

"그 두 견해가, 서로 다르오?"

당설련은 가벼운 미소를 흘린다.

"같지는 않지요."

잠시 생각을 정리하는 듯하던 당설련은 짐짓 난처한 표정을 지으며 말했다.

"소위 창룡맹이라 하는 그들은 관과의 밀접한 관계를 바탕으로 반영웅맹을 기치로 삼는 단체예요. 그런 단체와 공공연한 적대 관계를 형성하는 것은 태평맹 대외총괄군사로서 가능하면 피하고 싶은 일이지요. 그런 문제는 꽤……."

단어를 고르던 그녀는 말을 이었다.

"그래요. 꽤 곤란하거든요. 하지만 이것 하나만은 말씀드릴 수 있겠네요."

제갈기호를 똑바로 바라보며 당설련은 말했다.

"방해가 된다면, 그것이 무엇이건 치워야 하지 않겠어요?"

회의장에 정적이 내려앉았다. 비록 분명히 언급하지는 않았지만, 당설련은 창룡맹이 적임을 분명히 선언한 것이다. 그리고 그것을 치워 버리겠다는 그녀의 의지 역시.

그럴 줄 알았다는 듯 제갈기호는 고개를 끄덕였다.

"과연, 대외총괄다운 대답이로군요."

칭찬인지 조롱인지 모를 제갈기호의 말과 함께, 의제는
다음으로 넘어갔다.

＊　　＊　　＊

사락.

집무실의 문이 닫히고 휘장이 내려오자 당설련은 들고
있던 서류를 신경질적으로 서탁에 내려놓았다.

탁.

흐트러지는 서류들을 상관하지 않고 당설련은 털썩 자리
에 앉았다. 그리고 살짝 눈살을 찌푸리며 중얼거렸다.

"무슨 생각이지?"

당설련은 희고 가느다란 손가락으로 자신의 붉은 입술을
살며시 쓰다듬으며 중얼거렸다.

"제갈세가는 그렇다 치고, 혁련세가나 단목세가까지 별
다른 반응이 없다니…… 이런 기회를 놓칠 그들이 아닌
데?"

아미산 산문 앞에서 태평맹은 돌아서야 했다. 어떤 말로
치장한다 해도 그것은 변하지 않는 사실이며, 누구보다도
그것을 분명히 인식하고 있는 사람이 바로 당설련이다. 그

럼에도 불구하고 그녀가 도발적인 보고를 한 것은, 다른 세가들이 벌 떼같이 달려들기를 원했기 때문이다.

"기껏 준비했더니……."

물론 그대로 당해 줄 당설련은 아니다. 그녀는 오히려 이 일을 역습의 기회로 삼고자 했다. 따져 보면 문제의 발단은 공손세가다. 그리고 분위기에 따라 당설련이 공세로 나갈 여지는 얼마든지 있었다. 그들의 약점을 찌를 자료들도 확실히 갖추어져 있었고, 다른 여섯 세가들이 조금이라도 실수를 한다면 그 틈을 절대 놓치지 않을 자신도 있었다.

"칫."

당설련은 살짝 입술을 깨물었다.

딱 의례적인 정도의 책임 추궁. 당설련의 실패를 명확히 하는 것만으로 더 이상 언급이 없었다. 너무나 깨끗할 정도로.

"차라리 이번 기회에 정리해 버리는 것이 좋았는데……."

이번 문제에 대해 다시는 말도 꺼내지 못하게 해 두는 편이 좋았다. 이대로는 앞으로 무슨 틈만 보이면 금방 '예전 아미산에서의 실패' 운운하며 들고 나올 것이 뻔하니까. 당설련은 가늘고 흰 손가락으로 살짝 귓가를 짚었다. 그리고 다른 손 손가락으로 탁자를 가볍게 두드렸다.

톡, 톡, 톡.

이번 일의 실패가 가져온 결과는 너무나 뼈아프다. 이로써 사천성의 무림 판도는 정리되었다 말할 수도 있겠지만, 아미파는 여전히 아미산에 건재하고 창룡맹의 소식은 날개 달린 듯 퍼져 나가고 있다. 창룡검주 운현으로 말미암아 야기된 문제는 아직 하나도 해결되지 않은 것이다. 게다가 다른 세가들의 수상한 움직임까지.

"흥. 뭐, 어차피……."

그녀의 눈빛이 마치 고양이처럼 빛났다.

"중심에는 제갈세가가 있을 테지."

그럴 터이다. 남해검문의 황보선혜 따위는 아직 멀었다. 뒤에는 분명히 제갈세가가 있을 것이고, 그들의 목적이야 당연히 태평맹의 주도권을 쥐는 것일 터이다. 그것 외에 무엇이 있으랴? 하지만 더 이상 뒤통수를 맞는 것은 사양이다.

당설련은 손을 뻗어 옆에 드리운 여러 개의 수실 중 하나를 가볍게 잡아당겼다.

따랑.

멀리서 작은 방울 소리 같은 것이 들려오고, 곧 휘장 사이로 한 시녀가 조용히 모습을 나타낸다.

"부르셨습니까?"

"그래. 여섯 세가에 대한 최근의 동향에 대한 조사 보고서를 가지고 와. 무림용봉지회를 전후한 때로. 그리고 각

세가의 인물 성향에 대해 파악한 보고서도 같이 가지고 오
도록 해.”

당설련의 말에 시녀는 깊숙이 허리를 숙여 명을 받들었
다.

“아 참. 특별히 제갈세가의 세력 변화에 대한 보고도 가
져오도록 해.”

“네, 알겠습니다. 그리고……”

시녀는 조용히 입을 열었다.

“지금 일룡 당혁 대협께서 뵙기를 청하고 계십니다.”

지난 태평맹 무림용봉지회 이후, 당혁은 일룡이라 불리
고 있었다. 물론 태평맹의 의도적인 전략 중 하나다. 당설
련은 잠시 생각하더니 곧 고개를 끄덕였다.

“들어오라고 해. 그리고 보고서는 잠시 뒤에 가져오도
록.”

시녀가 예를 취한 후 모습을 감추고, 잠시 후 당혁의 모
습이 휘장 사이로 나타났다. 당혁은 가볍게 고개를 숙여 당
설련에게 예를 표한다.

“네가 먼저 나를 찾아오다니, 별일이구나.”

당설련은 가벼운 미소와 함께 흥미로운 시선으로 물었
다. 하지만 딱히 대답을 기대하지는 않은 듯, 고갯짓으로
당혁에게 자리를 권한다.

당혁이 자리에 앉자 당설련은 탁자 위에 놓인 작은 종을

들어 흔든다.

딸랑.

휘장이 걷히고 시녀가 모습을 나타내자 당설련은 당혁에게 묻는다.

"차?"

당혁은 고개를 끄덕이며 말했다.

"감사합니다."

당설련의 눈동자에 이채가 스친다. 당혁의 행동에서 예전에 없던 여유 같은 것이 묻어났기 때문이다.

'흠.'

예전 같으면 당혁의 행동에서 벌써 초조함이 드러나고 있었을 것이다. 특히 이렇게 자신의 집무실까지 찾아올 문제라면 더욱 그러했을 터이다. 그런데 오늘 당혁의 행동은 어딘지 어른스러운 모습을 보이고 있다.

'괜찮아졌는데?'

당설련은 이런 동생의 변화가 싫지 않았다. 만일 이 모습이 황보선혜를 향한 마음을 정리한 결과라면 더더욱 반길 만한 변화다.

잠시 후, 시녀가 차를 내오고 당혁은 향기를 음미하듯 찻잔을 쥐고 한동안 말이 없다. 당설련은 그런 당혁의 모습을 하나하나 관찰하듯 쳐다보고 있었다. 결국 먼저 말문을 연 것은 당설련이었다.

“그래, 무슨 일이지?”

“누님께…….”

달칵.

당혁이 찻잔을 내려놓으며 당설련을 바라보았다.

“묻고 싶은 것이 있습니다.”

“묻고 싶은 것?”

조금은 의외인 당혁의 말에 당설련이 반문하자 당혁은 잠시 틈을 두고는 나지막하게 대답했다.

“창룡검주에 대한 것입니다.”

대번에 당설련의 눈살이 찌푸려진다.

“그 얘기는 이미 끝난 것으로 아는데?”

당설련의 목소리에는 짜증이 묻어나고 있었다.

당혁은 무림용봉지회에서 창룡검주에게 무례히 공개 비무를 신청했다가 맹에서 징계를 받았다. 그가 연모하는 황보선혜가 창룡검주에게 유난히 친근하게 대했던 것을 질투한 까닭인데, 사실 당시 그녀의 창룡검주를 향한 행동은 노골적인 데가 있었다. 젊은 혈기로 가득한 당혁으로서는 꽤나 자극적인 일이었으리라.

형식적인 맹의 징계와는 별도로, 당설련은 당혁에게 개인적으로 경고한 바 있다. 그런데 다시 당혁이 그 이야기를 끄집어낸다고 생각하니 짜증이 솟구친 것이다. 그것은 어긋난 기대에 대한 실망감, 아직도 황보선혜 따위에게 동생이

얽매여 있다는 한심한 결과 때문에 더욱 그러했다.

"끝나지 않았습니다."

대놓고 불쾌감을 표시하는 당설련에게 당혁은 담담하게 대답했다.

"누님은 제게 거짓말을 했습니다."

순간적으로 당설련은 흠칫했다.

"제가 오해하도록, 아니, 사실을 제대로 인식하지 못하도록 의도적으로 교묘히 틀어 버린 것이지요."

"무슨 소리지?"

당설련은 여전히 눈살을 찌푸린 채 불쾌하다는 시선으로 당혁을 쳐다보며 반문한다.

"창룡검주는."

당혁은 당설련을 마주 보며 말했다.

"소림에 속하지도 않으면서 단지 신승의 사제라는 배경만으로 무림맹에서 주목을 받았던 인물이고, 제대로 된 실력도 없으면서 검성의 제자라는 거짓말로 자신을 포장하였으며, 항주혈전에서 목숨을 구하려 도망한 주제에 소문만으로 영웅으로 떠받들어지는, 난데없이 굴러들어 온 사람이라고 말입니다."

"나는 그런 말을 한 적이 없는데?"

당설련이 불쾌하다는 듯 고개를 돌린다. 당혁은 고개를 끄덕였다.

"맞습니다. 전부 제가 오해한 것입니다. 그러나 제가 그렇게 생각하고 있다는 것을, 누님은 알고 있었지요?"

당설련은 대답하지 않았다.

"누님은 그저, 그를 가장 잘 아는 사람이 누님이라고, 그러니 그 사람과 연관되지 말라고만 했습니다. 왜……."

당혁은 굳은 얼굴로 말했다.

"그의 검이 검선(劍仙)의 경지에 이를 징도라는 사실을 말하지 않은 겁니까?"

"흥."

당설련이 가볍게 조소를 흘린다.

"그의 검이 어떤 경지에 이르렀건 그게 무슨 상관이지?"

"상관이 있습니다."

당혁의 눈빛은 진지했다.

"누님이 그렇게 말하면, 제가 어떻게 반응할지 알고 계셨기 때문이지요."

당설련은 여전히 고개를 돌린 채였다. 당혁은 말했다.

"저는 놀라겠지요. 누님이 그렇게 말할 정도라면, 저는 다시 한 번 진지하게 그에 대해 생각해 보았을 것입니다. 그리고 필연적으로 이렇게 생각하겠지요."

당설련을 똑바로 쳐다보며, 당혁은 말했다.

"그런 정도의 사람에 대해 누님은 독선 할아버님께 왜 말하지 않았을까? 아니, 혹시 벌써 말을 했고 독선 할아버님과 창룡검주 두 사람은 이미 만났던 것은 아닐까?, 라고 말입니다.”

당설련이 이를 악문다. 당혁의 목소리는 계속 이어졌다.

“그리고 어쩌면, 현재 독선 할아버님께서 가문의 일에 일체 움직이지 않으시는 것 역시 그와 관련이…….”

“하고 싶은 말이 뭐야!”

날카로운 당설련의 목소리가 당혁의 말을 자른다.

“독선 할아버님의 뜻은.”

당혁의 눈빛이 강렬하게 당설련의 눈동자를 파고든다.

“오히려 창룡검주와 함께 있는 것이 아닙니까?”

독선은 당문의 자존심이자 정신적 지주다. 설령 현 당문의 문주라 해도 독선의 뜻을 거스를 수는 없다. 독선의 뜻을 거스르는 순간 모든 당문의 문도들이 등을 돌릴 것이기 때문이다.

무림맹 설립 이후 독선은 당문과 일체의 공식적인 교류를 끊었지만, 증손녀인 당설련만은 예외였다. 당설련이 여자임에도 불구하고 당문의 실세로 꼽히는 것도, 태평맹의 대외총괄군사라는 요직을 거머쥘 수 있었던 것도 어느 정도 그 덕분임을 부인할 수는 없다. 비록 그녀가 비상한 심계와 뛰어난 실력을 가지고 있다 해도 말이다.

만일 당혁의 말대로 창룡검주와 손을 잡는 것이 독선의 뜻이었다면, 왜 독선이 태평맹 설립 이후 전혀 움직이지 않

고 있는지 설명이 된다. 그리고 왜 당설련이 독선에 대해서
라면 일체 입을 닫고 있는지도.

"아니라면?"

당설련의 차가운 대답이 되돌아왔다. 당혁은 살짝 눈살
을 찌푸렸다.

"누님……."

"믿지 못하겠다는 거야?"

당설련의 냉랭한 목소리.

"정말입니까?"

당혁은 물었고, 당설련은 차갑게 대답했다.

"네가 믿지 못하겠다면, 두 번 대답할 필요는 없겠지?"

독선과 유일하게 교통할 수 있는 사람이 당설련이다. 그
녀가 '독선의 뜻이 이러하다'고 말하면 그렇게 받아들여야
했다. 이 복마전 같은, 계략과 음모가 난무하는 당문에서
그녀가 당문의 눈꽃으로 자신의 입지를 구축할 수 있었던
것도 바로 그 때문이다. 그러니 독선과 관계된 일에 대해
그녀가 거짓을 말한다고는 아무도 상상하지 못할 것이다.
거짓이 드러나는 순간, 그녀의 모든 기반은 무너져 내릴 것
이기 때문이다.

"두 번째로군요."

문득 당혁은 말했다. 당설련은 눈살을 찌푸린다.

"뭐?"

덜컹.

당혁은 자리에서 일어섰다.

"누님이 제게 진실을 말하지 않은 것 말입니다. 그때도 누님 눈빛은 지금과 똑같았어요. 그렇게 입술을 악물고 있었던 것 역시."

"너, 그게 무슨……."

당설련의 말이 채 끝나기도 전에 당혁은 몸을 돌렸다. 그리고 휘장 바깥으로 사라졌다.

파삭.

당설련의 손에 들려 있던 찻잔이 맥없이 부서지고 차가 당설련의 하얀 손을 적시며 흘러내렸다. 하지만 당설련의 분노는 사그라지지 않았다.

심혈을 기울인 태평맹 무림용봉지회는 마지막 화룡점정을 찍지 못했다. 회심의 한 수였던 아미 공략은 산문 앞에서 되돌아와야 하는 치욕을 당했다. 덕분에 당문의 문주로부터는 섬뜩한 경고가 담긴 추궁을 당해야 했는데, 이제는 자신의 동생에게서마저도 이런 말을 듣게 되었다.

"창룡검주 운현……."

그녀의 눈동자는 분노로 가득했다. 이 모든 게 한 사람 때문이다. 단 한 사람.

"대체 얼마나 더 망쳐 놔야 만족할 거야. 얼마나 더……."

　분노로 가득한 그녀의 눈동자는 이 자리에 없는, 그리고 이 모든 일의 원인 제공자인 그를 향해 불타오르듯 이글거리고 있었다.

제4장
무림 경영

“반(反)영웅맹이라고?”

화려하게 장식된 커다란 의자에 비스듬히 앉아 있던 철혈사왕 염중부는 눈살을 찌푸리며 반문했다. 문사 차림의 수하는 바로 고개를 숙이며 대답했다.

“네. 그렇습니다.”

“흐음, 창룡맹이라……”

놀라운 소식이라며 수하가 전해 온 보고였지만 염중부는 그다지 놀라지 않았다.

‘뭐, 어차피 빠르건 늦건……’

대강 그러리라고 생각하고 있던 터였다. 운현이 태평맹

과 손을 잡았다면 차라리 그것이 더 놀라운 소식이었을 것이다.

다만 대놓고 반영웅맹의 기치를 올린 것은 조금 생각 밖이었다. 무언가 좀 더 정파다운 애매모호한, 예컨대 강호무림의 정기를 회복한다느니 뭐니 하는 것을 내세울 줄 알았기 때문이다.

"뭐, 그게 또 그의 재미있는 면이기도 하지. 고리타분한 정파답지가 않다니까?"

철혈사왕 염중부는 그 직설적인 면이 차라리 맘에 들었다.

"어떻게 처리할까요?"

"처리? 누굴?"

염중부가 반문하자 수하가 약간 당황한 표정으로 대답한다.

"아, 아니, 창룡맹 말입니다."

"흐음, 그렇지……."

대놓고 반영웅맹의 기치를 내세웠으니 영웅맹으로서는 결코 가만히 있을 수 없는 일이 아닌가? 수하는 그렇게 생각했다. 그런데 정작 영웅맹 맹주인 철혈사왕 염중부의 반응은 영 미적지근하다.

"반영웅맹이라지만, 딱히 꼭 그런 것만도 아니지."

"네?"

“쯧쯧. 이렇게 감이 없어서야.”

염중부는 혀를 차고는 말을 이었다.

“말로는 반영웅맹이라지만 지금 그들이 하고 있는 일이 뭐지? 태평맹을 방해하고 아미를 구해 낸 것뿐이잖나? 아마 당분간은 태평맹과 치고받고 할 테니 아직 우리가 신경 쓸 필요는 없어. 게다가 사람이란…….”

느긋한 표정으로 염중부는 말했다.

“한번 기득권을 차지하고 나면 가능한 위험을 회피하고자 하는 법이거든. 창룡맹이 태평맹과의 경쟁에서 어느 정도 세력을 획득하고 적당히 이권을 가지게 되고 나서도 우리와 노골적으로 적대를 하려 할지는, 두고 봐야 아는 일이지.”

“그러면 각 지부에는 일단 대응을 유보하도록…….”

“쯧.”

염중부는 다시 혀를 찼다. 아까와는 달리 짜증이 역력한 그 반응에 수하의 얼굴이 확연할 정도로 하얗게 탈색된다.

“대응 유보? 그건 무슨 헛소리냐?”

철혈사왕 염중부는 눈썹을 일그러뜨리며 말했다.

“영웅맹에 싸움을 건다면 상대가 누구이건 전력을 다해 짓밟아야지. 혹여 구역 중에 창룡맹에 협조 혹은 그 비슷한 낌새라도 보이는 문파가 있을 시엔 아예 멸문시켜 버리라고 해. 적어도 장강에서는 우리 영웅맹 외에 다른 세력이 있어서는 결코 안 돼.”

“네, 넷!”

“다만 장강을 침범하지 않는다면, 구태여 우리가 찾아 나설 필요는 없겠지.”

염중부는 피식 웃으며 말을 이었다.

“태평맹처럼 말이야. 무슨 뜻인지 알아듣겠나?”

수하는 고개를 깊숙이 조아렸다.

“그건 그렇고, 장강 대상단(大商團)의 구성은 얼마나 진척되고 있지?”

“진척 상황으로 보자면 이제 약 절반 정도입니다.”

“절반이라…….”

염중부는 손으로 턱을 괴며 불편한 심기를 드러내었다. 아까 창룡맹에 대한 보고보다 오히려 이쪽이 더 그의 신경을 거스르는 듯하다.

“제일 큰 문제가 뭐지?”

“상권 확보입니다. 아무래도 기존 상단들의 거래선이 확고하게 자리 잡고 있는 데다, 영웅맹의 이름을 드러내지 말고 진행하라고 말씀하신지라…….”

“이제부터는.”

수하의 말을 끊고 염중부가 말했다.

“뒤에서 은밀히 무력을 행사하는 것도 허락한다.”

“아, 네.”

"단."

철혈사왕 염중부는 수하를 향해 섬뜩한 눈빛을 드러내며 말했다.

"손을 쓴 후에는 철저히 단속을 해 두도록. 증거, 증인…… 그게 무엇이든, 누가 되었든 우리의 정체를 드러낼 만한 것이라면 결코 남겨 뒤선 안 돼. 잘 알겠나?"

"네, 넷!"

수하는 고개를 깊이 숙이며 대답했다. 긴장 탓에 자신도 모르게 목소리가 떨려 나온다. 만일 이번 일에 어떤 잘못이라도 생긴다면 자신은 목숨이 위험할지도 모른다. 얼마 전 원인 모르게 사라진 전임자처럼.

"무력행사의 실행은 내 직속인 철혈대주에게 맡긴다. 최대한 빠른 시일 내에 진척시키도록."

"알겠습니다."

수하는 굳은 목소리로 대답했다. 염중부는 고개를 돌리며 가볍게 손을 저어 수하를 물러가게 했다.

탁.

문이 닫히는 소리와 함께 수하가 방을 나가자 염중부는 몸을 다른 한쪽으로 비스듬히 기대며 손으로 턱을 괸다.

"창룡맹이라……."

염중부는 중얼거렸다. 반영웅맹이라지만 창룡맹의 진짜 목표는 영웅맹이 아닐 것이다. 맹주를 자처한 운현이라면

그 진실된 칼날은 틀림없이 혈공자 문왕, 그리고 일대상인
을 향한 것이리라.

"뭐, 일단 당장은 태평맹이라지만."

염중부는 비릿하게 미소 지었다. 운현의 칼날이 일대상
인을 향한 것임을 아는 사람은 또 있다. 그리고 운현의 창
룡맹에 대해 가장 먼저 반응할 사람도 그다. 바로 혈공자
문왕.

"당장 그가 가만있지 않을 테니……."

입가에 걸린 염중부의 미소가 짙어진다.

"어느 쪽이 되든 나로선 좋은 일이지. 큭큭, 큭큭큭."

나지막한 염중부의 웃음소리가 영웅맹의 맹주, 철혈사왕
염중부의 처소에 울려 퍼졌다.

*　　　*　　　*

"영웅맹의 맹주는 아마 별걱정 안 할 겁니다."

영호준은 말했다.

"철혈사왕 염중부는 강호무림의 생태라면 누구보다도 잘
아는 사람입니다. 창룡맹이 태평맹과 먼저 대치 상태에 들
어간다는 것도 알고 있겠죠. 그러니 실제로 장강에 창룡맹
이 영향을 끼치는 것은 좀 더 뒤의 일이라고 생각할 겁니
다."

운현은 그의 말을 듣고 있었다. 그리고 옆에는 소림의 무승, 혜천 역시 자리를 잡고 있었다.

"게다가 그는 혈공자 문왕이나 일대상인에 대해 알고 있으니 운 맹주님의 칼날을 그리로 돌리는 것도 간단하다고 생각하고 있을 겁니다."

영호준은 눈을 반짝이며 말했다.

"하지만 그는 오류를 범하고 있습니다. 바로 모든 사람이 자신처럼 철저히 이해득실을 따져 행동할 것이라고 가정하는 것이죠. 사실 객관적으로 봐도 당장 태평맹과 창룡맹이 부딪힌 상황이라고 말할 수 있습니다. 반영웅맹이라는 건 그저 명분이라고 생각하는 사람도 많을 겁니다. 강호무림에 대해 어느 정도 안다고 자부할수록 말이죠."

"영웅맹이라는 수적들이 장강을 장악한 이후 사람들의 고통은 이루 말할 수 없습니다."

혜천이 나지막한 음성으로 말했다.

"저는 그 모습을 직접 보았습니다. 이대로 놔둘 수는 없습니다."

그의 음성은 낮았지만 단호했다.

"하지만 장강은 길고 영웅맹의 수는 많습니다. 저 혼자서는 역부족입니다."

"혜천 스님."

"네, 사숙조님."

혜천이 운현에게 정중하게 예를 표하며 대답한다. 운현이 와불 선대 대조사의 속가 제자인지라 배분상 그에게는 사숙조뻘이 되기 때문이다.

"음, 저…… 그 호칭은 좀 어떻게 안 될까요?"

운현이 어색한 웃음을 지으며 말했다.

"아, 물론 소림의 예법이 엄한 것은 알고 있습니다만 아무래도 듣기가 좀 죄송스럽군요. 저와 나이 차이도 얼마 나지 않는 듯한데…… 게다가 와불 선사께 가르침을 받으셨다 들었습니다만, 그러면 제 사제뻘이 되지 않겠습니까?"

"아닙니다. 사숙조님."

혜천은 여전히 묵직한 목소리로 대답했다.

"저는 직접 와불 선대 대조사께 가르침을 받은 것이 아닙니다. 그분께서 소림에 남기신 몇 가지 무학의 이치를 깨우쳤을 뿐이지요. 게다가 마땅한 경의를 표하는 데 나이는 아무 상관이 없습니다."

그 대답에 운현의 표정이 난처해진다.

"혹 호칭이 어색하시다면 맹주님이라 불러 드리……."

"아니, 아닙니다."

운현은 바로 거절했다.

"그냥 스님 편한 대로 하십시오."

"네, 사숙조님."

바로 고개를 숙이는 혜천을 보며 운현은 슬쩍 얼굴을 만졌다. 맹주니, 사숙조니 하는 호칭을 들으니 얼굴이 뜨뜻한 느낌이 든 것이다.

"영웅맹에 대해서는 저도 조금 생각한 것이 있습니다."

운현은 말했다. 혜천과 영호준이 운현을 쳐다본다.

"현재 무림의 모습은 영웅맹이 장강을 장악하고, 태평맹이 그 외곽을 잠식하고 있는 형태입니다. 태평맹은 영웅맹에 관련하지 않는다는 불간섭 원칙을 가지고 있기 때문에, 보기에 따라서는 마치 태평맹이 영웅맹을 보호하는 듯한 느낌도 들지요. 그래서 저는 일대상인이 어쩐지 영웅맹을, 아니, 정확히는 장강의 흐름을 장악하는 것을 중요시하는 것 같다는 생각을 하게 되었습니다."

"장강을? 대체 무슨 의도로?"

혜천이 눈살을 찌푸리며 묻는다.

"모릅니다."

운현은 고개를 저었다.

"사실상 장강은 수많은 지역에 영향을 끼치는 거대한 강입니다. 장강을 장악한 영웅맹이 마치 천하를 둘로 나눈 것 같다는 인상을 받을 정도죠. 장강을 이용해서 무엇을 꾸미는지 예측하기에는 너무 변수가 많습니다."

"흠, 그렇군요."

"그래서 저는 먼저 영웅맹을 쳐야 한다고 생각하고 있습니다. 아니, 정확하게는 영웅맹이 장악한 장강의 흐름을 끊어야 한다고 생각합니다.”

운현은 눈을 빛내며 말했다.

“그러면 반드시 그 숨어 있는 주인이 튀어나오겠죠.”

“허면 사숙조님께서는 어떻게 하시려 하십니까?”

혜천이 진중한 눈빛으로 묻는다.

“혹, 관(官)에서 움직이는 것입니까?”

운현은 고개를 저었다.

“현재 영웅맹은 예전 수채나 수적들이 아니라 합법적인
무림 단체의 모습을 표방하고 있습니다. 표면적으로는 관에
협력도 하고 있죠. 때문에 예전처럼 그들을 무턱대고 토벌
할 수는 없습니다.”

“그러면…….”

혜천의 얼굴이 일그러진다. 방법이 없다는 뜻이니 당연
할 것이다. 지금 혜천의 목표는 오직 장강에서 영웅맹을 몰
아내는 것이니까. 그러나 운현의 말은 아직 끝나지 않았다.

“조 대인께선 수군(水軍)을 움직이라 하시더군요.”

“수군!”

혜천은 물론 영호준까지 고개를 돌려 감찰어사 조관을
쳐다본다. 감찰어사 조관은 낮은 음성으로 말했다.

“장강 수군 함대를 총괄하는 수군도독(水軍都督)이라면
가능합니다.”

“아니, 방금 전엔 관이 나설 수 없다고 하지 않았습니까?

그런데 군이 나설 수 있다는 말입니까?"

영호준이 물었다.

"물론 영웅맹을 토벌하거나 하는 것은 아닙니다. 하지만 적어도 장강의 물류 흐름은 완전히 통제할 수 있습니다. 수군 함대의 작전과 훈련을 위해 장강의 주요 거점 도시나, 혹은 그 주변에 주둔하면서 장강을 오가는 선박의 움직임을 통제하는 것이죠."

"호오."

영호준이 고개를 끄덕인다.

"그거 괜찮군요. 군(軍)의 작전 지역이라고 하면 선박을 통제하는 것도 자연스럽고, 의심스러운 선박에 대해서는 퇴거 명령도 내릴 수 있겠지요. 군의 작전에 대한 것은 기본적으로 기밀 사항이니 이유를 알릴 필요도 없고 말입니다. 하지만."

눈살을 살짝 찌푸리며 영호준이 말한다.

"이 방법은 그리 오래 끌지는 못하겠는데요?"

"오래 끌 수 있습니다."

조관은 말했다.

"장강 수군 함대가 한 번 훈련을 하는 데 소요되는 시간은 숙영지의 이동과 준비 기간을 포함하면 대략 반년에 가깝습니다. 그것을 기나긴 장강의 주요 지역에서 차례로 실시하는 겁니다. 마치 장강을 훑어 내려가듯 말입니다. 그렇게 한다면 수군도독의 마음먹기에 따라서는……."

쓴웃음을 지으며 조관은 말했다.

"평생 할 수도 있습니다. 실제로 일 년 이상 소요되는 훈련 작전 역시 드물지는 않지요."

"지역 관청에서 항의를 하거나 상소를 할 가능성도 있지 않습니까?"

영호준이 다시 묻는다.

"수군도독의 힘은 막강합니다. 황실의 신뢰만 있다면 그 정도의 저항은 아무 의미도 없습니다."

"그럼 영웅맹은 이제 끝난 것이나 다름없군요."

혜천의 말에 영호준이 고개를 끄덕이며 동의를 표한다.

"영웅맹과 연관된 배들이 장강을 오르내리지 못하게 된다면 영웅맹은 말라 죽을 수밖에 없습니다. 이거야말로 영웅맹이 장악한 장강의 흐름을 끊는 비책이군요."

영호준은 물론이고 혜천의 얼굴마저 밝아진다. 장강 수군 함대를 움직일 수 있다면 영웅맹은 그야말로 끝이 정해진 것이나 다름없기 때문이다. 그러나 감찰어사 조관은 아직 할 말이 남아 있었다.

"문제가 있습니다."

나지막한 어조로 그가 말했다.

"현 장강 수군 함대를 총괄하는 수군도독은, 도찰원을 총괄하시는 박 공공과 정치적으로는 대립된 계파에 속합니다.

그리고 동창과 도찰원을 장악한 박 공공의 정치적 행보와 그 저의에 대해 깊은 의심의 눈초리를 보내고 있습니다. 만일 이런 상황에서 조정과 황실을 배경으로 무리하게 밀어붙였다가는 오히려 심각한 역풍을 초래할 수도 있습니다. 아니, 이런 요청을 하는 것 자체가 문제가 될 수도 있지요. 어쩌면 지방 군권에까지 간섭하려 든다는 의심을 받을 수 있습니다."

"이런."

영호준이 탄식하듯 말했다.

"조 대인의 말씀대로라면 아무리 명분이 있다 해도 들어줄 생각조차 없겠군요. 어떡하든 협조를 얻어 내야 할 형편인데 상대는 오히려 이쪽을 적대시하고 있다니."

"가능성이 있다면 두 가지입니다."

조관은 담담한 어조로 말했다.

"첫 번째는, 어명으로 장강 수군 함대에 영웅맹 토벌 명령을 내리는 것입니다. 물론 여기에는 영웅맹이 반역을 꾀하는 역도라는 증거가 필요합니다."

운현이 그 말에 고개를 젓는다. 영웅맹이 일대상인과 연관이 없는 것은 아니지만 문제의 핵심은 아니다.

"두 번째는, 대인께서 직접 수군도독을 만나 요청하시는 것입니다. 대인께서 직접 찾아가신다면 적어도 이야기는 들어줄 것입니다."

“그럴 경우 그쪽에서 요구하는 것은 무엇이든 들어줘야 하겠군요.”

“현재 장강 수군도독은.”

영호준의 말해 조관이 나지막한 목소리로 답한다.

“군부에서는 대단히 존경받는 사람입니다. 유서 깊은 가문 출신으로, 그야말로 뼛속까지 무장(武將)이라 할 수 있는 사람입니다. 차라리 무언가를 요구한다면 협상의 여지라도 있겠습니다만 그런 게 통할 사람이 아닙니다. 현 상황에서 그의 협조를 얻으려면 오직 하나, 그에게 인정을 받는 수밖에 없습니다. 하지만…….”

그는 살짝 한숨을 내쉬며 말했다.

“그의 인정을 받는 것은 쉽지 않을 겁니다.”

나지막한 그 목소리가 마치 이 일의 어려움을 말해 주는 것 같아서, 사람들 사이에 심각하고 분위기가 내려앉는다.

“자!”

짝!

영호준이 박수를 치며 주위를 환기했다.

“어쨌거나 그러면 영웅맹 쪽은 이렇게 정리합시다.”

그는 짐짓 밝은 목소리로 말했다.

“먼저 장기적이고 근본적인 해결을 위해 맹주님께서 장강 수군 함대의 도독과 이야기를 해 주십시오. 지금으로선, 그 방법밖에 없겠지요?”

운현은 고개를 끄덕였다.

"알겠습니다."

"그리고 단기적인 국면 전환을 위해서, 사람들의 주목을 끌 만한 일이 필요합니다. 예컨대 영웅맹의 지부 하나를 괴멸시킨다든가 하는 것이지요. 아, 물론 치고 빠지는 겁니다. 이 일은 혜천 스님께서 맡아 주십시오."

"알겠소."

혜천은 고개를 끄덕이며 말했다.

"하지만 혼자 할 수는 없지 않소? 지금 힘이 되어 줄 전력이라면 아미밖에 없는데……."

그는 말을 흐렸다. 아미파는 무승들까지 전부 여승들뿐이니 거북하다는 뜻이다. 영호준은 빙긋 웃으며 말했다.

"저는 그 편이 훨씬 좋습니다만…… 뭐, 괜찮습니다. 곧 남궁세가의 사람들도 올 것이니 사람은 부족하지 않을 겁니다. 그리고 혜천 스님. 영웅맹을 치기 위해 움직이실 때는 반드시 복면을 하십시오."

"복면?"

혜천이 눈살을 찌푸린다. 그러나 영호준은 싱글거리며 말했다.

"그리고 외치는 겁니다. 영웅맹과 싸울 수 있는 사람은 창룡검주뿐이다! 우리는 창룡의 뜻을 따르는 창룡지회(蒼龍志會)다! 아시겠죠? 검이나 주먹을 하늘로 들어 올리고 하면 더 효과적입니다."

"왜, 왜 그런 짓을……."

당황한 표정으로 혜천이 묻는데 영호준은 당연하다는 듯한 얼굴로 답한다.

"그런 짓이라뇨? 이 기회에 창룡지회라는 이름도 이용해야죠. 본래 우리 맹주님 이름이니 우리가 가져오는 게 맞지 않습니까? 아마 여기저기서 호응하는 사람들도, 뭐 어차피 큰 걸 기대하진 않지만, 있을 거구요. 그러면 국면 전환에 확실히 도움이 될 겁니다. 창룡맹이 그저 말로만 반영웅맹을 외치는 게 아니라는 것도 알게 될 테지요. 태평맹의 내부 분열도 기대할 수 있을 거고, 태평맹은 더더욱 창룡맹과 적대할 수 없게 됩니다. 이거야말로 일석이조, 아니, 일석오조의 계책이지요."

거침없이 말하던 영호준이 혜천을 보며 씨익 웃는다.

"물론 저는 바로 청룡맹의 이름으로 창룡지회의 창룡맹 가맹을 공표할 겁니다. 아마 장강의 군소 상단과 문파들이 꽤나 들썩거릴걸요? 자, 그럼 부탁합니다. 창룡지회의 새로운 회주님."

"나, 나 말이오?"

당황한 표정으로 혜천이 말한다.

"우리는 창룡지회라고 외쳐야 한다고 하지 않았습니까? 스님인데 거짓을 말할 겁니까? 그리고 나중에, 자신도 창룡지회를 따르는 사람이라며 사람들이 창룡맹을 찾아오면 원조 창룡지회의 회주가 맞이해 줘야 하지 않겠습니까?"

"그건…… 못 하오. 내가 처음부터 창룡지회를 이끈 것도 아닌데 어찌 그런……."

혜천이 일그러진 표정으로 말했다. 그러나 영호준은 어리둥절한 표정으로 말했다.

"그게 무슨 상관입니까? 처음부터 이끈 사람만 자격이 있는 겁니까? 명분을 따지자면 오히려 이쪽에 있습니다. 창룡검주님이 여기 계시지 않습니까? 그리고 회주라 해도 간단한 일입니다. 누가 찾아오면, 고결한 이상을 품은 듯한 뜨거운 눈빛을 하면서 이렇게 말하면 됩니다. 오, 뜻을 같이한 귀한 동지여. 우리의 뜻을 펼 수 있는 이곳에 온 것을 환영하네!"

영호준이 과장된 동작으로 두 팔을 벌리며 말했지만 혜천의 얼굴은 오히려 더욱 일그러져만 간다.

"절대 못 하오."

혜천은 일그러진 얼굴 그대로 말했다.

"그런 말을 하느니 차라리 항주 영웅맹으로 뛰어들겠소."

"어차피 나중에는 그렇게 해야 합니다."

영호준은 아무렇지도 않은 듯 말했다.

"하지만 정 못 하시겠다면 일단 회주는 제가 겸임하죠.

창룡지회 회주의 일은 제가 맡을 테니 혜천 스님은 당분간 부회주를 맡아서 실제로 뛰는 일을 하십시오. 창룡맹의 대외 활동도 병행해야 하니 스님도 겸임이군요. 뭐, 원래 중요한 사람은 직책도 여러 가지를 맡는 법이니까요.”

혜천이 눈살을 찌푸리며 인상을 써 보지만 어쩔 수 없는 일이다. 영호준의 말대로 중요한 사람이라서가 아니라 실제로 사람이 없기 때문이다.

“자, 그러면 다음은 태평맹인데…….”

영호준은 운현을 쳐다보며 말했다.

“전에도 말씀드렸다시피 현재 태평맹 입장에선 우리 창룡맹이 그야말로 목에 들이민 칼날과도 같은 형국입니다. 대놓고 적대시하진 않겠지만 반면에 그럴수록 오히려 뒤로 어떤 수를 쓸지 모르니 맹주님께서 각별히 조심하셔야 합니다.”

“알겠습니다.”

운현이 쓴웃음을 지으며 대답했다. 그러나 영호준은 고개를 저으며 다시 말했다.

“맹주님.”

영호준은 진지한 눈빛으로 말했다.

“심각하게 생각하셔야 합니다. 지금 창룡맹은 맹주님 없이는 존속 자체가 불가능한 집단이란 말입니다. 게다가 제아무리 고수라도 칼에 찔리면 죽습니다. 아닙니까?”

영호준의 모습에, 운현은 고개를 끄덕였다.

"맞습니다. 심각하게 생각하고, 조심하도록 하겠습니다."

"후후."

영호준이 웃었다.

"이거 어쩐지 제가 맹에서 제일 높은 사람이 된 기분이군요."

"높은 것 맞소. 뭐든지 다 영호준 대협의 뜻대로 되지 않소?"

혜천이 살짝 인상을 쓰며 말했다. 창룡지회의 일로 그는 아직 기분이 좋지 않은 듯했다. 그러나 영호준은 오히려 웃음을 지으며 대답했다.

"실제로 일하는 사람의 의견이 받아들여진다는 건 오히려 조직이 건강하다는 의미입니다. 그리고 이 중에서 제가 제일 키가 크니 가장 높은 것도 사실이지요."

능글맞은 표정으로 혜천에게 말한 영호준은 스스로 감탄하듯 중얼거렸다.

"아, 예전 무림맹은 그저 따분하기만 하더니 창룡맹은 참 좋은 곳이군요. 역시 전 이런 조직 일이 어울립니다. 재미도 있고 말이지요."

혜천이 고개를 저으며 말했다.

"그렇소? 나는 도무지……."

소림에서도 무승으로 살았던 그에게 무림의 맹이란 그저 골치만 아플 뿐이었다.

"그나저나……."

영호준은 고개를 갸웃하며 운현에게 묻는다.

"장강을 장악하고서, 일대상인은 대체 무엇을 하려는 걸까요?"

"글쎄요."

운현은 대답했다.

"무엇인지는 모르겠지만 적어도 한 가지는 확실히 말할 수 있습니다."

깊게 가라앉은 눈빛으로 운현은 말했다.

"결코 좋은 일은 아니라는 것입니다. 강호무림이건, 혹은 천하이건 간에."

"하려는 것이 아니라 하고 있는 것일 수도 있겠군요."

문득 영호준이 말했다.

"진예림 소저가 말하지 않았습니까? 뭔지는 모르지만, 벌써 하고 있을 거라고."

사람들의 얼굴이 굳는데 영호준이 한탄을 섞어 한마디 흘렸다.

"나쁜 사람들은, 참 부지런도 합니다 그려."

*　　　*　　　*

띠링.

바람이 부는지 어디선가 작은 풍경 소리가 들려온다. 생각에 잠겨 있던 당설련은 문득 고개를 들었다. 그러나 창밖 풍경은 물론이고 창조차 보이지 않는다. 다만 사방을 가린 두터운 휘장이 보일 뿐.

사락.

당설련은 자리에서 일어나 옆에 매달린 몇 개의 수실 중 하나를 잡아당겼다. 그러자 두터운 휘장 한편이 소리도 없이 열리고 본래의 커다란 창이 모습을 드러낸다. 하지만 여전히 바깥 풍경은 보이지 않는다. 덧창으로 가려져 있기 때문이다.

달칵.

하얀 손을 내밀어 잠금 장치를 풀고 당설련은 덧창을 열었다. 보통 덧창은 창문 바깥쪽에 달려 있지만 이 덧창은 안쪽에서 열고 닫도록 되어 있었다.

훅.

덧창이 열리자 차가운 공기가 밀려들어 왔다. 하지만 눈이 부시지는 않았다. 하늘을 올려다본 당설련은 하늘 가득 두터운 구름이 끼어 있는 것을 보았다.

"후우."

당설련은 깊게 숨을 내쉬고, 들이마셨다. 바깥 풍경이 보

이자 답답하던 가슴이 시원해지는 느낌이 든다. 비록 그 풍
경이 찌푸린 하늘 아래 보이는 사천 성도의 익숙한 모습일
지라도.

'어떻게 할까?'

당설련은 생각했다. 요즘 그녀가 하고 있는 생각은 오직
하나뿐이다.

'아니, 어떻게 할지는 이미 정해져 있어. 이게 제일 확실
한 방법이야. 그리고 이 방법이라면…….'

붉은 입술을 살짝 깨물며 당설련은 생각했다.

'확실히 창룡검주를 잡을 수 있지.'

당문의 문주에게 당설련은 말했다. 이미 창룡검주에 대
한 대책이 서 있으며 특별히 필요한 것은 아무것도 없다고.
그리고 그것은 분명한 사실이었다.

'문제는 이 일을 행하는 데 가장 적절한 시점이 언제인가
하는 것인데…….'

당설련은 고개를 저었다.

'아니, 아니야. 빠르면 빠를수록 좋은 일이지. 창룡검주
를 잡는다면 창룡맹은 유명무실, 더 이상 대국을 좌우할 영
향력이나 파괴력은 없어지게 돼. 그러니 이 일은 빠르면 빠
를수록 좋아. 게다가 무한정 미룰 수 있는 일도 아니야.'

그녀의 생각대로였다. 창룡맹이 더 이상 강호에 돌풍을
일으키기 전에, 더 이상 세력을 규합하기 전에, 더 이상 강

호무림의 정통으로 자리 잡기 전에 해야 했다. 여기서 시간을 끈다면 상황은 더욱 나빠질 것이 분명했다.

"그런데도……."

자기도 모르게 당설련은 중얼거렸다. 그리고 아랫입술을 깨물었다.

"나는 아직 결정을 못 하고 있는 건가?"

깨문 입술이 파랗게 변해 가는데도 당설련은 그 고통을 느끼지 못하는 듯했다.

사락.

당설련은 창에서 돌아섰다. 그리고 자신의 책상 위에서 곱게 접힌 서찰 한 장을 들어 올렸다.

바스락.

서찰이 당설련의 손에서 소리를 내며 펼쳐졌다. 몇 줄 되지 않는 서찰의 내용은 단정하고 아담한 필체로 써져 있었다.

'서체가 예쁘기도 하지. 엄한 조부 밑에서 바르게 자란 아가씨여서 그런지 문장도 아주 예의 바르고.'

그렇게 생각하던 당설련은 문득 실소를 흘렸다.

'훗, 어차피 진짜도 아닌데 내가 무슨 생각을 하는 거람.'

그러나 진짜와 똑같은 필체로 써진 서찰이다. 그러니 필체를 보고 당설련이 떠올린 감상이 아주 틀린 것은 아니다.

바스락.

당설련은 서찰을 책상 위에 내려놓았다. 그 옆에 놓여 있는 또 한 장의 서찰은, 역시 단정하고 예의 바르면서도 정중한 문체로 적혀 있었다. 그 또 다른 서찰을 내려다보며 당설련은 중얼거렸다.

"좋은 문장에 좋은 글씨. 당신은 역시 서기로 있는 편이 제일 좋았는지도 몰라."

그러나 그럴 수는 없다. 이미 그는 서기도 아니고, 붓보다는 검으로 더욱 많은 것을 말하는 사람이 되었기 때문이다. 그의 글씨에 신경을 쓰는 사람은, 아마도 이제는 천하에 당설련 혼자뿐인지도 모른다.

"하아."

책상 위에 놓인 두 장의 대조적인 서찰을 내려다보며 당설련은 한숨을 쉬었다. 이미 결론이 뻔한 문제를 두고 이렇게 오래 결정을 미루는 건 당설련으로서는 매우 드문 일이다.

"내키지 않는 일이라 해도……."

당설련은 중얼거렸다.

"해야겠지."

한번 정하면 철저히 한다. 그것이 바로 당문의 눈꽃, 당문설화 당설련이었다. 그렇게 그녀가 막 마음의 결단을 내리려던 순간이었다.

딸랑.

작은 소리가 그녀의 생각을 끊었다. 그것은 아까 들었던 풍경 소리가 아니었다. 당설련은 지체 없이 작은 수실 하나를 잡아당겼다.

사락.

휘장 사이로 시녀가 나타났다. 그녀가 조심스레 들고 있는 차반(茶盤)에는 찻잔 대신 얇은 서찰 하나가 단단히 밀봉된 채로 놓여 있었다. 일어서 있던 당설련은 시녀가 다가오기도 전에 그녀에게 다가가 서찰을 집어 들었다. 시녀는 아무 말도 없이 가볍게 예를 표하며 그대로 휘장 사이로 다시 사라졌다.

시녀가 나간 것을 확인한 후 당설련은 창으로 가서 덧창을 닫고 잠근 후 수실을 당겨 두터운 휘장으로 감쌌다. 비록 구름 낀 하늘이었어도 바깥에서 들어오는 빛이 사라지자 방 안이 잠시 어둡게 느껴진다. 그러나 이미 환하게 밝히고 있던 방 안이다. 당설련은 자리에 앉아 잠시 숨을 고르고 서찰을 열었다.

바스락.

방 안에 침묵이 감돌았다. 당설련은 마치 돌이 되어 버린 것처럼 처음 서찰을 펼쳐 든 모습 그대로 있었다. 그러나 그녀의 눈동자는 서찰의 내용을 몇 번이고 다시 따라 읽고 있었다. 얼마나 그렇게 있었을까? 당설련의 입술에서 작은 웃음소리가 흘러나왔다.

"후후, 후후후."

그녀의 얼굴은 유쾌한 표정이 되어 있었다. 방금 전까지의 어둡고 무거웠던 표정이 마치 거짓말이었던 것처럼.

"뭐지, 이건? 하늘의 도우심이라 해야 하나? 하하하."

당설련은 웃었다. 그리고 자리에서 일어섰다.

사락.

일어난 그녀는 책상 옆에 있는 촛불 쪽으로 가까이 갔다. 그녀가 손을 들어 올리자 서찰이 촛불에 닿고 순식간에 불꽃을 피워 올린다.

화륵.

한 손으로 가볍게 불타는 서찰을 들어 올리며 당설련은 서찰이 완전히 불에 타 사라지는 것을 지켜보았다. 얇은 서찰은 순식간에 재도 남지 않고 사라졌다. 남은 것은 종이가 탄 옅은 냄새뿐.

'혈공자 문왕.'

흔들리는 촛불을 보며 당설련은 미소 지었다.

'나와 같은 생각을 하고 있었다니…… 이런 우연이, 아니, 이 경우는 필연인가?'

창룡검주를 잡을 방법을 찾아낼 수 있는 사람이 당설련 자신만이라고는 생각하지 않았다. 그러나 이런 시점에 이런 내용의 서찰이라니. 그야말로 기막힌 우연이라고밖에는 생각할 수 없다.

'뭐, 어쨌든 고마운 일이지. 내 고민 하나를 말끔히 정리해 주겠다니 말이야.'

사락.

당설련은 돌아서서 다시 자리로 돌아왔다. 무심코 앉으려던 그녀는 문득 책상 위에 여전히 있는 두 장의 서찰을 보았다. 그녀는 하얀 손을 뻗어 그 두 장의 서찰을 집어 들었다.

'그럼 이건……'

무심코 고개를 돌려 촛불을 바라보았지만, 곧 당설련은 고개를 저었다.

'아니야. 만에 하나라는 것이 있으니까.'

당설련은 두 장의 서찰을 원래대로 곱게 접었다. 그리고 작은 함을 꺼내 그 안에 넣었다.

달칵.

함이 다시 닫히고, 당설련은 미소를 머금었다.

"당분간은 모용 소저에게 잘해 줘야겠네. 만에 하나……라는 게 있으니까 말이야. 후후후."

조심스럽게 함을 다시 제자리에 돌려놓은 당설련은 바로 책상 앞에 앉아 종이에 간단하게 무엇인가를 적었다. 그리고 그것을 접어 봉한 다음 차반에 얹고 수실을 당겼다.

따랑.

작은 종소리가 울리고 곧 휘장 사이로 시녀가 나타나 고개를 숙인다.

"여기에 적혀 있는 사항에 대해 최우선 순위로 조사해 오도록. 그리고 최근 호암상단의 동향에 대해서도 자세한 보고서를 올리도록 해."

시녀는 정중하게 차반을 들고 나갔다. 그 뒷모습을 보던 당설련은 만족한 표정을 지었다.

'호암상단의 일아영이라…… 누군지 모르겠지만, 곧 알게 되겠지.'

오래 걸리지는 않을 것이다. 당문의 정보력은, 적어도 지금 강호무림에서는 따를 곳이 없으니까.

'호암상단의 사무총관이 분명히 이서연 소저였지? 이게 만일 그녀의 작품이라면, 꽤나 깜찍한 짓을 해 줬네.'

"후후후."

당설련은 웃음을 흘렸다. 평소의 그녀라면 눈살을 찌푸릴 만한 일이지만, 이 시점에서는 결과적으로 당설련에게는 좋은 소식이다. 호암상단의 사무총관 이서연 소저에 대해서는 자세한 보고를 검토한 후에 결정해도 상관없는 일이다.

당설련은 느긋한 마음으로 의자에 등을 기대며 고개를 돌렸다. 그녀의 시야에 방금 서찰을 불태운 작은 촛불이 들어온다. 작게 흔들리는 불꽃. 그 모습을 보며 당설련은 중얼거렸다.

“가면, 돌아오지 마.”

붉은 당설련이 입술이 살짝살짝 움직이며 나지막한 목소리를 뱉어 낸다.

“돌아온다면 당신을 기다리고 있는 건 더한 지옥일 테니까.”

한쪽 입술을 일그러뜨리듯 미소를 지으며 당설련은 말했다.

“창룡검주 운현.”

촛불을 바라보는 당설련의 눈빛은 싸늘하게 가라앉아 있었다.

제5장
호남성에서 온 소식

아미파 산문을 지키는 승려들의 신경은 곤두서 있었다. 태평맹과 험한 일이 있었던 것이 바로 얼마 전이니 당연하다면 당연한 일이겠지만, 아미파에 협력하던 문파들이 하루아침에 교류를 끊고 사람들의 참배마저 드물어지니 세상인심이라는 것이 참으로 얄팍하다는 회의감과 함께 경계심이 잔뜩 든 것이다.

이전에는 아미를 찾아오는 모든 사람이 손님이었다면, 이제는 아미를 둘러싼 모든 사람들이 잠재적인 적으로 여겨지기만 했다. 그래서 산문을 지키는 승려들의 눈초리는 낯선 사람들에 결코 호의적일 수가 없었다. 그것은 지금 산문 앞에 막 나타난 한 상인에 대해서도 마찬가지였다.

"맹주님을 만나야 한다고 하셨소?"

중년의 여승이 날카로운 눈빛으로 상인을 쳐다보며 말했다. 한눈에 보기에도 피곤에 지친 상인은 그 눈빛에도 물러서지 않으며 말했다.

"그분께서 맹주이신지는 모르겠으나, 반드시 창룡검주님을 만나야 하오. 성도에서 사람들에게 물어보니 이곳에 계시다고 하던데, 이곳에 계신 건 확실하오?"

그가 성도를 언급한 것은 자연스러운 일이었지만 아미의 승려들에게는 오히려 경계와 의혹을 불러일으켰다.

"사천 사람이 아닌 듯한데, 어디에서 오셨소?"

여승이 한 손에 든 커다란 봉을 단단히 잡으며 묻는다. 물어본 말에 대답은 없이 오히려 추궁하듯 묻는 그 모습에 상인이 답답하다는 표정을 한다.

"이보시오. 먼 길을 찾아온 사람에 대한 산사의 대접이 왜 이렇단 말이오? 소문에는 아미파가 덕이 깊은 도량이라더니 다 헛소문……."

"갈!"

여승이 눈을 부라리며 강한 어조로 말했다.

"감히 아미에 대해 함부로 악평을 하다니! 참으로 혼이 나 봐야 자신의 어리석음을 깨닫겠는가!"

섭섭한 마음에 무심코 던진 말에 대해 아미파 여승이 날카롭게 반응하자 상인이 깜짝 놀라며 손을 내젓는다.

"아니, 아니요. 그런 뜻이 아니라……."

상인은 그제야 성도에서의 반응도 이처럼 신경질적이었다는 것을 떠올렸다. 아미와 사천 태평맹 사이에 무슨 일이 있다고 듣긴 했지만 자신은 아무 상관 없는 일이라 여겼는데, 아미파의 분위기가 심상치 않은 것을 보고는 아차 싶었던 것이다.

"나는 호남성 장사에 있는 호암상단에서 왔소."

애원하듯 상인은 말했다.

"아흐레 동안 전혀 쉬지도 못하고 정신없이 말을 달려왔소이다. 창룡검주께 전할 아주 긴급하고 중요한 서찰을 가지고 왔으니, 여기 창룡검주께서 계시거든 제발 말이라도 전해 주시오."

그가 정신없이 서둘러 온 것은 사실이지만 전혀 쉬지 못한 것은 아니었다. 적어도 배를 타고 장강을 거슬러 오는 동안은 나름대로 푹 쉴 수 있었으니까. 그러나 그의 이런 호소는 산문을 지키던 여승들의 마음을 움직였다. 상대가 불쌍한 모습을 보이며 인정에 호소하니 계속 강경한 태도로 나갈 수도 없었던 때문이다.

"어찌할까요?"

다른 젊은 여승 한 명이 중년의 여승을 보며 묻는다. 잠시 상인을 쳐다보던 중년의 여승이 말했다.

"매화검께 연락을 드리도록 하자. 신원이 확실하지 않은 자를 이대로 산문 안으로 들일 수도 없는 일이 아니냐?"

중년 여승의 결정에 상인은 안도의 숨을 내쉬었다. 적어도 이대로 쫓겨나는 일은 면한 것이다. 연락을 전하기 위해 서로 안에 들어가고 싶어 하는 젊은 여승들 간에 조금 실랑이가 있은 후에, 아미파 산문 안에서 한 젊은 귀공자 같은 청년이 모습을 드러냈다. 상인의 눈에는 무림인이라기보다는 동정호 주변에 흔한 화류 공자 중의 한 명처럼 보였지만 말이다.

안에서 나타난 그 귀공자 같은 청년은 산문을 지키던 중년의 여승에게 빙긋 미소를 지어 보이며 물었다.

"이분이십니까?"

"아, 네."

갑작스런 미소에 약간 당황해하며 중년의 여승이 대답한다. 귀공자 같은 청년은 고개를 돌려 상인을 쳐다보며 묻는다.

"호암상단에서 오셨다고요?"

"네, 네. 그렇습니다. 창룡검주님."

여승들의 대화를 제대로 듣지 못한 상인은 그가 창룡검주라고 여긴 듯 고개를 깊숙이 숙이며 인사를 한다.

"아, 저는 창룡검주가 아니라……."

그 귀공자 같은 청년이 어색한 웃음을 지으며 말한다.

"매화검 영호준이라 합니다. 창룡맹 맹주님을 대신해서
대내총괄을 담당하고 있지요."

웃는 청년의 얼굴은 그야말로 꽃처럼 환하고 아름다웠
다. 상인이 잠시 멍하니 쳐다보고 있을 정도로.

"창룡검주께 전할 긴급하고 중요한 서찰을 가지고 계시
다고요?"

"아, 네. 네."

매화검 영호준의 말에 정신을 차린 상인이 대답했다.

"좀 볼 수 있을까요?"

"아, 네. 이, 이것입니다만……."

상인은 품에 손을 넣어 비단으로 싼 얇은 물건을 부스럭
거리며 꺼냈다. 고급 비단으로 싸고 풀리지 않도록 수실로
묶은 것이었다.

그것을 본 영호준이 손을 내밀었지만 상인은 오히려 비
단으로 싼 서찰을 두 손으로 감싸 안았다.

"이건 반드시 창룡검주님께 직접 전해야 합니다. 다른 누
구에게도 건네지 말라고 엄명을 받았습니다. 사실 이렇게
꺼내서 보여 드리는 것도 안 되는 일이지만……."

"흠, 그래요?"

매화검 영호준은 다시 한 번 상인을 위아래로 훑어보았
다. 보기에는 그저 평범한 상인일 뿐이다. 특별히 무공을
익힌 흔적은 보이지 않지만 아무래도 조심할 필요가 있었

다.

"그러면 당신의 손목을 좀 잡아 봐도 되겠습니까? 아, 그저 맥을 좀 짚어 보려는 것이니 걱정하지 마십시오."

영호준의 말에 움찔하던 상인은 조금 주저하다가 천천히 손을 내밀었다. 영호준은 그 손목을 잡고 그에게 아무런 내공도 없음을 확인했다.

"좋습니다. 뭐, 사실 확인해야 할 건 더 많지만 일단은 이 정도로 하죠."

매화검 영호준은 고개를 돌려 중년의 여승을 바라보았다.

"이분은 제가 모시고 들어가도록 하겠습니다."

중년의 여승은 고개를 끄덕였다. 매화검 영호준은 상인에게 말했다.

"따라오시죠. 창룡검주님께 안내하도록 하겠습니다."

그 말에 상인의 얼굴이 확 밝아졌다. 그는 비단으로 싼 서찰을 품에 소중히 감싸 안고 매화검 영호준을 따라 아미파 산문 안으로 발길을 옮겼다. 그가 타고 온 지친 말은 산문을 지키던 젊은 여승이 고삐를 대신 맡았다.

운현은 임시 처소로 쓰고 있는 아미의 한 전각에서 감찰어사 조관과 함께 장강 수군도독에 대한 이야기를 나누고 있었다. 매화검 영호준이 모르는 사람과 함께 전각에 들어

오는 것을 보고 운현은 의아한 표정을 지었다.

"맹주님."

매화검 영호준은 가볍게 고개를 끄덕이는 것으로 운현에 대한 인사를 대신했다. 마치 친구 이름이라도 부르는 듯 가벼운 태도였지만 전각에 있는 사람들 중에 그것을 신경 쓰는 사람은 아무도 없었다. 오히려 뒤를 따르던 상인이 당혹한 표정을 보일 정도였다.

상인은 전각에 들어서면서 이곳에 있는 사람들 중에 누가 맹주, 즉 창룡검주인지 알기 위해 신경을 곤두세우고 있었는데 저런 식의 인사로는 도무지 누구인지 알 수가 없었기 때문이다. 아니, 맹주라는데 저래도 되나 하는 생각에 오히려 당황하고 있었다.

"네, 무슨 일이십니까?"

운현이 가볍게 고개를 숙여 영호준의 예에 답하며 말했다. 상인은 운현의 모습을 보며 다시 한 번 당혹감을 느끼고 있었다. 나름대로 조관을 창룡검주라 예상하고 있던 것이 보기 좋게 틀렸기 때문이다.

"호암상단에서 사람이 왔습니다."

영호준은 상인을 쳐다보고는 말했다.

"긴급하고 중요한 서찰을 가지고 왔다고 합니다."

매화검 영호준의 말과 거의 동시에 상인은 고개를 깊숙이 숙이며 운현에게 예를 올렸다.

“호암상단의 사무총관께서 이 서찰을 전하라 하셨습니다.”

“사무총관…… 아, 혹시 이서연 소저인가요?”

고개를 갸웃하던 운현이 문득 생각난 듯 말하자 상인의 얼굴이 환해진다. 계속 경계를 당하다가 아는 척을 하는 사람을 만나니 반가운 것이다. 그리고 동시에 이 청년이 바로 창룡검주라는 것을 확신했다. 비록 옷차림은 평범한 문사의 모습 그대로였음에도 불구하고 말이다.

“네, 네! 그렇습니다.”

그는 기쁜 얼굴로 운현에게 다가서려 했다. 그러나 영호준의 팔이 쑥 튀어나오며 그를 제지한다.

“잠깐.”

영호준은 상인에게 말했다.

“서찰을 주시오.”

“네? 아니, 이건 반드시 직접 전해 드려야 한다고…….”

당황한 표정으로 말하는 상인을 가볍게 묵살하며 영호준은 말했다.

“바로 눈앞에 창룡검주께서 계시지 않소? 아니면 당신이 직접 맹주님께 다가가야 하는 이유라도 있는 것이오?”

세련된 귀공자풍이던 매화검 영호준의 눈빛은 날카롭게 빛나고 있었다. 갑자기 사람이라도 변한 듯 그 기색이 사뭇 험악해서 상인은 자신도 모르게 뒤로 물러서며 침을 삼켰다.

"아, 아니, 꼭 그런 건 아닙니다만……."

영호준은 손을 내밀었다. 상인은 잠시 주저하다가 운현을 한 번 보고는 비단으로 싼 서찰을 내밀었다. 바로 눈앞에 서찰의 수취인이 있는 데다 영호준의 기세가 하도 강경하니 어쩔 수가 없다.

"여, 여기 있습니다."

비단으로 싼 서찰을 받아 든 영호준은 대뜸 그것을 자신의 얼굴로 가져가더니, 냄새를 맡았다.

"킁킁."

"혁. 뭐, 뭐 하는 겁니까!"

상인이 놀라 대경실색하며 물었지만 영호준은 신경도 쓰지 않았다. 다만 인상을 쓰며 중얼거릴 뿐이다.

"흠, 땀 때문인가? 냄새가 너무 강하군."

감찰어사 조관조차 눈살을 찌푸리며 쳐다보았지만, 영호준은 아무렇지도 않게 서찰을 한 손 위에 올려놓고는 다른 손으로 가볍게 몇 번 내리친다.

팡, 팡.

"별달리 들은 건 없는 것 같고……."

영호준은 다시 서찰을 들어 올리고는 킁킁거리며 냄새를 맡는다.

"괜찮군."

조관은 그제야 영호준이 서찰을 조사하고 있다는 것을 눈치챘다. 운현도 마찬가지인지 조금 당황하던 표정이 사라져 있다. 물론 상인은 아직도 당혹한 표정 그대로였지만.

"여기 있습니다."

영호준은 서찰을 들고 운현에게 가까이 갔다. 운현이 반사적으로 손을 내밀었지만 영호준이 고개를 젓는다.

"제가 펴서 드릴 테니 손은 대지 마시고 그냥 내용을 보기만 하십시오. 사실 이럴 필요까지 있나 싶지만 때가 하도 미묘한 때라서요. 제가 생각하기에는 바로 지금이 일을 벌이기에는 딱 좋은 때이기도 하고…… 아, 혹시 내용을 저에게 알리고 싶지 않으시다면……."

"아니, 괜찮습니다."

운현은 미소를 지으며 말했다.

"감춰야 할 건 없습니다. 긴급하고 중요한 연락이라면 더욱 그렇지요. 그리고 감사합니다."

감사를 표하는 운현의 말에 영호준은 덤덤한 표정으로 대답했다.

"천만에요."

영호준은 비단을 풀고 부스럭거리며 서찰을 꺼낸다. 그 모습을 물끄러미 보고 있던 운현이 말했다.

"어쩐지 제가 아는 어느 분과 많이 닮은 것 같군요."

운현을 쳐다보지도 않고 영호준은 말했다.

“닮아요? 미인입니까?”

“그렇습니다. 그리고 아주 똑똑한 분이더군요.”

피식 실소를 흘린 영호준은 서찰을 꺼냈다. 한 장뿐인 서찰에 날아가는 듯한 서체가 그리 길지 않은 내용으로 적혀 있었다. 그러나 그 길지 않은 내용은, 바라보는 운현의 얼굴을 단숨에 굳어 버리게 만들었다.

영호준 역시 서찰의 내용을 보았다. 자신에게는 꺼꾸로 보이지만 내용을 알아차리는 것은 그로서는 별로 어렵지 않은 일이었다.

‘일아영? 누구지?’

굳은 얼굴로 서찰을 보던 운현이 상인에게 고개를 돌린다.

“호암상단에 무슨 일이 있었습니까?”

상인의 얼굴이 굳었다.

“시, 실은……”

머뭇거리던 그의 얼굴이 갑자기 일그러졌다. 그는 침통한 표정으로 말했다.

“상단이 저, 정체불명의 자들에게 습격을 당했습니다.”

“호암상단이 말이오? 아니, 어디에서……”

영호준도 고개를 돌리며 묻는다. 상단이 습격을 당했다 하니, 상행을 하던 배나, 혹 지부가 습격을 당했나 생각한 것이다.

“호남성 장사에 있는 보, 본가입니다. 많은 사람들이 죽었고, 몇 사람은 행방조차 찾을 수 없습니다. 상, 상단주 어르신께서도…… 큭.”

상인은 거의 울먹이며 대답했다.

“사, 사무총관님께서, 창룡검주님을 꼭 모시고 오라 하셨습니다. 이 서찰을 보이시면 반드시, 반드시 도와주실 것이라고…… 크흐윽.”

영호준은 고개를 돌려 운현을 쳐다보았다. 상인의 말을 듣는 운현의 얼굴은 딱딱하게 굳어 있었다. 영호준은 물었다.

“일아영 소저가 누굽니까? 그녀가 행방불명인 것이 맹주님과 무슨 상관이죠?”

“그녀는.”

운현이 대답했다.

“제게는 가족과도 같은 사람입니다.”

운현은 주먹을 쥐었다.

“나 때문에…… 또…….”

이를 악문 운현의 입 사이로 나지막한 음성이 흘러나왔다. 영호준은 문득 무슨 생각이 들었는지 운현에게 물었다.

“그럼 그 정체불명의 자들이란…….”

운현은 영호준의 말에 대답하지 않았다. 대신 자리에서 일어섰다.

덜컹.

의자가 거칠게 밀려나며 소리를 낸다.

"가야겠습니다."

운현은 말했다.

"안 됩니다."

운현을 막아선 것은 영호준이었다.

"함정입니다. 모르시겠습니까?"

영호준은 운현을 똑바로 쳐다보며 말했다.

"지금 이 시점에 이런 일이 일어났다는 것은 결코 우연한 사고가 아닙니다. 이건 분명히 알고 노린 겁니다."

"설령 그렇더라도, 가야 합니다."

운현은 단호한 어조로 말했다. 영호준은 답답하다는 듯 고개를 젓고는 말했다.

"가더라도 상황을 파악하고 대처를 세운 후에 가야 합니다. 이대로는 상대의 의도대로 놀아나는 꼴밖에 되지 않습니다."

영호준은 고개를 돌려 상인을 바라보았다.

"상황을 자세히 설명해 주십시오. 무슨 일이 있었던 겁니까?"

상인은 갑자기 자신에게 향한 영호준의 질문에 조금 당황한 듯했지만, 바로 대답했다.

"머, 며칠 전에…… 그러니까 열흘 전 밤에 정체불명의 괴한들이 본가를 습격했습니다. 본가 건물 세 채가 불에 탔고, 죽은 사람도 십여 명이 넘습니다. 게다가 상단주 어르신께서, 해, 행방을 알 수가 없게 되셨습니다.”

“그게 다요? 아까 말한 것과 다른 게 없지 않소?”

영호준은 눈살을 찌푸리며 말하고는 추궁하듯 다시 물었다.

“일아영 소저는 어찌 된 것이오?”

“이, 일아영 소저요? 저는 잘……..”

“모른단 말이오?”

“아, 네. 저는 사실 일아영 소저가 누군지도…… 아, 그러고 보니 사무총관님의 일을 돕던 그 소저군요. 그렇군요. 그 소저도 행방이…….”

말하던 상인이 문득 생각났다는 듯 고개를 끄덕이다가 아차 하는 표정이 되어 운현의 눈치를 살핀다. 아까 분명히 창룡검주의 가족과 같은 사람이라 하지 않았던가?

“죄송합니다. 저는 그분에 대한 것도 지금 처음 알았습니다. 저는 사무총관께서 긴급히 이 서찰을 전하라 하신 즉시 바로 본가를 출발했기 때문에…… 하지만 사무총관님을 만나시면 자세한 일을 들으실 수 있으실 겁니다. 제발 도와주십시오. 창룡검주님!”

상인은 마치 절이라도 할 듯 고개를 깊숙이 조아리며 말했다.

“알겠습니다.”

운현은 대답했다.

“지금 바로…….”

“맹주님께서는 곧 출발하실 겁니다.”

영호준이 운현의 말을 끊었다. 그는 싱긋 웃으며 상인에게 말했다.

“그러니, 잠시 숨이라도 돌리며 기다려 주시겠습니까?”

“네, 네. 알겠습니다.”

대답한 상인은 운현에게 다시 고개를 숙인다.

“감사합니다. 감사합니다. 맹주님.”

영호준은 아미의 여승을 불러 상인을 안내하도록 했다. 상인이 나가고 다시 운현과 조관, 그리고 영호준만 남게 되자 영호준은 운현에게 조용한 어조로 물었다.

“호암상단에서, 일아영 소저가 맹주님의 가족과 같은 분이라는 것을 알고 있었습니까?”

운현은 고개를 끄덕였다.

“네.”

“최근에 호암상단과 연락을 취하신 적은요?”

“얼마 전 태평맹 무림용봉지회에서 호암상단의 이서연 소저를 만났습니다. 지금은 호암상단의 사무총관이라 하더군요.”

“태평맹…….”

영호준의 눈살이 찌푸려진다. 그러더니 잠시 손으로 턱을 짚고는 생각에 잠긴다.

"설마 호암상단이 태평맹에게…… 아니, 아니지. 당설련 소저가 인질이라는 방법을 쓰기로 했다면 구태여 호암상단의 손을 빌 필요는 없지. 게다가 인질 같은 건 당설련 소저의 취향도 아니고……."

혼잣말처럼 영호준은 계속 중얼거렸다.

"정체불명의 자들이 습격하고 상단주가 행방불명이라…… 호암상단은 단순한 피해자라는 건가? 하지만 너무 공교롭군. 이 시기에 하필이면……."

중얼거리던 영호준이 운현을 쳐다본다.

"그 호암상단의 사무총관이라는 이서연 소저는 전부터 알고 계시던 분입니까?"

"네."

운현은 고개를 끄덕였다.

"언제부터요?"

"음, 그러니까 제가 무림맹 서기가 되기 전부터입니다."

"그래요?"

영호준은 고개를 갸웃했다.

"그렇다면 처음부터 의도된 것은 아니라는 건가?"

영호준은 고개를 저었다.

"어쩔 수 없군요. 현 시점에서는 정보가 너무 적습니다.

게다가 호암상단, 특히 그 사무총관이라는 이서연 소저가 상당히 의심스럽습니다. 그런데 현재 우리에게 자세한 내용을 말해 줄 수 있는 유일한 정보 제공자는 그녀뿐이군요. 객관적인 판단을 할 자료가 너무 부족합니다.”

영호준은 운현을 쳐다보았다.

“이건 분명히 함정입니다. 그래도 가실 겁니까?”

운현은 고개를 끄덕였다. 그의 결연한 눈빛이 그 의지를 말하는 듯했다.

“하아.”

영호준은 긴 한숨을 내쉬었다.

“어쩔 수 없군요. 지금은 그저 최악의 상황을 가정하고 대처를 하는 수밖엔.”

인상을 구기며 영호준은 그렇게 말했다.

*　　*　　*

운현은 호남성 장사에 있는 호암상단의 본가를 향해 출발했다. 서찰을 가지고 온 상인은 물론이고 담소하를 포함한 감찰어사 조관 일행에 영호준마저 동행했다. 사실 맹을 위해선 자리를 비워선 안 되는 영호준이었지만, 함정에 제 발로 걸어 들어가는 게 뻔한 맹주를 그냥 놔둘 수 없다며 자신이 동행할 것을 강력히 주장했다.

“그럼 나는 왜 남아야 하는데요?”

덕분에 대신 일을 떠맡아야 했던 진예림의 입이 튀어나온 것은 당연한 일이었다.

“다 가면 소는 누가…… 아니, 창룡맹은 누가 돌본단 말이오?”

“하지만 맹을 새로 창설한 거라고요. 지금 처리해야 할 일이 태산이란 말이에요. 그런데 정작 장본인들이 쏙 빠져요?”

“걱정 마시오. 여긴 대 명문정파 아미가 아니오? 아미파 십이선사들을 비롯해서, 무림맹 시절부터 강호무림의 정치에 대해서는 이미 대가의 반열에 오른 사람들이 잔뜩 있소. 그분들을 마구 부려 먹으면 되지 않소? 아, 참고로 말하는데, 최대한 불쌍한 표정을 지으면서 부탁하시오. 본래 도사나 불자들이 정에 약하거든. 적당히 치켜세워 주는 것도 잊지 말고.”

천연덕스러운 표정으로 그렇게 말했지만 사실 영호준이야말로 아미에 있어야 하는 사람이다. 남궁세가와의 일이라든가, 화산이나 소림의 소식을 듣기 위해서라도 영호준은 반드시 필요했으니까. 그래서 일이 해결되는 대로 영호준은 바로 아미로 돌아오기로 했다.

“아미의 무승들을 데려가시는 편이 좋지 않겠소?”

법영 사태가 운현에게 말했다.

"아미에는 청허이십사니(淸虛二十四尼)가 있소. 비록 지심 사태의 무공에는 미치지 못한다 해도 그들의 무력이라면 맹주를 수호하기에는 부족함이 없을 것이오."

아미의 신진 고수로 꼽히는 지심 사태는 이미 혜천과 함께 장강으로 떠난 상태였다.

"아닙니다. 매화검께서도 말씀하셨지만, 지금 현재 가장 경계해야 할 것은 태평맹입니다. 아미의 안전을 위해서라도 그들은 이곳에 있는 것이 낫습니다. 그리고 무력이라면……."

운현은 대답했다.

"이대로도 부족하지는 않습니다."

법영 사태는 고개를 끄덕이며 운현의 말을 받아들일 수밖에 없었다. 창룡검주 운현의 실력은 이미 자신이 직접 확인한 바 있는 데다가, 그의 말대로 태평맹이 어찌 나올지 모르니 만일의 경우를 위해서라도 아미를 비우는 것은 좋지 않았기 때문이다.

"호남성 장사까지는 어떻게 가시려 하오?"

"배를 타고 갑니다."

법영 사태의 말에 대답한 것은 영호준이었다.

"배? 그게 제일 빠르긴 하겠으나 영웅맹이……."

걱정스러운 표정으로 법영 사태가 말했다. 영웅맹이 장강을 장악한 이후 장강은 그야말로 영웅맹의 세상이었다.

심지어 태평맹조차도 배를 이용하지 못하고 육로로 사천에 모이지 않았던가?

"제아무리 영웅맹이라도……."

영호준은 실소를 흘리며 대답했다.

"감히 관(官)의 배를 건드릴 수는 없지요."

"아!"

법영 사태가 그제야 무언가 깨달은 듯 말했다. 제아무리 영웅맹이 장강을 장악했다 해도 관의 배를 어찌할 수는 없다. 그들이 장악한 것은 기본적으로 상인들과, 그들을 비호하는 무림 문파의 영역에 대한 것들이기 때문이다.

"감찰어사 조 대인께서 이미 배를 수배해 놓으셨더군요."

영호준의 말대로 감찰어사 조관은 이미 배를 수배해 놓은 상태였다. 바로 이튿날 장강 수군도독을 만나기 위해 출발하려던 참이었기 때문이다. 사실 서찰이 하루만 늦게 도착했어도 운현은 받아 보지 못했을 것이다.

"며칠 전에 먼저 떠난 혜천 스님이나 지심 사태 일행 역시 관의 배를 타고 갔습니다. 장강의 한 곳에서 남궁세가 무사들과 만나기로 했지요."

법영 사태는 고개를 끄덕였다. 당연히 그래야 할 것이다.

"창룡검주께서 맹주님이시라는 것이 아주 다행이군요."

운현을 쳐다보며 법영 사태는 말했다. 운현은 관의 감찰어사 신분이기에, 제한적이라 해도 관의 힘을 활용할 수 있다. 그러니 태평맹이나 다른 문파들과는 달리 창룡맹은 영웅맹의 장강 장악에도 사실상 아무런 영향을 받지 않는 것과도 같았다. 맹주 운현이 관의 감찰어사라는 것은 확실히 대단한 이점을 가지고 있는 것이다.

"이러니 태평맹이 어떻게 해서든 관이라는 배경을 얻고자 한 것이지요. 사실 이것도 아주 일부분에 지나지 않습니다만."

영호준의 말에 법영 사태는 오싹한 한기가 들었다. 아미를 향해 거침없이 야욕을 드러내던 태평맹이다. 그들이 관이라는 배경을 얻었다면 오늘날 태평맹의 오만함과 방자함이 어느 정도였을지 상상조차 가지 않는다. 그야말로 장강을 제외한 곳은 전부 태평맹의 천하와 마찬가지가 되었으리라.

"과연."

법영 사태는 다시 고개를 끄덕이며 동의를 표한다.

"그럼, 다녀오겠습니다."

"꼭, 돌아오십시오."

영호준으로부터 대강의 상황을 들어 알고 있는 법영 사태가 온화한 미소를 지으며 말했다.

"이리도 많은 여자들이 맹주님을 기다리고 있으니 말입니다."

　짓궂은 법영 사태의 농담에 운현은 미소를 지었다. 그녀의 농담이 운현의 근심을 덜어 주려는 것임을 알고 있었기 때문이다.

"감사합니다."

진심을 담아 운현은 그렇게 말했다.

*　　*　　*

　운현이 탄 배는 한순간도 쉬지 않고 물살을 가르며 장강을 따라 내려갔다. 강을 따라 내려가는 뱃길은 순탄했고, 관(官)의 기를 내건 배를 제지하는 사람 역시 아무도 없었던 데다, 바람마저 알맞게 불어 그야말로 물 흐르듯 배는 동정호의 초입인 악양에 도착했다.

　동정호는 마치 바다와도 같았다. 특별한 절경은 없었지만 마치 망망대해와도 같은 그 장대함은 사람들의 시선을 빼앗기에 충분했다. 그러나 장대한 동정호의 모습도, 오랜만에 보는 동정호의 유서 깊은 도시 악양의 모습도 운현의 눈에는 들어오지 않았다. 오히려 악양이 보이자, 악양 근교에 있는 금군교두 일충현 형님의 집이 생각나 더욱 마음이 무거워졌다.

　'형수님께서는 잘 계실까?'

　본래라면 찾아뵙는 것이 당연했지만 지금은 우선 행방불

명인 일아영의 일이 우선이었다. 운현이 탄 배는 그대로 악양을 지나 장사로 연결되는 물길로 진입했다. 호남성 장사까지는 강이 연결되어 있었지만 물을 거슬러 올라가는 것이 느리다 하여 일행은 내려서 마차로 장사까지 가기로 했다.

"이랴!"

따가닥, 따가닥.

감찰어사 조관이 미리 연락을 취해 놓은 덕에, 배가 정박하자 이미 마차가 일행을 기다리고 있었다. 마차는 관도를 쉬지 않고 달려 호남의 대도, 장사를 향했다. 그렇게 해서 운현 일행이 장사에 들어선 것은 사천성 아미산을 떠난 지 닷새 만의 일이었다. 서찰을 가진 상인이 아흐레 가까이 걸린 것에 비하면 엄청난 속도였다.

따각, 따각.

큰 도시인 장사에 들어서자 마차는 속도를 줄였다. 영호준은 마차 밖으로 보이는 장사의 모습에 눈을 빼앗겼는지 계속 바깥을 바라보고 있었다. 담소하 역시 바짝 붙어서 구경에 정신이 없다.

"흠. 호암상단에 큰일이 있었던 것에 비하면 도시 분위기는 그다지 이상한 것이 없군."

"그러게요? 그냥 활기찬 도시인데요? 하긴 벌써 보름이나 지나긴 했지만."

"사무총관님께서 함구령을 내리셨습니다."

영호준과 담소하의 말에 상인이 대답했다.

"아무래도 그런 흉한 일이 있으면 사업에 타격이 있는지라…… 쓸데없는 말이 나지 않도록 입단속을 하라 하셨지요."

"함구령이라…… 그 사무총관이라는 이서연 소저는 상단주 어르신의 딸 아니었소?"

"맞습니다."

"아버지가 행방불명인데 딸이 함구령을 내리다니…… 쉽지 않은 일이었을 텐데."

"그렇죠. 쉽지 않은 일입니다. 하지만 상단의 피해를 최소화하기 위해서는 옳은 결정입니다. 그런 결단력과 판단력 때문에 사무총관께서 상단에서 신뢰를 받고 계시는 것이고, 차세대 기대주로 주목받고 계시는 것이죠. 상단주 어르신의 신뢰도 두텁고 말입니다."

상인의 말에는 사무총관 이서연 소저를 향한 강한 신뢰와 자부심이 드러나고 있었다. 그러나 그 말을 듣는 영호준의 얼굴은 조금 떨떠름한 표정이다.

"그러니까 객관적으로 볼 때 동기가 약하다는 건가?"

"네? 동기라뇨?"

"아니, 아니요. 그냥 혼잣말이니 신경 쓸 것 없소."

영호준은 상인의 물음에 말을 돌렸다. 하지만 여전히 떨떠름한 표정은 지우지 않고 있었다.

'하지만 그렇다고 동기가 없다고 확정 지을 수는 없지. 예로부터 후계자가 선왕을 퇴위시킨 예도 없지는 않단 말이야. 가진 사람의 탐욕이야말로 더 무서운 법이거든.'

"뭐, 동기란 사람마다 다 다르니까요."

영호준의 속마음을 읽었는지 담소하가 혼잣말처럼 중얼거린다. 그사이, 쉬지 않고 달리던 마차는 드디어 호암상단의 본가에 도착했다. 겉으로 보기에는 아무 일도 없는 듯 평온한 호암상단의 정문을 지나 마차가 멈춰 서자 운현 일행은 마차에서 내렸다.

"기별을 넣었으니 바로 사무총관님께서 나오실 것입니다. 잠시만 기다리시지요."

함께 마차에서 내린 상인이 말했다. 정문을 통과할 때 이미 안에 소식을 전하도록 했기 때문이다. 그리고 과연 그의 말대로, 안쪽에서 서너 명의 일행이 모습을 드러냈다.

"호오. 저 사람이 사무총관 이서연 소저인가?"

영호준이 호기심을 숨기지 않으며 말했다. 담소하가 거들듯이 말한다.

"이야, 꽤 아름다운 누님이시네요. 좀 날카로워 보이긴 하지만."

이서연 소저는 좌우를 따르는 세 사람과 함께 걸어 나오고 있었다. 그녀는 걸으면서도 옆 사람들에게 무엇인가 계속 지시를 하고, 보고를 받는지 고개를 끄덕이기도 했다.

옆에 있는 세 사람의 남성은 한 걸음 정도 뒤에서 공손한 태도로 따르고 있어서 그들 간의 우열 관계를 보여 주고 있었다.

"사무총관님!"

운현 일행과 함께 왔던 상인이 내달리듯 이서연 소저 앞으로 다가섰다. 그리고 넙죽 허리를 숙이며 인사를 올린다.

"명하신 일을 마치고 지금 돌아왔습니다."

말을 하던 이서연은 문득 말을 멈췄다. 그리고 자신 앞에 고개를 숙이고 있는 상인을 내려다보았다.

"그래요, 수고했어요. 먼 길에 쉽지 않은 일이었을 텐데 자신의 맡은 일을 훌륭히 완수했군요."

"당연히 해야 할 일입니다."

상인은 더욱 고개를 조아린다.

"들어가서 쉬도록 해요."

이서연의 말에 상인은 다시 한 번 예를 표한다. 그러고는 바로 물러났다. 이제부터는 사무총관 이서연의 일이다. 자신이 나설 자리가 아닌 것이다.

"어서 오세요."

이서연은 운현 일행을 향해 가볍게 예를 표했다.

"쉽지 않은 걸음을 해 주신 것에 대해 호암상단을 대표해서 감사드려요."

운현이 이서연에게 예에 답하며 말했다.

“아니요, 서연 누이. 오히려 내가…….”

“잠깐 자리를 옮기시겠어요?”

이서연이 운현의 말을 끊으며 말했다.

“부족하지만, 여러분을 위해 안쪽에 자리를 준비시켰답니다.”

말을 마친 이서연은 옆의 사내에게 무엇이라고 말했다. 그 사내는 즉시 고개를 숙여 명을 받든다.

“저를 따라 오시지요.”

사내가 운현 일행에게 말했다. 운현이 이서연을 쳐다보자 이서연이 고개를 끄덕인다.

“긴 여정으로 인해 피곤하실 테니 잠시 쉬면서 기다려 주세요. 하던 일이 있으니 먼저 처리한 후에 곧 가도록 하지요.”

“알겠습니다.”

운현은 고개를 끄덕였다. 운현 일행이 사내를 따라 걸음을 옮기려는데 문득 이서연이 다시 말했다.

“아, 그리고 마차는 돌려보내 주시겠어요? 관의 기를 달고 있는 것이 너무 눈에 띄는군요. 쓰실 마차는 저희가 따로 준비하도록 하겠어요.”

“알았소.”

감찰어사 조관이 말했다. 조관이 마부에게 돌아가라 이르고, 일행은 사내를 따라 호암상단의 안쪽으로 발길을 옮겼다. 이서연 역시 어디론가 걸음을 옮긴다.

사박.

그러나 그 자리를 떠나는 것처럼 보이던 이서연은 몇 걸음 옮기는 듯하더니 문득 발길을 멈췄다. 그리고 고개를 돌려 운현 일행의 뒷모습을 바라본다.

운현의 모습이 모퉁이를 돌아 사라질 때까지, 계속 그녀는 그 자리에 서 있었다.

제6장
두 개의 반지

　운현 일행이 안내된 곳은 호젓한 작은 정원을 끼고 있는 작은 정자와 같은 곳이었다. 앞에서 본 호암상단과는 아주 대조적인 분위기여서, 영호준이 감탄을 했을 정도였다.

　"멋지군요."

　풍류로 이름났던 매화검답게 영호준은 이곳이 무척 마음에 드는 듯했다.

　"이 정도로 운치 있는 곳은 풍류의 고장이라는 서호에서도 쉽게 보기 힘듭니다. 이곳에 미녀만 한 명 있다면 아주 금상첨화네요."

　"하지만 우리는 전부 남자인데요? 뭐, 하긴 미녀가 오긴

올 거지만. 그리고 미녀가 한 명인 것보다는 여러 명이면
더 좋지요."

"모르는 소리. 꽃은 한 송이일 때 더 고고하고 그 아름다
움이 빛나는 법이라네. 꽃이 여럿이면, 아름다움 그 자체보
다는 쾌락에 더 관심이 쏠리게 마련이거든. 자네는 꽤 박식
한데도 불구하고 미학에 대한 소양이 좀 부족한 것 같군."

담소하의 말에 영호준이 짐짓 진지한 목소리로 답했다.
물론 듣고 있는 감찰어사 조관이나 운현은 쓴웃음을 지었지
만 말이다.

"그나저나 언제 오는 거예요? 곧 온다더니."

이서연 소저를 기다리며 일행은 정자에 앉아 조용히 시
간을 보내고 있었다. 각 사람 앞에 있는 작은 탁자에는 차
외에도 간단한 다과가 놓여 있었지만 차 말고 다른 것에 손
을 대는 사람들은 없었다. 요 며칠 동안 배와 마차에 계속
시달린 탓에 다들 식욕이 없었던 것이다. 그래서인지 담소
하의 불평대로 기다리는 시간이 더 길게 느껴진다.

"긴급사태라며 서찰을 보내온 것치고는 너무 침착하지
않아요? 뭐랄까, 이거 괜히 온 건 아닌가 하는 생각마저 들
정도라고요."

"글쎄. 첫 대면에서부터 눈물을 글썽거리고 안겨 온다
면 그건 그거대로 또 너무 뻔한 싸구려 전개이기는 하지
만……."

영호준은 찻잔을 들어 올리며 말했다.

"나라면 오히려 처연하게 보이는 쪽을 선택할 것 같군. 약간 분위기를 잡으며 슬픔을 감추는 미녀 말이지. 상대가 맹주님이라면 그 편이 확실하게 먹힐 것 같아."

"흐음, 그럴까요?"

운현은 아무 말이 없는데, 담소하가 미심쩍은 표정으로 말했다.

"그 소저, 어쩐지 찔러도 피 한 방울 안 나올 것처럼 보이던데요? 저는 오히려 그 아가씨가 냉정한 태도로 현실적인 판단을 하고 단호한 결정을 내릴 것 같아요. 얼음 같은 미녀 말이에요."

"그건 그저 자네 취향 아닌가?"

"뭐, 그렇기도 하지만요."

담소하가 머리를 긁으며 멋쩍게 웃는다.

"헌데, 맹주님."

영호준이 운현을 향해 말했다.

"아까 사무총관에게 서연 누이라 하시던데, 두 분이 어떤 사이입니까?"

담소하는 물론 일행의 시선이 일제히 운현에게 향한다. 그들 역시 궁금하긴 마찬가지였던 것이다.

"음, 그러니까…… 예전에 호암상단의 어르신 한 분이 제 의형께 생명의 은혜를 입었다고 합니다. 그 덕분에 저도 호의를 입고 있지요. 그러고 보니 처음에는 숙부라 부르겠다고 하더군요."

예전 이서연의 모습을 떠올리며 운현은 희미한 미소를 지었다.

"흠. 그래요?"

영호준은 잠시 아까 이서연의 모습을 떠올렸다. 운현이 그녀를 누이라고 부른 것에 비해 그녀는 그리 친근한 태도를 보이지 않았기 때문이다.

"그러면 맹주님의 의형께서는 호암상단과 일찍부터 왕래가 있었군요."

"아니, 그건 아닙니다."

영호준의 말을 운현이 정정한다.

"그 생명의 은인이 제 의형 일충현 형님이신 것을 호암상단에서 알게 된 건 제가 이곳에 왔을 때니까요. 제 의형께서……."

예전 금군교두 일충현의 기억이 떠오른 운현이 잠시 말을 멈췄다.

"돌아가신 이후입니다."

일충현의 기억과 함께 형수님과 일아영에 대한 걱정이 새삼 물밀듯이 운현의 가슴을 채운다. 운현의 얼굴이 굳어지는데 영호준이 중얼거리듯 말한다.

"마침 맹주께서 이곳에 오셨는데, 마침 잊혀진 생명의 은인을 찾았다는 겁니까?"

"매화검께서 걱정하시는 건 알겠습니다만."

운현은 희미한 미소를 지으며 말했다.

"그때 저는 그야말로 아무것도 가진 것이 없는, 보잘것없는 낙향문사였습니다. 무림맹에 서기로 들어가기도 전이지요. 비록 모든 사람이 자신을 우주의 중심이라고 생각한다지만, 모든 게 저 때문이라는 착각을 할 정도로 제가 생각이 없지는 않습니다. 호암상단과 이서연 소저의 호의는, 진심입니다."

"흐음, 그런가요?"

영호준으로서도 딱히 반박할 말이 없었다. 지금이야 운현이 창룡검주이고, 조정의 감찰어사이며, 창룡맹의 맹주라지만 그때는 말 그대로 아무 볼 것이 없는 낙향문사에 불과했다니까 말이다.

"그럼 그 이후에 무림맹에 서기로 들어가서 검을 배우신 거예요?"

문득 담소하가 묻는다. 그 말에 운현이 쓴웃음을 짓는다.

"설마 그럴 리가요. 제가 검을 배우게 된 건……."

운현이 말하는데 문득 입구 쪽에서 인기척이 난다. 일행이 고개를 돌려 보니 이곳의 사무총관인 이서연 소저가 마치 그림 같은 모습으로 정원을 가로질러 걸어오고 있었다.

자박자박.

조금은 가볍고 규칙적인 발걸음. 담담하고 조금은 무표정하기까지 한 모습으로 이서연은 걸어오고 있었다. 그녀의 발길은 일행이 있는 정자를 향하고 있었지만 그녀의 시선은 조금 아래로 떨어뜨린 채 바닥을 보고 있다.

"아, 서연 누이."

운현이 그녀를 불렀다. 그 목소리에 고개를 든 이서연이 문득 발걸음을 멈춘다. 일행이 앉아 있는 정자 바로 앞이었다. 그녀의 시선이 자신을 부른 운현의 얼굴에 가 닿는다.

"오라버니."

조금은 떨리는 듯한 작은 그녀의 목소리. 그와 함께 사무적인 그녀의 표정이 무너지며 놀란 듯 커다랗게 뜬 그녀의 눈동자가 흔들린다. 마치 처음 운현을 발견한 것 같은 표정. 그리고 갑자기 이서연의 눈동자에 가득 눈물이 맺히는가 싶더니 바로 주르륵 흘러내린다.

"서연 누이!"

놀란 운현이 자리에서 벌떡 일어섰다. 자리에서 일어선 것은 운현만이 아니어서, 이곳에 있던 일행들 전부가 놀란 표정으로 일어나 있었다.

"미안해요."

이서연의 붉은 입술 사이로 마치 신음처럼 가느다란 음성이 새어 나왔다. 그녀의 눈에서는 눈물이 샘솟듯 흘러나오고, 이서연은 두 손을 들어 올려 얼굴을 가린다.

“미안해요, 오라버니. 미안해요, 미안해요.”

두 손으로 얼굴을 가린 채 눈물을 흘리며 계속 미안하다고 말하는 이서연. 갑자기 그녀의 몸이 바람에 흔들리듯 휘청하고 중심을 잃는다. 그리고 그대로 옆으로 쓰러진다.

휙!

반사적으로 운현이 몸을 날렸다. 그리고 순식간에 두 손으로 마치 안듯이 이서연의 몸을 부축한다. 제일 빠른 것은 운현이었지만 몸을 날린 사람은 운현만이 아니었다. 영호준은 자기처럼 조관 역시 몸을 날린 것을 보고 쓴웃음을 짓는다.

“서연 누이, 이게 어찌 된 일이오?”

운현이 근심이 가득한 표정으로 묻는다. 그가 부축한 이서연의 몸이 마치 깃털처럼 가볍다.

“미안해요.”

이서연은 마치 끊어질 듯 가냘픈 목소리로 말했다. 아까 정문에서 보았던 차가운 모습이 마치 딴사람 같을 정도다.

“모두, 저 때문이에요.”

그녀는 눈물을 흘리며 운현에게 말했다.

“제발…….”

이서연의 눈물 젖은 눈동자가 운현을 바라보았다. 그녀의 두 눈에 눈물이 그렁그렁하다.

“아버님을 구해 주세요.”

"서연 누이……."

착잡한 마음에 운현이 나지막이 대답하는데, 문득 영호준이 끼어들었다.

"잠시."

영호준은 운현에게 양해를 구하고는 대뜸 이서연의 손목을 잡았다. 이서연이 움찔 놀라는데, 영호준의 의도를 짐작한 운현이 이서연에게 고개를 끄덕이며 말한다.

"괜찮소. 매화검께서 서연 누이를 걱정해서 그러는 것이니……."

이서연은 운현의 말에 고개를 작게 끄덕였다.

"흠. 일단 큰 이상은 없습니다만…… 기운이 상당히 쇠약해져 있군요."

영호준이 이서연을 보며 말했다. 여전히 이서연의 손목을 잡은 채다. 이서연은 살짝 손을 빼냈다. 그러고는 몸에 힘을 주어 자세를 바로 했다. 운현의 부축도 거절하고, 영호준이 자연스럽게 내민 손 역시 거절했다.

"고맙습니다."

얼굴을 적신 눈물을 가볍게 닦아 내고, 그녀는 영호준에게 감사를 표했다.

"서연 누이."

운현이 걱정스러운 표정으로 묻자 이서연은 운현을 쳐다보며 말했다.

"저는 괜찮아요. 그저 조금…… 피곤할 뿐이에요."

여전히 눈물이 그렁그렁한 그녀의 미소가 오히려 더 슬퍼 보여서 운현은 가슴이 아팠다.

"죄송합니다."

이서연은 일행에게 고개를 숙이며 말했다.

"여러분께 추태를 보여 드렸군요. 오라버니를 만나니 그만 긴장이 풀려서…… 죄송해요."

그녀의 예에 감찰어사 조관을 비롯한 일행은 고개를 끄덕인다.

"우선 자리에 앉으시지요. 하하, 이거 제가 마치 주인 같군요."

영호준이 넉살 좋게 말한다. 하지만 덕분에 심각하던 분위기는 좀 가벼워졌다. 갑작스런 이서연의 눈물 때문에 무겁게 가라앉아 있던 공기가 숨이 트인 듯한 느낌이다.

운현의 걱정스런 눈길과 함께 이서연이 자리에 앉고, 다른 일행도 자신의 자리에 앉았다. 운현의 바로 옆에 자리를 잡고 앉은 이서연은 격동된 자신의 감정을 가라앉히려는 듯 시선을 내린 채 잠시 동안 말이 없다.

"좋은 정원이군요. 만드신 분의 품격이 느껴지는 곳입니다."

영호준이 아무렇지 않은 듯 말했다. 이서연은 가볍게 미소를 지었다.

“감사합니다.”

이서연은 곧 운현에게 시선을 돌렸다.

“오라버니, 이분들은……."

그녀의 말에 운현은 아직 일행을 소개하지 않았다는 사실을 떠올렸다.

“아, 이분은 조정의 감찰어사이신 조관 대인, 그리고 옆에는 항장익, 백운상, 담소하라 하오. 그리고 이쪽은 화산의 매화검이신 영호준 대협. 창룡맹에선 대내총괄을 맡고 계시오.”

“편하게 말씀하세요, 오라버니.”

이서연은 운현에게 미소를 지으며 말했다. 그리고 운현이 소개한 사람들에게 일일이 고개를 숙이며 예를 표했다.

“이서연이에요. 호암상단의 사무총관을 맡고 있어요.”

“아까 모두 저 때문이라고 말씀하시던데……."

갑자기 영호준이 본론을 꺼냈다.

“무슨 뜻입니까?”

이서연의 얼굴이 살짝 굳는다. 그러고는 운현을 돌아본다.

“괜찮소. 아니, 괜찮아. 서연 누이.”

안심시키려는 듯 미소 지으며 말하는 운현의 모습에 이서연은 고개를 끄덕였다.

“모두 제 탓이라고 말씀드린 건……."

이서연은 잠시 말을 멈췄다. 고개를 숙이고 잠시 생각하던 그녀가 고개를 들었다.

"그래요. 처음부터 말씀드려야겠군요."

일행을 바라보며 이서연은 말했다.

"문왕은, 혈공자로 불리기 이전부터 상계에선 암암리에 유력자로 알려져 있던 이름이었어요."

"문왕!"

갑자기 튀어나온 그 이름에 영호준이 놀라 반문한다. 운현의 얼굴 역시 굳는다. 혈공자 문왕이라면 바로 항주 무림맹을 무너뜨린 장본인이자 일대상인과 직결되는 인물이 아닌가?

"그 정체에 대해서는 전혀 알려지지 않았지만 그는 천하 삼대 거상, 아니, 당시에는 천하 오대 상단이 모두 인정하는 큰 거래선이었죠. 당시 손꼽히던 다섯 개 상단이 현재 삼대 거상이 된 건 문왕과의 거래가 끼친 영향이 커요."

"두 상단이 몰락했단 말입니까? 문왕과 거래선이 끊겨서?"

"그보다는 문왕과 거래를 성공시킨 다른 세 개 상단이 급격하게 규모가 커진 거예요. 그 결과 나머지 두 개 상단의 영향력이 자연스럽게 축소되었죠. 당시 문왕은 희귀한 약초 같은 고가의 품목을 매우 대량으로 사들였어요. 거래량은 그다지 크지 않았다 해도 금액은 엄청났죠. 한 번의 거래에 상단의 일 년 거래 대금 몇 배가 오갈 정도로 말이에요.”

“약초라…….”

영호준이 무언가 생각에 잠긴다.

“그리고 항주에서 혈사가 있은 후, 비로소 그가 혈공자라는 것을 알았죠. 무림맹을 무너뜨리고 영웅맹의 배후에서 실제로 장강을 장악한 바로 그 혈공자 문왕.”

이서연은 살짝 입술을 깨물었다.

“영웅맹의 배후가 문왕이라는 것이 밝혀지자 상단들은 그와 계속 거래를 하는 것에 대해서 재고할 수밖에 없었어요. 하지만 그는 장강을 장악하고 있었죠. 장강 물류는 천하 삼대 상단 모두에게 작지 않은, 아니, 커다란 비중을 차지하고 있거든요. 그래서 혈공자 문왕과 거래를 끊는다면 그로 인한 타격이…… 상단을 휘청거리게 만들 정도니까요.”

이서연은 잠시 말을 멈췄다. 그사이 영호준이 조심스럽게 말을 건다.

“잠깐 몇 가지 물어봐도 되겠습니까?”

고개를 돌려 영호준을 바라본 이서연이 살짝 고개를 끄덕였다.

“그럼 천하 삼대 거상, 아니, 당시 다섯 개의 커다란 상단들은 전부 문왕의 존재에 대해 알고 있었다는 말입니까? 항주혈사 이전부터?”

“네.”

“으음.”

영호준은 낮게 신음을 흘렸다. 그녀의 말이 맞는다면 상단조차 알고 있던 일을 무림맹만 모르고 있었다는 말이 된다. 항주혈사 직전까지 운현의 경고조차 무시하고 있었으니 당시의 무림맹이 얼마나 눈뜬장님이었는지 실감이 난다. 자신의 기득권에 취해 앞을 제대로 보지 못하고 있었던 것이다.

“그럼 영웅맹의 배후가 혈공자 문왕이라는 소문은…….”

“저희를 비롯한 상단들 측에서 의도적으로 흘린 거예요. 사실이 그러니까요.”

영호준은 고개를 끄덕였다. 항주혈사 이후 나도는 혈공자 문왕에 대한 소문이 어쩐지 너무 구체적이고 정확하다는 생각이 들었는데, 이런 이유가 있었던 것이다.

‘흠. 영웅맹에서 일부러 흘린 것이 아닌가 생각했는데…….’

영호준은 다시 물었다.

“문왕 측에서 요구한 약초가 어떤 것인지 알려줄 수 있습니까?”

“다양해요. 약초뿐만 아니라 다양한 약재가 거래 대상이었죠. 원하신다면 품목을 건네 드리도록 하겠어요.”

“고맙습니다.”

영호준이 말했다. 그리고 대뜸 묻는다.

"헌데 왜 소저 탓이라 말한 거지요?"

이서연의 안색이 굳었다. 말없이 입술을 깨물고 있던 작은 소리로 말했다.

"모두…… 제 탓이니까요."

신음을 흘리듯 그녀는 말했다.

"처음 문왕과 거래를 추진한 것도, 그리고 그 거래를 끊기로 결정한 것도……."

이서연은 고개를 들어 운현을 바라보았다.

"모두, 저예요."

운현을 향한 이서연의 눈빛은 강렬했다. 그러면서 동시에 마치 모든 것을 포기한 것처럼 담담하기도 했다.

"거래를 끊으면 상단이 휘청거릴 정도라고 하지 않았습니까? 그런데 왜……."

영호준의 목소리에 이서연은 고개를 돌렸다. 그리고 영호준을 바라보며 말했다.

"그는 살인자예요."

이서연은 조금도 주저함 없이 말했다.

"비록 우리가 판 것이 도검(刀劍)은 아니지만, 어떤 식으로든 혈공자 문왕이 사람을 죽이는 데 사용되었겠죠. 상단의 딸로서, 그런 건 절대 용납할 수 없어요."

영호준의 눈을 똑바로 바라보며 이서연이 말했다. 그녀

의 목소리는 단호했고, 눈빛은 당당하기만 했다.

"그러면 소저는 정체불명의 그 습격이 혈공자 문왕의 짓이라고 생각하는 겁니까? 거래를 끊음으로써 혈공자 문왕에게 반항하는 호암상단에 대한 혈공자 문왕의 보복이라고?"

"생각이 아니라 사실이에요."

이서연은 단정적인 목소리로 말했다.

"보름 전 습격으로 본가의 건물 세 채가 불타고 경비무사 삼십 명과 본가의 식솔 열두 명이 죽었어요. 본가의 식솔 열두 명은 처음엔 행방을 알 수 없었지만 곧 부근에서 시신을 발견했죠. 하지만 끝까지 행방을 알 수 없는 사람이 두 사람이었어요. 한 분은 호암상단의 상단주이신 제 아버님이시고 또 한 분은."

이서연은 운현을 보았다. 그리고 시선을 아래로 내렸다.

"일아영 소저예요."

운현이 이를 악물었다. 이서연은 잠시 동안 운현을 쳐다보지 못하고 고개를 떨구고 있었다.

"혈공자 문왕의 짓이라고 단정한 이유가, 일아영 소저의 행방을 찾을 수 없다는 것 때문인가요?"

영호준이 고개를 갸웃하며 묻는다.

"아니에요."

바스락.

이서연은 품에서 작은 서찰 한 장을 꺼냈다.

"이게 아버님의 집무실에 있었어요."

이서연은 서찰을 운현에게 건넸다. 서찰을 건네는 이서연의 하얀 손이 가늘게 떨린다. 그 모습을 보는 영호준이 눈살을 찌푸리며 운현에게 경계의 눈빛을 보냈지만, 운현은 서슴없이 그 서찰을 받아 들었다.

운현은 서찰을 펴서 그 내용을 보았다. 운현의 표정이 딱딱하게 굳는데, 영호준은 서찰보다 이서연의 안색을 살핀다.

바삭.

서찰이 운현의 손안에서 소리를 낸다. 그리고 운현이 손이 움켜쥔 탓이다. 잠시 서찰을 뚫어져라 보고 있던 운현은 그 서찰을 매화검 영호준에게 넘겼다.

"창룡검주가 아니면 두 사람을 구할 수 없다."

영호준은 소리 내어 서찰의 내용을 읽었다.

"그래서 사람을 보내신 것이군요."

감찰어사 조관에서 서찰을 넘기며 영호준이 물었다.

"네. 그리고 그 사흘 후에, 이것이 왔어요."

이서연은 품 안에서 또 다른 서찰 하나를 꺼냈다.

"그리고 이것이 함께 들어 있었죠."

달칵.

이서연이 서찰과 함께 품 안에서 꺼낸 것을 앞에 내려놓

았다. 그녀의 손이 치워지자 나타난 것은 두 개의 반지였
다. 옥으로 된 고급스럽고 조금 큰 반지가 하나, 그리고 그
보다 작은 평범해 보이는 반지가 하나.

"이 옥 반지는 아버님의 것이에요. 그리고 이쪽은……."

"알고 있소."

운현의 목소리가 흘러나왔다. 마치 마음속 격동을 억눌
러 참는 듯, 이를 악물고 운현은 말했다.

"이 반지는 내가 아영 누이에게 건넨 것이자……."

운현은 천천히 손을 뻗었다. 이서연은 작은 반지를 들어
운현에게 건네주었고, 운현은 손에 든 그 반지를 내려다보
았다. 그리고 꽉 쥐었다.

"형님께서 내게 남기신 유일한 유품이오."

이를 악물고, 운현은 눈을 감았다. 반지를 쥐자 금군교두
일충현의 모습이 떠올랐다. 삭막한 황궁에서 언제나 온화한
웃음으로 자신을 맞아 주던, 듬직한 태산과도 같던 그의 모
습. 마지막으로 본 그의 모습, 자신의 죽음을 앞두고 모든
것을 내주던 그의 모습이 마치 어제 일처럼 생생하다.

'형님.'

손에 쥔 반지에서 아직도 일충현의 온기가 느껴지는 것
같았다. 그런데 그 유일한 딸 일아영은 바로 자신 때문에
목숨의 위협을 당하고 있다.

'아영 누이.'

운현은 격동을 감출 수가 없었다. 고마움만큼이나 슬픔이 크고, 슬픔만큼이나 커다란 분노가 운현을 지배하려 했다. 자신조차 어쩔 수 없는 분노를 억누르기 위해, 운현은 눈을 감고 이를 악물 수밖에 없었다.

"그 서찰의 내용을 좀 볼 수 있겠습니까?"

영호준이 말했다. 이서연은 대답 대신 운현을 쳐다본다. 운현은 눈을 뜨고 고개를 끄덕였다. 이서연에게서 서찰을 받아 든 영호준은 대번에 인상을 구겼다.

"두 개의 반지. 그 반지를 받을 자격이 있는 두 사람만 오라. 다른 사람이 끼어들 경우 반지 주인의 목숨은 보장하지 못한다. 두 개의 반지, 두 개의 목숨, 오직 두 명의 방문자만이 두 사람을 구할 수 있다."

서찰을 읽은 영호준은 감찰어사 조관에게 넘기며 말했다.

"파양호로 오라는군요. 친절하게도 혈공자 문왕이라는 서명까지 되어 있습니다. 혈공자라는 호는 사람들이 붙인 것이라고 알고 있는데, 의외로 마음에 든 모양이로군요."

영호준은 피식 실소를 흘리며 말했다.

"파양호요?"

담소하가 되묻는다. 파양호라면 동정호에 버금가는 거대한 호수다. 동정호가 역사, 문학적으로 유명한 것에 비하면 부족한 감이 있지만 그 수려한 풍광과 규모로는 절대 뒤떨어지지 않는, 내륙의 바다와도 같은 호수다.

영호준은 굳은 얼굴로 생각에 잠기며 중얼거렸다.

"파양호라…… 습격이 있은 후 사흘 만에 이 반지가 왔다면 미리 끌고 갈 장소를 정해 두고 있었다는 뜻이겠군. 게다가 파양호라면 작은 섬들이 많으니 숨을 곳도 많고…… 혈공자 문왕의 거처가 파양호인가? 아니, 자신의 본거지를 노출시키는 짓을 하지는 않을 테니 임시로 만든 곳이겠군. 창룡맹의 맹주를 잡기 위한 덫으로 말이야."

영호준은 고개를 돌려 운현을 쳐다보았다.

"가시면 안 됩니다."

운현은 영호준을 보았다. 그 눈빛에서 영호준은 운현의 대답이 무엇인지 알았다.

"하지만, 가시겠군요."

"이것은 선택의 문제가 아닙니다."

운현은 말했다.

"이것은, 운명입니다."

영호준은 한숨을 내쉬었다.

"맹주님께서 운명론자이신 줄은 몰랐군요."

고개를 젓던 영호준은 운현을 보았다.

"하지만 살다 보면 반드시 해야만 하는 일이라는 게 있기 마련이죠. 설령 그 일이 아무리 어렵고 힘들더라도, 그리고 어쩌면 자신의 생명마저 요구할지도 모른다는 것을 알면서도 말이죠."

다시 한 번 영호준은 한숨을 내쉬었다.

"제가 생각한 최악의 상황보다, 더 나쁘군요."

중얼거리듯 영호준은 말했다. 그의 시선은 운현의 굳어 있는 얼굴과, 그리고 마찬가지로 굳어 있는 이서연을 향하고 있었다.

"소저는 어쩌시겠습니까?"

"가야죠. 제가 자초한 일이니까요."

이를 악물고, 굳은 표정으로 말한 이서연은 고개를 돌려 운현을 바라보았다.

"오라버니, 저는……."

운현을 향한 그녀의 눈동자가 숨길 수 없는 격동으로 흔들리고 있었다.

"미안해요. 저 때문에……."

금방이라도 다시 눈물을 쏟을 듯한 이서연. 운현은 이서연을 보며 말했다.

"괜찮아."

굳은 표정은 어찌할 수 없었지만 운현의 눈빛은 따뜻하고 부드러웠다.

"누이 때문이 아니야. 이건……."

"하지만 정말 괜찮겠습니까?"

감찰어사 조관의 목소리가 문득 들려온다.

"운 대인의 강함은 저도 익히 알고 있습니다만, 이서연 소저는 평범한 아녀자입니다. 소저는 차라리 이곳에 남아 있는 것이……."

"아니에요."

"아닙니다."

두 사람의 목소리가 조관에게 동시에 답했다. 한 명은 이서연이었고, 한 명은 영호준이었다. 이서연이 영호준을 돌아보는데, 영호준이 느긋한 표정으로 말한다.

"이서연 소저는 무공을 압니다. 그것도 제대로 된 곳에서 상당 기간 수련을 한 사람이에요. 차라리 무림인이라고 해도 믿을 정도지요. 그러니 평범한 아녀자라 말하기엔 조금 무리가 있겠군요."

"어떻게 아셨죠? 아! 아까 제 손목을……."

"그것도 그렇습니다만……."

영호준은 찻잔을 들어 올리며 느긋한 목소리로 말했다.

"소저의 발걸음 소리와 몸을 움직이는 모습에서 이미 짐작하고 있었습니다. 확신한 것은 소저의 맥을 살펴보았을 때지만요. 꽤 정통한 무공을 익히신 것 같던데……."

"남궁세가예요."

영호준이 짐짓 놀란 표정을 짓는다.

"저희 상단은 본래 남궁가와 친분을 맺고 있었어요. 저는 남궁세가에 가서 몇 년간 무공을 배웠죠. 그러니까……."

이서연은 운현을 보며 말했다.

"오라버니의 발목을 잡거나 하지는 않을 거예요."

"그러면 결정됐군요."

영호준이 말했다.

"파양호는 두 분이 가시는 수밖엔 없겠네요."

"정말 두 분만 보내자는 것이오?"

감찰어사 조관이 눈살을 찌푸리며 말한다. 영호준은 고개를 젓는다.

"어쩔 수가 없어요. 우리가 은밀히 뒤를 쫓거나 했다가는 바로 눈치를 챌 겁니다. 지금 상대를 자극해선 안 돼요. 정말 두 사람을 구해 낼 생각이라면 말입니다."

"하지만……."

"그렇다고 손을 놓고 상대의 의도대로 놀아날 수는 없지요."

영호준은 이서연을 돌아보며 갑자기 물었다.

"언제 출발해야 하죠?"

이서연은 어두운 표정으로 대답했다.

"글쎄요. 아버님이나 일아영 소저를 생각하면 당장이라도……."

"어허, 그렇게 서둘면 안 됩니다. 급할수록 돌아가라는 말도 있고, 중요한 일일수록 충분한 대비를 해야 하는 법이죠."

영호준은 혀를 차며 말했다. 그러자 담소하가 저렇게 말할 거면 대체 왜 물어봤나 하는 표정으로 영호준을 쳐다본다.

"우리는 아미산에서 이곳까지 며칠을 쉬지 않고 달려왔습니다. 피로도 쌓여 있고 마음도 급하죠. 절대적으로 휴식이 필요한 상태입니다. 게다가 사람이란, 잠을 자고 나면 의외의 해결책이 떠오르는 경우도 많습니다. 그러니 적어도 사흘."

손가락 세 개를 들어 보이며 영호준은 말했다.

"사흘만 이곳에서 시간을 끕니다. 이 기회에 혈공자 문왕을 좀 애타게 만들어 보죠."

"하지만……."

"하지만 그러다 잡혀간 분들이 혹 해를 당하면 어떻게 하죠?"

이서연이 막 무언가 이야기하려는데 담소하가 물었다. 이서연 역시 같은 것을 말하려는 참이었는지 영호준을 쳐다본다.

"맹주님, 혹시 혈공자 문왕이 어떤 사람인지 아십니까? 개인적인 은원 같은 것이 있나요?"

"개인적인 은원은…… 잘 모르겠습니다. 아직 그를 만난 적도 없으니까요."

"그렇죠. 한 번도 본 적이 없는데 나에게 원한을 품는 남자도 많았으니까요."

영호준이 고개를 끄덕이며 운현의 말에 동감을 표한다. 아마 그가 말하는 것은 여자와 연관된 것이리라. 운현은 쓴 웃음을 지으며 계속 말했다.

"그리고 제가 볼 때 혈공자 문왕은…… 대단히 영리하고 또 치밀한 사람입니다."

"그렇군요."

영호준은 이서연에게 물었다.

"소저는 어떠십니까?"

"개인적인 은원은 없을 거예요. 하지만 거래에 대해 말하자면…… 그는 무척 치밀하고 정확하며, 그리고 무자비했어요."

"영리하고, 치밀하고, 정확하고, 무자비하다."

두 사람의 말을 종합하듯 영호준은 중얼거렸다.

"그러면 잡혀간 두 분은 일단 안전할 겁니다."

영호준은 말했다.

"혈공자 문왕이 원하는 것을 얻으려면 그 두 사람이 반드시 필요합니다. 그러니 두 사람의 목숨은 오히려 문왕이 반드시 지키려 할 겁니다."

그 말에 담소하가 이의를 제기한다.

"하지만 인질을 고문하거나…… 헙."

인질이라는 말에 운현과 이서연의 안색이 변하는 것을

본 담소하가 급히 입을 닫는다. 감찰어사 조관마저 얼굴이 굳는다.

"틀린 말은 아닙니다. 잡혀간 두 분은 분명히 인질이죠. 그리고 이런 납치 사건의 경우 인질들이 고문을 당하거나 혹은 이미 죽었을 경우도 분명히 있습니다. 하지만 문왕이 치밀하고 영리한 사람이라면, 아직은 절대적으로 안전할 겁니다."

"어째서죠?"

이서연이 묻는다.

"맹주님께서 그들의 안전에 대해 확인을 요구하실 테니까요."

영호준이 바로 대답했다.

"상대의 협박에 벌벌 떨며 무엇이든 받아들이면, 상대는 인질이 더 이상 필요하지 않다고 느끼게 됩니다. 그저 협박만 하면 된다고, 무엇이든 자신의 말대로 따르게 된다고 생각하게 되겠죠. 그럼 정말로 인질들의 안전이 위험해지는 겁니다."

말하는 영호준의 눈은 차가웠고, 그 목소리는 냉정했다.

"그러니 정말 인질들을 구하고 싶으시다면 결코 협박만으로는 움직이지 않는다는 것을 상대에게 확실히 알려 줘야 합니다. 원하는 것을 얻으려면, 절대적으로 인질들의 안전이 우선되어야 한다는 것을 분명히 밝혀야 한다는 겁니다.

그러니까 맹주님."

운현을 돌아보며, 영호준이 차가운 눈빛으로 말했다.

"설령 그들이 어떤 협박을 하더라도, 예컨대 신체 일부를 훼손하겠다고 하더라도 결코 물러서서는 안 됩니다. 인질들의 안전을 분명히 확인하기 전에는 이미 그들이 죽은 것으로 간주하고 그 어떤 제안에도 응하지 않겠다는 것을 밝히고, 스스로도 그렇게 결심하셔야 합니다. 그렇게 해서 협상의 주도권을 쥐어야 합니다. 오직 그것만이 그분들을 구할 유일한 방법입니다. 설령 자신을 희생해서라도 그분들을 구하겠다고, 그렇게 생각하실 정도라면 말입니다."

운현은 이를 악물었다. 그리고 천천히 고개를 끄덕였다.

"알겠습니다. 그렇게…… 하겠습니다."

"소저도 마찬가지입니다."

영호준은 이서연에게도 말했다. 이서연은 대답 없이 고개만 끄덕였다.

"하지만……."

담소하가 영호준에게 말한다.

"그걸 어떻게 전하죠? 그들이 끝까지 일방적으로 서찰 같은 것만 보내오면 어떻게 해요?"

"그들은 분명히 맹주님과 접촉할 거네."

영호준은 말했다.

"인질을 잡고 파양호로 오라고 요구한 것 자체가 그 증거

야. 그렇지 않다면 벌써 스스로 죽으라든가 그런 서찰이라
도 보냈겠지.”

찻잔을 들어 올리며 영호준은 느긋하게 말했다.

“다행스럽게도 혈공자 문왕은 매우 영리하고 치밀합니
다. 그러니 이런 기본적인 것쯤 벌써 짐작하고 있겠죠. 우
리가 어떻게 나올지도 말입니다. 그러니 당분간 잡혀간 분
들의 안전에 대해서는 걱정할 필요가 없습니다. 출발을 서
두를 이유도 없지요. 오히려 서두를수록 두 사람의 목숨이,
아니, 네 사람의 목숨이 위험해지는 겁니다.”

그의 말에 일행이 고개를 끄덕였다.

“그리고 그동안 해야 할 일이 있습니다. 조 대인.”

감찰어사 조관이 영호준을 쳐다본다.

“동원 가능한 관군을 전부 움직여서 파양호 부근에서 대
기시켜 주십시오.”

“알겠습니다. 하지만…… 시간이 너무 부족하군요. 게다
가 파양호는 너무 넓어서…….”

사흘이라고는 하지만 도지휘사사에 연락하고, 관군을 출
동시키려면 절대적으로 부족한 시간이다. 게다가 파양호가
워낙 넓으니 과연 실제 효과가 있을까 싶은 것이다.

“아니, 실제 움직이는 건 맹주님께서 파양호에 도착하시
고 난 다음이어야 합니다. 함부로 움직였다가는 혈공자 문
왕을 자극하게 될 테니까요.”

"알겠습니다. 하지만 그래도 파양호는 너무 넓습니다."

"그래도 어쩔 수 없습니다. 우리가 할 수 있는 것이 그런 정도뿐이니까요. 그래도 상황에 따라서는 대단히 중요한 한 수가 될 수도 있습니다."

"아!"

갑자기 무엇인가 생각이 난 듯한 담소하의 목소리에 일행의 시선이 그에게 향한다. 담소하는 영호준을 보며 말했다.

"문왕이 영리하고 치밀한 데다 무자비하다면서요? 그런데, 우리가 시간을 끌도록 놔둘까요?"

"그건……."

영호준이 눈살을 찌푸리며 무언가 대답하려 할 때였다. 운현이 문득 정원 쪽을 향해 고개를 돌리고, 바로 뒤를 잇듯이 목소리가 들려왔다.

"사무총관님."

일행의 시선이 일제히 목소리가 난 쪽을 향해 돌아간다. 그곳에 서 있는 사람은 중년의 한 남자였는데, 아까 이서연의 뒤에 서 있던 사람 중 한 명이었다.

"절대 방해하지 말라고 했을 텐데요?"

이서연이 차가운 눈빛으로 말한다. 중년인은 깊숙이 고개를 숙이며 말한다.

"어르신의 집무실에서 또 서찰이 발견되었습니다."

그 말에 이서연이 벌떡 자리에서 일어났다. 그녀는 빠른 걸음으로 정자를 나가 중년인에게 걸어갔고, 중년인은 정원 입구에서 조용히 그녀를 기다렸다. 그녀가 다가오자 중년인은 고개를 숙이며 두 손으로 정중하게 서찰을 내밀었다.

바스락.

이서연은 서찰을 받아 들었다. 바로 펴 보려던 그녀는 문득 운현 쪽을 돌아보고는 다시 중년인을 향해 말한다.

"수고했어요."

중년인은 다시 한 번 고개를 숙여 보인 후 정원을 나갔다. 이서연은 서찰을 든 채로 다시 일행에게 돌아왔다. 일행의 시선이 그녀와 그녀가 든 서찰에 향한다.

"먼저 확인하겠어요."

마치 양해를 구하듯 그렇게 운현에게 말하고 이서연은 서찰을 열었다. 그리고 그녀의 얼굴이 굳는다.

"으음."

마치 신음을 흘리듯 소리를 내던 그녀가 조용히 서찰을 운현에게 넘긴다. 그러나 의외로 운현의 얼굴은 그다지 변함이 없었다. 마치 예상하고 있던 일이라는 듯. 운현이 다시 서찰을 영호준에게 넘기고, 영호준은 피식 실소를 흘린다.

"젠장."

어이없는 표정으로 허탈한 듯 웃으며 영호준은 감찰어사

조관에게 서찰을 넘겼다. 그리고 담소하를 향해 말했다.

"자네 말이 맞았군."

그는 투덜거리듯 말했다.

"실컷 떠든 게 모조리 헛수고가 됐군. 제길."

감찰어사 조관은 서찰을 펴 보았다.

'오늘 해가 지기 전에 출발하지 않으면 두 사람의 목숨을 포기한 것으로 간주하겠다. 지시에 따르는 한, 두 사람의 안전에 대해서는 내 이름으로 보장한다.'

조관은 고개를 들어 하늘을 보았다. 벌써 해는 서쪽에 그 몸을 누이기 시작하고 있었다.

제7장
미녀와 야수 1

　예상치 못했던 혈공자 문왕의 서찰은 영호준이 구상한 모든 대책을 헛수고로 만들어 버렸다. 시간을 끌고 대책을 구상하는 것은 불가능했다. 서찰의 요구대로 해가 지기 전에 출발하려면 정말 시간이 많지 않았다.

　"어떻게 알았을까요?"

　감찰어사 조관이 영호준에게 물었다. 영호준은 떨떠름한 표정으로 말했다.

　"근처에 누군가 심어 놓았겠죠. 사람들의 출입 정도야 얼마든지 살필 수 있을 테니까."

　"하지만 문왕이 파양호에 있다면 어떻게 여기에 이렇게

빨리 서찰을……."

"서찰은 미리 준비되어 있던 것일 겁니다. 우리가 온 것을 확인하고 바로 가져다 놓았겠죠. 그보다, 이전 서찰도 이런 식으로 받은 겁니까?"

영호준의 물음에 이서연은 고개를 끄덕였다.

"네. 그래서 그 후로 매일 세 번씩 아버님의 집무실을 확인하도록 하고 있어요. 물론 입이 무겁고 믿을 만한 사람들입니다."

"흠. 과연 치밀하군. 그래도 당장 자결을 하라든가 그런 서찰이 아니라 다행이긴 하네."

중얼거리던 영호준이 문득 말을 멈추고 운현을 돌아본다.

"이제 할 수 있는 방법은 하나밖에 남지 않았습니다."

운현은 조용히 영호준을 마주 보았다. 영호준은 그런 운현을 똑바로 쳐다보며 말했다.

"맹주님이 잡혀간 분들을 구해 내야 합니다. 아무런 외부의 도움도 없이, 직접 혈공자 문왕의 손아귀에서 말입니다."

영호준은 말했다.

"이제 남은 방법은 맹주님뿐입니다."

천천히, 그러나 단호하게 운현은 고개를 끄덕였다. 그의 눈빛은 빛나고 있었다.

“그럼 출발 준비를 하겠어요.”

이서연이 조용히 말하고 일어서려 하는데 영호준이 그녀에게 물었다.

“아, 잠깐. 한 가지 소저께 확인하고 싶은 일이 있습니다.”

이서연이 고개를 돌려 영호준을 쳐다본다.

“네. 말씀하세요.”

“혈공자 문왕이 어떻게 일아영 소저의 소재를 알았을까요? 그리고 일아영 소저가 맹주님께 가족과 같은 사람이라는 것을, 어떻게 알았을까요?”

“제가 알렸다고 생각하시는 건가요?”

노골적인 의심을 담고 있는 영호준의 물음에도 불구하고 이서연은 침착한 목소리로 되물었다.

“상단으로서 무림의 유력 세력과 친분 관계가 있음을 과시하는 것은 그다지 드문 일이 아니지 않습니까? 게다가 기존에 교류를 갖고 있던 남궁세가가 그렇게 무기력하게 봉문한 상황이 되기도 했고 말입니다. 창룡검주가 호암상단과 각별한 관계라는 것을 드러내는 것은, 이런 상황에서 오히려 자연스럽지 않을까요?”

“창룡검주라는 이름이, 언제부터 무림의 유력 세력이 되었죠?”

조용한 목소리로 이서연은 물었다.

"호암상단이 창룡검주와 각별한 관계라는 것을 드러낸다 해서 이득이 될 것은 전혀 없어요. 그리고 남궁세가와 교분이 있던 것은 무림의 유력 세력이라서가 아니라 예전부터 양가에 친분이 있었기 때문이죠. 게다가 오라버니와의 관계를 통해 상단이 이익을 본다거나 계산적으로 접근하는 것에 대해서는, 저는 결코……."

지그시 눈을 감고 입술을 깨문 이서연이 고개를 젓는다.

"단 한 번도 그런 식으로 생각해 본 적이 없어요."

이서연은 눈을 뜨고 운현을 바라보았다.

"이분은 처음부터 지금까지 다만 제 오라버니셨을 뿐이니까요. 호암상단의 창룡검주가 아니라, 이서연의 운 오라버니 말이에요."

그녀의 눈빛은 당당하고, 그리고 따뜻하게 빛나고 있었다.

*　　*　　*

출발 준비를 위해 이서연이 자리를 뜨고 자리에는 운현 일행만 남게 되었다. 어차피 곧 출발해야 하니 새삼 자리를 옮길 이유가 없었던 것이다.

"두 사람만 오라는 건 지금부터 적용되는 것일까요?"

"뭐, 잘 모르겠지만 아마 그럴 테지."

담소하의 말에 성의 없이 대답하던 영호준이 운현을 돌아본다.

"맹주님은 이서연 소저의 말을 믿습니까?"

"네."

운현은 대답했다.

"전부?"

잠시 생각하던 운현이 다시 대답한다.

"네."

"후우."

영호준은 고개를 떨구며 길게 한숨을 내쉬었다.

"맹주님이 믿는다는데 제가 이렇게 나서는 것도 그렇습니다만…… 사실 모사(謀士)의 갈등이란 게 바로 이런 거지요. 상황을 올바로 파악하고, 앞으로 될 일을 예측하고, 대책도 생각해야 하는 데다가, 그걸 윗사람에게 어떻게 기분을 거스르지 않고 말해야 하는가까지 생각해야 하거든요. 사마천이 사기에서도 말했지만 모사가 죽임을 당하는 건……"

"서론이 너무 길어요."

담소하가 살짝 인상을 쓰며 말한다. 그 목소리에 영호준은 문득 말을 멈추고 운현을 돌아본다.

"저는 못 믿습니다. 그녀의 말, 전부."

"전부요?"

운현 대신 담소하가 눈을 동그랗게 뜨며 묻는다.

"하지만 아무리 그래도 전부 다 거짓말은 아니겠죠."

"이서연 소저가 말한 천하의 오대 상단에 대해서는 저도 예전에 조사를 좀 해 본 적이 있습니다만……."

가만히 있던 감찰어사 조관이 말한다.

"다섯 개 상단이 세 개의 거상이 된 것이나, 그 과정 역시 그녀가 말한 것과 같습니다. 당시에는 정확한 원인을 알 수 없었습니다만, 갑자기 거래량이 늘고 자금 흐름이 커진 것 역시 그녀가 말한 대로입니다."

"독이 든 사과는 멀쩡한 사과일까요, 아니면 먹으면 안 되는 사과일까요?"

듣고 있던 영호준이 갑자기 생뚱맞은 말을 한다. 조관이 눈살을 찌푸리는데, 담소하가 그 의미를 알아차렸다.

"음. 그러니까, 진실 속에 교묘하게 거짓을 섞었다고 요?"

"아홉 개의 진실에 하나의 거짓을 섞는다. 거짓말의 기본 이야. 아주 조금뿐인 독이 사과 전체를 독 사과로 만들 듯, 그 하나의 거짓이 전부를 거짓으로 만들지. 그 거짓을 위해 아홉의 진실을 동원한 거니까."

"그럼 거짓말을 했다는 근거는요? 이서연 소저가 거짓말을 한 부분을 정확히 짚어 내지 못한다면 그저 억측에 불과할 뿐이잖아요?"

"그렇게 쉽게 짚어 낼 부분이라면 이렇게 헷갈리지도 않지. 그녀가 거짓말을 한 부분은 우리가 그 진위를 확인할 수 없는 부분일 테니까."

"그거야말로 전형적인 음모론이네요. 결코 증명할 수 없는 음모론 말이에요."

"증명은 못 하지만 증거라면 있지."

"증거요?"

"아까 이서연 소저가 말할 때의 눈빛을 보셨죠?"

영호준이 운현을 돌아보며 묻는다. 운현은 고개를 끄덕였다. 담소하 역시 그 모습이 생각나는지 고개를 끄덕이며 말한다.

"정말 당당하더군요. 단호하기도 하고. 꽤 멋있……."

"여자는 본래."

담소하의 말을 끊으며 영호준은 담담한 어조로 말했다.

"그런 식으로 거짓말을 하네. 똑똑한 여자일수록 더더욱 그렇지."

"컥, 그런 말도 안 되는……."

담소하가 외마디 신음을 내뱉으며 어이가 없다는 듯 영호준을 쳐다본다. 그러나 영호준은 오히려 진지한 얼굴로 말했다.

"이서연 소저가 가장 단호하고 당당하게 말한 부분은 두 군데. 그런 건 상단의 딸로서 용납할 수 없다는 부분과 이서연의 운 오라버니라고 말한 부분. 그 두 가지는 완벽한 거짓이야. 내 모든 재산을 걸지.”

담소하는 물론, 감찰어사 조관과 말없이 듣고만 있던 백운상, 항장익까지 어이없는 표정으로 영호준을 쳐다본다. 그리고 담소하가 핀잔을 주듯 한마디 한다.

“화산의 도사가 무슨 재산이 있어요?”

“비유컨대 그렇다는 뜻이네. 그럼 내 손목이라도 걸란 말인가? 내 손목은 미녀의 머릿결을 쓰다듬어야 하니 그럴 순 없네.”

“말도 안 돼요.”

“말도 안 된다고? 자네는 여자를 사귀어 본 적이 있나?”

영호준의 말에 담소하가 찔끔한 표정이 된다. 영호준은 바로 일행의 얼굴을 한 명씩 돌아가며 쳐다본다.

“자네는? 자네는? 조 대인은? 맹주님은요?”

다들 꿀 먹은 벙어리가 되자 영호준이 피식 실소를 흘린다. 그러나 아무도 영호준에게 반박을 하지 못하고 그저 침묵만 흐를 뿐이다.

“뭐, 이건 그저 심리적인 증거일 뿐이지만 사실 다른 것도 있습니다.”

느긋한 자세로 찻잔을 들어 올린 영호준이 말했다.

“다른 증거요?”

담소하가 얼른 묻는다. 다른 사람들이 아직 입을 못 떼고 있는 것에 비하면 빠른 반응이었다.

"지금 우리가 당면한 이 사건은, 사실 하나가 아니라 별개의 두 사건이 섞인 것일세."

담소하에게 대답하기도 하고, 운현에게 묻기도 하느라 영호준의 말은 존칭이 되었다가 평대가 되었다가 했다.

"그 첫째는 혈공자 문왕이 창룡검주를 잡기 위해 일아영 소저를 납치해 간 것이고, 둘째는 호암상단에게 보복을 하기 위해 상단주를 납치해 간 것이지. 이 두 가지 일은 같은 장소에서 동시에 일어난 것이지만 사실은 전혀 다른 별개의 일이야. 목적도 다르고 대상도 다르지. 이 두 가지 일이 한꺼번에 일어나는 게 과연 자연스러운 일일까?"

"그게 무슨 소리지요?"

담소하가 눈살을 찌푸리며 말했다.

"일아영 소저가 이곳에서 일하고 있다고 했잖아요? 그리고 호암상단이 혈공자 문왕의 보복을 받게 되었다고도 했고. 그러니 모두 이 장소에서 일어나는 게 당연하지 않아요?"

"하지만 반드시 동시에 일어날 필요는 없지."

영호준은 말했다.

"마침 창룡검주의 질녀를 납치해야 할 순간에, 호암상단의 상단주가 있으니 덩달아 납치해 간다? 아니면 그 반대로 상단주를 납치하러 온 김에 일아영 소저까지 한꺼번에 납치해 가자? 그런 일이 일어날 수 있을 거라 생각하나?”

“하지만 우연히 정보 입수 시점이 같았을 수도 있잖아요? 아니면 호암상단을 주목하다 보니 일아영 소저에 대한 것이 노출되었다거나.”

“아니, 그렇지 않아.”

영호준은 한쪽 입술을 일그러뜨리며 웃었다.

“아까 읽었던 서찰을 기억하지? 그 두 개의 반지 운운하던 웃기지도 않는 서찰 말일세. 무슨 협박장을 시 쓰듯 했는지 우습지도 않더군. 문왕이라는 자는 겉멋이 심각하게 들었거나, 제정신이 아니거나 둘 중 하나일 게 분명해. 일단 시 자체도 말도 안 되고…….”

“그래서요. 그 서찰이 어쨌다는 거죠?”

곁가지로 새려는 영호준의 말에 담소하가 재촉을 한다.

“그 서찰은 분명한 사실을 하나 알려 주고 있지. 그건 바로 혈공자 문왕이 이 두 가지 일을 명백히 하나로 인식하고 있다는 거야. 즉, 명백히 별개의 일인 이 두 가지 납치 사건은 본래 처음부터 하나로 취급되었다는 것이지. 그렇다면 하나는 주(主)이고 다른 하나는 종(從). 혹은 하나는 진짜이고 다른 하나는 그것을 가리기 위한 연막.”

고개를 돌려 운현을 쳐다보며 영호준은 말했다.

“제가 무엇이 진짜이고 무엇이 연막이라고 생각하는지, 짐작하고 계시겠죠?”

“영호준 대협께서 그렇게 말씀하시는 것은.”

운현은 말했다.

“처음부터 이서연 소저를 의심하는 것을 전제로 하고 있기 때문이죠. 그리고 왜 영호준 대협께서 그렇게 생각하시는지 저는 충분히 이해하고 있습니다.”

영호준은 씨익 웃음을 지어 보였다. 처음부터 의심을 하고 있기 때문에 의심스러운 부분을 찾는다. 운현은 그렇게 말하고 있는 것이다.

“하지만 저는 이서연 소저의 말을 믿습니다. 제가 어려울 때 그녀가 보여 준 호의는 결코 어떤 조건적인 것이 아니었으니까요. 가난하고 비천할 때 사귄 벗을 잊지 말고…….”

“빈천지교 불가망, 조강지처 불하당.”

영호준이 운현의 말을 끊었다.

“후우. 뭐, 맹주님이라면 그렇게 말씀하실 줄 알았습니다. 사실 개인적으로는 오히려 그런 태도를 좋아하는 편입니다. 맹주가 의심 덩어리가 되면 그 아래에서 일하기는 아주 글러 먹은 거니까요.”

어깨를 으쓱하며 말한 영호준이 다시 운현을 향해 말한다.

“하지만 제 의도를 이해한다 하셨으니 제가 드리는 말씀도 따라 주시겠죠? 이서연 소저를 의심하는 짓은 절대 받아들일 수 없다느니 그런 말씀 없이 말입니다.”

운현을 바라보는 영호준의 눈빛은 진지했다. 잠시 생각하던 운현은 나지막이 한숨을 내쉬었다.

"알았습니다."

고개를 끄덕이며, 운현은 말했다.

"영호준 대협의 말씀대로 하지요."

"감사합니다."

영호준은 말했다. 운현은 물었다.

"무엇을 하면 됩니까?"

"간단합니다."

웃음을 머금은 채로, 영호준은 그렇게 말했다.

"아주 간단하죠."

*　　*　　*

일아영은 문득 눈을 떴다. 그리고 순간, 갑자기 몰려드는 두통에 눈살을 찌푸렸다.

"윽."

손을 들어 이마를 짚은 그녀는 잠시 그대로 있었다. 마치 머리가 깨질 것 같이 아팠지만 다행히도 금방 사라졌다.

'후우. 왜 갑자기 머리가…… 몸이 안 좋은가? 지금 몇 시나 됐지?'

잠시 평소처럼 멍하니 생각하고 있던 그녀에게 갑자기

기억이 물밀듯 밀려왔다. 한밤중에 갑자기 울려 퍼진 사람들의 비명 소리, 불타는 건물들과 코를 찌르는 매캐한 냄새, 이미 정신을 잃은 상태였던 상단주 어르신과 자신을 강제로 끌고 가려던 정체 모를 괴한들의 모습, 그리고 갑자기 눈앞이 캄캄해지며 정신을 잃던 바로 그때의 기억이.

"앗!"

기억이 떠오르는 순간 일아영은 반사적으로 벌떡 몸을 일으켰다. 그리고 자신이 낯선 침상에 누워 있는 것과, 낯선 방 안에 있다는 사실을 알았다.

'여긴……'

그리 넓지 않은 방. 몇 가지 간단한 장식이 되어 있는 수수한 방이었다. 반쯤 열린 창에서 햇빛이 들어오고 있었고 침상 옆 탁자 위에는 은은한 향을 피워 올리고 있는 찻주전자까지 놓여 있었다.

'여긴 어디지?'

주변을 살펴보았지만 전혀 알 수가 없다. 그렇게 방 안을 살피던 그녀가 문득 정신을 차리고 자신의 몸을 살펴본다.

'휴우. 별일은 없네. 다친 곳도 없고.'

옷은 자신이 입고 있던 것 그대로였다. 특별한 외상(外傷)이 있는 곳도 없어 보이고, 무언가 자신을 구속하고 있는 것도 보이지 않는다.

'혹시 무사히 구출된 건가? 내가 정신을 잃고 있던 사이

에?'

그런 생각이 들 정도로 주위는 평범하고 평온하기까지 했다. 한 번도 본 적 없는 낯선 곳이라는 것만을 제외한다면.

'아차! 상단주님은!'

그녀는 함께 납치되었던 상단주 어르신에 대해 생각이 미쳤다. 그녀의 기억에는 이미 정신을 잃은 상태로 괴한들에게 끌려가고 있었다.

일아영은 몸을 일으킨 그대로 침상을 내려왔다. 침상을 내려오면서 자신이 신발을 신고 있었다는 걸 알았지만, 지금은 신발을 신고 침상에 있던 걸 신경 쓸 때가 아니었다.

타닥.

빠른 걸음으로 문 앞까지 다가간 일아영은 천천히 신중하게 문에 손을 가져다 대었다. 문은 좌우로 밀어서 여는 형식이었는데, 일아영은 우선 한쪽 문에 손을 가져다 대었다. 침을 꿀꺽 삼키고 천천히, 조심스럽게 일아영은 문을 밀었다.

끼이익.

문에서 나는 소리가 유달리 크게 들려서 일아영은 자신도 모르게 인상을 썼다. 그렇게 천천히 문이 열리고 바깥의 모습이 열리는 문 틈으로 보이는 순간이었다.

스릉.

날카롭게 번쩍이는 무엇인가가 일아영의 시야를 가렸다.

"꺅."

일아영은 자신도 모르게 비명을 흘리며 뒤로 물러섰다. 조금 열린 문 사이로 반짝이는 것은 분명히 검날이었다. 마치 빗장이라도 지르듯 문틈을 수평으로 지나고 있는 날카로운 검. 그 은빛 날이 햇빛에 반짝이고 있었다.

일아영은 이를 악물고 그 모습을 쳐다보았다. 지금 보이는 이 검날은 그녀가 여전히 붙잡혀 있다는 것을 웅변적으로 말해 주고 있었다. 그날 밤 호암상단을 습격한 정체불명의 괴한들에게 말이다.

'으음.'

한동안 검날을 노려보던 일아영은 눈살을 살짝 찌푸렸다. 그리고 문틈으로 보이는 바깥 풍경을 살펴보았다. 처음엔 그저 눈이 부시기만 하더니 이제는 좀 적응되었는지 초록색의 나무들과 하늘의 푸른색이 보였다. 일아영은 다시 문 쪽으로 가까이 다가갔다.

탁.

손을 뻗어서 일아영은 열리다 만 문에 가져다 대었다. 그리고 결심을 한 듯, 이를 악물고는 힘을 주어서 활짝 문을 열었다. 이번에는 양쪽 문 전부였다.

드르륵.

스릉.

그와 함께 또 다른 검날이 날카롭게 빛나며 눈앞을 가렸
다. 일아영은 흠칫 놀랐지만, 이번에는 비명을 지르거나 뒤
로 물러서지는 않았다. 다만 자신의 눈앞에 새롭게 나타난
검날을 노려보았을 뿐이다. 얼굴을 잔뜩 일그러뜨린 채로.

활짝 열린 문에 마치 빗장이라도 걸듯이 두 자루의 검이
가로지르고 있었다. 활짝 열린 문 가운데 즈음에서 검 두
자루의 날이 절반쯤 겹쳐 있었다. 일반적인 검의 길이로 볼
때, 검을 든 사람들이 문에서 조금 거리를 두고 있거나 혹
은 짧은 소검이라는 뜻이리라.

일아영은 살짝 고개를 내밀었다. 검이 문에 딱 붙어 있는
것은 아니었기에 공간이 있긴 했지만, 검날에 얼굴을 가져
다 대는 형국이어서 쉽게 할 일은 절대 아니었다.

"뭐 하는 거예요?"

인상을 쓴 채 일아영은 뾰족한 목소리로 말했다. 예상대
로 문 바깥에는 두 사람의 무사가 서 있었다. 일아영이 노
려보는데도 두 사람의 무사는 무표정한 얼굴로 검을 들고
있을 뿐이었다. 하지만 일아영을 쳐다보는 무사들의 눈빛은
결코 무심하지 않았다. 그건 마치 냉혹하고 무자비한 처형
인의 것과도 같은, 그런 눈빛이었다.

"이, 이봐요. 당신들은 누구예요? 왜 날 여기에 데려온
거죠?"

하지만 일아영은 그 눈빛에도 물러서지 않았다. 조금 말

을 더듬거리기는 했지만, 일단 말을 꺼내고 나니 뒷말이 자
연스럽게 이어졌다. 그만큼 그녀 안에 쌓인 것들이 많았다
는 뜻이리라.

"상단주님은 어디 계세요? 여긴 도대체 어디예요? 누가
이런 짓을 시킨 거죠? 이건 엄연한 범죄라는 걸 알아요? 이
봐요!"

마치 폭포수처럼 그녀의 질문이 쏟아졌지만 무사들은 한
마디도 대답하지 않았다. 아니, 미동조차 없었다.

"이봐요!"

일아영이 소리를 치며 한 걸음 문밖으로 나서려던 때였
다. 조금도 움직이지 않던 무사의 검 두 자루가 순간 바람
을 갈랐다.

휘릭.

"꺄!"

거침없이 소리치던 일아영이 깜짝 놀라며 얼굴을 가리면
서 뒤로 물러섰다. 두 자루의 검이 정확히 그녀의 눈을 노
리고 날아왔던 것이다. 그 검이 바로 눈앞에서 멈추지 않았
다면, 결과는 상상하기도 끔찍했으리라.

"하아, 하아."

갑작스럽게 놀란 탓에 숨이 가쁘고 가슴이 두근거렸다.
그사이 두 자루의 검이 모습을 감췄다.

탁.

무사들은 검을 집어넣고 한 손을 검 손잡이에 얹은 채 직
립 자세로 서 있었다. 한눈에도 확연히 알 수 있는, 일아영
의 출입을 용납하지 않겠다는 모습이었다.

"후우."

일아영은 심호흡을 하며 놀란 가슴을 진정시켰다. 놀라
움이 점차 가라앉자 그와 함께 갑자기 놀라게 한 것에 대
한, 그리고 이 모든 일에 대한 짜증이 갑자기 솟구쳤다.

"이봐요! 왜 갑자기 검을 휘두르고 난리예요? 말로 하면
누가 잡아먹어요? 그리고 누가 여기 책임자예요? 사람을
납치해 왔으면 얼굴이라도 내밀어야 되잖아요! 그렇게 무조
건 검을 휘두른다고 내가 겁먹을 줄 알아요?"

일아영은 금군교두 일충현의 딸이다. 유서 깊은 가문의
딸답게 항상 예의 바르고 단정하게 행동하지만, 그 성격만
은 결코 유약하지 않았다. 아니, 기세로만 따지면 어지간한
남자는 따라가지도 못할 정도의 결단력과 행동력을 지니고
있었다.

"대체 며칠이나 지난 거예요? 이봐요! 지금 내 말 듣고
있어요? 책임자를 데려오라고요!"

쏘아 대듯 말했지만, 일아영은 문밖으로 나서지는 않았
다. 저들의 위협이 결코 허풍이 아니라는 것을 눈빛에서 충
분히 알 수 있었기 때문이다.

"흥!"

일아영은 대답 없는 무사들의 모습에 질렸다는 듯 두 손으로 문을 쾅 닫았다. 소리치는 동안 이미 바깥 모습은 충분히 살펴보았기 때문이다.

'칫. 모르는 곳이네. 도시나 마을도 아닌 것 같고.'

입술을 깨물던 일아영은 반쯤 열린 창문을 바라보았다. 혹시나 싶어 다가가 보았지만 아니나 다를까, 바깥에 똑같은 차림의 무사 두 사람이 서 있는 것을 발견했다.

'역시.'

그녀를 구금하려 한 것이 분명하니 창문 쪽을 그냥 놔두지는 않았을 것이다. 하지만 성과도 있었다. 문으로 보인 풍경과는 다르게, 창에서 바라보니 울창한 나무들 저 너머에 푸른 물결 같은 것이 반짝인 것이다.

'바다? 아니, 바람에서 짠 내가 전혀 나지 않아. 그럼 아직 동정호 부근인가?'

자세히 살펴보니 멀리 수평선이 보였다. 동정호에 접한 악양에서 평생을 살다시피 한 그녀였다. 수평선이 보이지만 바다인지 호수인지 정도는 금방 구분할 수 있었다. 만일 바다라면, 바닷바람 특유의 내음이 날 것이었다.

'수평선이 보일 정도의 호수라면 동정호 같은데……'

하지만 아무리 그녀라 해도 수평선만으로 여기가 어디인지 알 수는 없었다.

"쳇."

그녀는 창문을 열어 놓은 채 침상 옆 탁자로 돌아와 털썩 주저앉았다. 그리고 그제야 탁자 위에 찻주전자가 은은한 향을 피워 올리고 있다는 것을 새삼 깨달았다. 동시에 자신이 아주 목이 마르고 배가 고프다는 것도.

쪼륵.

조심스럽게 차를 따라 조금 맛을 보았지만 특별히 이상한 낌새는 없었다.

'흥, 이런데 뭘 탈 정도였다면 이렇게 놔두지도 않았을 테니까.'

일아영은 차를 가득 따랐다. 아직 차는 따뜻했지만 조금 식었는지 뜨거운 느낌은 없었다. 일아영은 과감하게 차를 들이켰다. 그렇게 차를 석 잔이나 연거푸 마시고 나서야 갈증이 조금 풀렸다.

"후우."

길게 숨을 내쉬고 일아영은 다시 창밖을 바라보았다. 멀리 보이는 호수의 물결이 햇빛에 반짝이고 있었다. 그 낯선 풍경을 바라보며 일아영은 마치 투덜거리듯 중얼거렸다.

"차를 줄 거면 먹을 것도 줬어야지."

중얼거리던 일아영은 다시 자신의 몸을 살폈다. 이상이 있는지 재차 확인도 할 겸, 무언가 도움이 될 만한 것을 지니고 있는지 확인하려는 것이었다. 하지만 곧 실망스런 표정을 지었다.

"아무것도 없잖아. 전부 다 뒤져 갔단 말이야?"

인상을 쓰며 일아영은 말했다.

"치사하게 정말 아무것도 안 남기고 전부 가져갔네."

평소 그녀가 가지고 다니던 작은 화장품 주머니를 비롯해서 얼마 안 되는 돈까지, 소지품은 모조리 사라지고 없었다. 어차피 대단한 것은 없었지만 이렇게까지 완전 빈털터리가 되고 나니 어이가 없다. 그러다 문득, 무언가에 생각이 미친 일아영은 깜짝 놀란 표정으로 말했다.

"아차!"

일아영은 이리저리 다시 품속을 뒤적거렸다. 하지만 없었다. 언제나 지니고 다니던 그것이, 다른 소지품들과 함께 깔끔하게 사라져 있었다.

"어떡해."

그녀는 침울한 표정으로 중얼거렸다.

"내 반지……."

깨어난 이후 처음으로, 일아영이 울 것 같은 표정이 되었다.

*　　　*　　　*

"일아영이 정신을 차렸습니다."

긴 의자에 비스듬히 기대어 반쯤 누워 있던 사내는 수하의 목소리에 눈을 들었다.

"그래?"

나른한 듯한 목소리. 마치 여자처럼 가는 선을 가진 그는 바로 혈공자 문왕으로 알려진 자였다.

"어찌하고 있다더냐?"

포도 한 알을 입으로 가져가며 심드렁한 표정으로 그가 물었다. 옥구슬이 굴러가는 듯 가는 목소리에 수하는 바로 대답했다.

"소리를 질렀다 합니다."

"소리를 질러?"

마치 그린 듯한 혈공자 문왕의 단아한 눈썹이 일그러진다.

"천박한 것이로구나. 유서 깊은 가문의 딸이라더니 가정교육이 덜 되었나? 아니면 두려움과 공포 때문에 혼란에 빠졌거나."

"그것이 좀…… 책임자더러 나오라며 항의를 했다고 합니다."

"책임자? 항의?"

포도를 막 입에 넣으려던 혈공자 문왕이 잠시 멍한 표정이 되었다. 그러다 문득, 어이없는 웃음이 그 뒤를 따른다.

"킥."

실소를 흘린 혈공자 문왕이 조소하듯 웃는 얼굴 그대로

말했다.

"제정신이 아닌 게로구나. 아니면 아직도 상황을 파악하지 못했거나."

"흥분한 것처럼 소리를 쳤으나 섣불리 행동하지는 않았다 합니다. 함부로 바깥으로 나가려는 시도도 없었습니다. 준비된 차를 마신 후엔 소지품을 찾는 듯 몸을 뒤졌다 합니다."

"흐음."

혈공자 문왕은 포도를 입안에 넣고 터트렸다. 잠시 포도의 맛을 음미하던 그는 입안에 든 것을 바로 은쟁반에 내뱉었다.

"멍청하진 않군."

중얼거리듯 말한 문왕은 수하를 쳐다보며 물었다.

"서찰은 잘 전달되었나?"

"네. 집무실에 반지와 함께 놓아두었습니다. 아마 지금쯤이면 바로 발견했을 것입니다."

"그래."

혈공자 문왕은 중얼거렸다.

"그놈은 아미산에 있다고 했던가?"

"네."

"그렇다면 아직 알지도 못하겠군."

"네."

"이제 겨우 사흘째라……."

눈살을 살짝 찌푸리며 그는 말했다.

"벌써 따분하군."

말하는 그의 음성에는 무료함이 넘쳐흘렀지만, 그 눈빛은 예리하게 빛나고 있었다. 마치 여인의 그것 같은 새하얀 그의 손이 포도알을 담은 은쟁반을 향했다.

*　　*　　*

픽.

입안에서 터지는 포도의 촉감이 느껴졌지만 문왕은 그것을 음미하고 있지 않았다. 아니, 사실은 거의 무의식적으로 씹고 있는 것이나 마찬가지였다. 그는 지금 깊은 생각에 빠져 있었기 때문이다.

"이봐."

단 아래에 부복해 있던 수하는 문왕의 부름에 고개를 숙였다.

"네."

"무림맹을 무너뜨린 게 누구지?"

난데없는 질문이었지만 수하는 진지한 목소리로 대답했다.

"문왕 저하십니다."

"그래. 나다."

포도 과육을 으깨 씹으며 문왕은 중얼거리듯 말했다. 그러다 문득 인상을 찌푸리고는 입안에 든 것을 뱉었다.

"무림의 소위 거대 문파라던 것들이 토끼처럼 달아나게 만든 것도 나고, 수십 년을 군림하던 무림맹을 끝장낸 것도 나다. 모든 게 내 계획대로였지. 심지어……."

잠깐 인상을 쓰고 문왕은 말했다.

"상인께서 그리 주목하던 창룡검주를 몰아넣은 것도 나다. 단전을 부쉈다고 호언장담하던 태상 늙은이들의 말은 결국 거짓이었지만."

문왕은 자신의 하얗고 가느다란 손으로 턱을 괴고 말했다.

"그런데 왜, 지금 장강에 군림하고 있는 것이 내가 아닌 거지? 지금의 이 천하 정세를 만들어 낸 것이 바로 나인데 말이야."

질문에 가까운 말이었지만 수하는 침묵을 지켰다. 문왕이 정말로 대답을 원하는지 확신할 수 없었기 때문이다. 게다가 문왕은 결코 몰라서 묻는 것이 아닐 터였다.

"답하라."

처음으로 수하를 향해 시선을 던지며 문왕이 명했다.

"저하께서 항주에 계신 사이, 조정에 구축한 기반이 완전히 괴멸된 것에 대해 상인께서 문책하셨기 때문입니다."

“그래. 당분간 손을 떼라는 말을 들었지.”

문왕은 말했다.

“창룡검주 그놈은.”

아득.

문왕은 이를 갈았다.

“항주 무림맹에서는 짐짓 내 앞에서 도망하는 척 연극을 하고 있었지만 뒤에서는 그사이 조정에 있던 내 기반을 완전히 박살 냈다. 게다가 무슨 이유인지는 몰라도 상인께선 그를 대단히 중요하게 생각하고 계시지. 심지어 아들인 나보다도 말이야. 아니, 아니지.”

문왕은 피식, 조소를 흘렸다.

“무제도, 태상들도, 심지어 비련이라는 년마저 나보다 중히 여기시니, 아들인 나를 별로 중요하게 여기지 않고 계시다는 말이 맞겠군. 상인께서 나를 하찮게 여기시니…….”

우직.

문왕의 손에 들려 있던 작은 쥘부채가 소리를 내며 망가진다.

“누가 나를 공경하겠느냐?”

이를 악물고 문왕은 신음하듯 중얼거렸다. 수하는 고개를 숙인 채 아무 말도 하지 않았다. 이번에야말로 문왕은 대답을 원하지 않고 있기 때문이다.

한동안 침묵을 지키고 있던 문왕은 문득 손안에 있는 망

가진 부채를 내려다보았다. 가볍게 손을 휘저어 부채를 던
져 버린 문왕은 문득 생각난 듯 수하에게 묻는다.

"서찰은 아직도 아미산에 도착하지 않았나?"

"네."

수하는 대답했다. 문왕이 눈살을 찌푸린다.

"느리군. 태평맹에는?"

"대외총괄군사 당설련이 회신을 보냈으며, 현재 그녀가
보낸 물건이 움직이고 있는 중입니다."

"이쪽은 빠른데, 아미산 쪽은 왜 그렇게 느린 거지?"

"장강 영웅맹의 협조를 얻지 못하기에 그렇습니다. 그쪽
일은 절대 이쪽에서 개입한 흔적을……."

"안다."

문왕은 눈살을 찌푸린 채로 고개를 돌렸다.

"그렇게 명한 것이 바로 나니까."

"송구합니다."

고개를 돌린 채로 문왕은 잠시 생각에 잠겼다. 여전히 눈
살을 찌푸린 채였다.

"현재 강호무림의 가장 큰 변수는 창룡맹이다. 그리고 조
정에서 모든 권한을 위임한 감찰어사 역시 창룡검주지. 그
러니 창룡검주를 잡으면 무림과 정계의 가장 큰 문제들이
해결된다. 바로 내 힘으로 말이야."

처음으로 문왕의 얼굴에 미소가 걸렸다. 그러나 그 미소

는 일그러지고 비릿한 미소였다.

"일아영이라는 년은 무엇 하고 있느냐?"

수하를 향해 고개를 돌리며 문왕은 물었다.

"매일 책임자를 만나게 해 달라고 요구하는 것 외에는 조용히 지내고 있습니다."

"그래?"

문왕은 은쟁반에 손을 뻗어 새로운 포도알을 집었다.

"이제 닷새째라. 서찰이 아미산에 도착하고 그놈이 호암상단까지 가려면 아직도 열흘이나 남았군. 그것도 적어도 열흘."

포도가 문왕의 입안에서 터졌다. 그러나 문왕은 맛을 음미하기도 전에 바로 그것을 뱉어 냈다.

"창룡검주의 질녀 일아영이라……."

마치 여인처럼 가는 선을 가진 문왕의 얼굴에 비릿한 미소가 번졌다.

"한번 얼굴이라도 봐야겠군."

덜컹.

그는 자리에서 일어섰다.

일아영이 정신을 차린 지도 벌써 사흘째다. 낯선 이곳에서 일아영은 어떻게든 상황을 호전시키기 위해 나름대로 애를 쓰고 있었다. 적어도 상황이 어떻게 돌아가는지 파악하고 상단주의 안전을 확인하기 위해서였다. 그러나 상단주와 일아영을 납치해 온 이 사람들은, 얄미울 정도로 아무 반응도 보이지 않고 있었다.

덜컹.

일아영은 방문을 열었다. 밖에 서 있던 무사들의 모습은 보이지 않았지만, 그들이 없어진 것이 아니라는 건 알고 있었다.

저벅.

걸음을 옮겨 일아영은 방 밖으로 나섰다. 작은 마당과 그를 둘러싼 낮은 담장이 보였다. 지금 일아영이 있는 곳은, 말하자면 큰 저택 한쪽에 있는 별채와 같은 곳이었는데 담장 한편에 자그마한 입구 하나가 있을 뿐이었다.

일아영은 그 작은 입구를 향해 걸어갔다. 문이 달려 있지는 않지만 사람 키보다 조금 높게 반원형으로 양쪽 윗부분이 이어져 있는 고풍스런 출입구였다. 그 출입구 바로 앞에 멈춰 선 일아영은 아무도 보이지 않는 바깥을 노려보듯이 쳐다보았다. 그리고 천천히 한 발을 밖으로 내밀었다.

쉬링.

아니나 다를까. 낮은 금속성 소리와 함께 아무것도 없던 허공에서 무사의 모습이 나타났다. 언제나 그렇듯 일아영을 향해 검날을 겨누고 있는 모습이었다. 날카로운 검이 일아영의 눈을 똑바로 향하고 있었지만 일아영은 겁을 먹지도,

뒤로 물러서지도 않았다.

"책임자를 만나게 해 주세요."

무사의 눈을 똑바로 쳐다보며 일아영은 말했다. 그러나 무사는 아무런 말이 없다. 한동안 무사를 노려보던 일아영은 작은 한숨을 내쉬고 발을 거뒀다. 그러자 마치 거짓말처럼 무사의 모습이 사라졌다.

훅.

"진짜 말이 안 통하는 사람들이네."

일아영은 짜증 섞인 목소리로 말했다.

"혹시 내 말을 못 알아듣나? 아니면 안 들리나?"

출입문 바깥을 노려보며 일아영은 중얼거렸다.

"귀신도 아니면서 나타났다 사라졌다 참 바쁘시겠어요? 내가 한 발만 또 내밀면 또 나타나서 검을 겨누겠죠? 지겹지도 않아요? 그냥 책임자를 불러 주지그래요?"

아무도 보이지 않지만 아무도 없지는 않다. 일아영은 마치 눈앞에 무사가 있는 것처럼 허공을 향해 말했다. 하지만 역시나 대답은 없고 반응도 없다. 마치 정말 허공에 대고 이야기하는 것처럼.

'어떡하지?'

일아영은 살짝 입술을 깨물고 곰곰이 생각에 잠겼다.

'내게 대하는 걸 보면 상단주님도 무사하시긴 할 텐데…… 강제로 납치된 것치고는 상당히 느슨한 대우를 해

주는 걸 보면 특별히 앙심을 품은 것 같지도 않고…… 하
긴.'

피식.

생각하던 일아영은 실소를 흘렸다.

"나야 그저 덩달아 잡아 온 걸 테니 당연하겠지만."

처음엔 당황했지만 차분히 생각해 보니 자신을 납치해
온 건 우발적인 것임이 분명했다. 무엇보다 이유가 없다.
호암상단의 상단주를 납치하는 사람들이 굳이 자신까지 납
치할 필요가 없는 것이다.

'아마 분명히 상단의 거래나 이익이나, 뭐 그런 거에 관
련된 것이겠지? 지키는 무사들 수준을 보면 그저 그런 수준
의 단체는 결코 아닌데…… 대체 이 사람들 정체가 뭐야?'

도무지 감을 잡을 수가 없었다. 그나마 다행인 것은 이들
이 결코 자신을 가혹하게 대하지 않는다는 점이다.

'적어도 그건 정말 다행이지. 그리고 밥도 꼬박꼬박 챙겨
주고.'

식사를 들고 온 것은 시녀처럼 보이는 여자였다. 그러나
그 여자 역시 아무런 말이 없었다. 일아영이 끈질기게 물어
봤지만 전혀 대꾸가 없다. 괜히 사태를 악화시킬까 봐 강제
로 잡아당기거나 하지는 못했지만.

'역시 그냥 기다리는 수밖에 없나.'

강제로 납치돼서 끌려온 것에 비하면 꽤나 느긋한 형편

이지만, 자유를 박탈당하고 감시받고 있다는 것은 견디기 힘든 중압감을 준다. 게다가 자신의 상황을 전혀 파악하지 못하고 있다는 사실이 그녀를 심리적으로 상당히 초조하게 만들었다. 그리고 그보다 더 심각한 것은, 이곳에서 자신이 할 수 있는 일이 아무것도 없다는 것이다.

"후우."

일아영은 천천히 깊은숨을 내쉬었다.

"괜찮아!"

자기 스스로를 타이르듯 일아영은 다시 한 번 말했다.

"괜찮아."

"뭐가 괜찮다는 거지?"

"꺅!"

갑작스럽게 들린 누군가의 목소리에 일아영은 그만 깜짝 놀라고 말았다. 일아영은 자신도 모르게 뒤로 물러났다. 그리고 동그랗게 눈을 뜨고 목소리가 들린 쪽을 바라보았다. 화려한 느낌의 귀공자 한 명이 그녀의 눈앞에 서 있었다.

제8장
미녀와 야수 2

　일아영의 앞에 갑자기 나타난 것은 화려한 느낌의 귀공자였다. 건장한 남자라는 느낌보다는 어쩐지 여자 같은 분위기의 가녀린 선을 가지고 있는, 예쁘다는 생각이 저절로 들 정도의 귀공자가 살짝 눈살을 찌푸린 채 서 있었다. 화려하고 세련된 옷으로 차려입은 그는, 한쪽 손에 역시나 화려한 색감의 쥘부채 하나를 들고 있었다.

　나타난 상대가 그리 위협적인 대상이 아니라는 것을 확인하자 일아영은 놀라움이 가라앉으면서 그 반동으로 짜증이 솟구쳤다. 그것은 이제껏 쌓인, 분출할 곳이 없었던 일아영의 감정과도 같았다.

"왜 그렇게 갑자기 나타나는 거야? 여기 사람들은 전부 귀신같이 몰래 나타나서 사람 놀래는 취미라도 있는 거야?"

"과연, 소리부터 지르는군."

귀공자는 조소를 띠었다.

"나는 그저 평범히 걸어왔을 뿐이다. 나를 알아차리지 못하고 생각에 빠져 있던 건 너다."

논리 정연한 그의 지적에 일아영이 움찔한다. 사실 그녀가 눈치채지 못한 것도 있었기에 일아영은 멋쩍은 듯 헛기침을 했다.

"흠. 그, 그래? 그런데 넌…… 누구야?"

상대를 살피던 일아영은 문득 그 귀공자의 뒤에 한 사내가 서 있는 것을 알아차렸다. 아마도 호위무사인 듯 보였는데 역시나 표정이 없고 눈초리는 매섭다.

"훗. 다짜고짜 반말이라니. 자신이 끌려온 처지라는 것을 모르는 건가?"

귀공자의 조롱하는 듯한 말에 일아영은 새삼 자신의 처지를 깨달았다. 그러나 이제와 다시 존댓말로 바꾸기도 어색한 데다가, 무엇보다 지금 존대로 바꾼다면 상대에게 지고 들어가는 것 같아서 싫다.

"그럼 어때서? 너도 반말이었잖아, 처음부터. 나랑 나이 차이도 많이 안 나는 것 같고."

새삼 존댓말 하기가 어색한 일아영이 고집을 부린다.

"그런데 혹시……."

귀공자를 살펴보던 일아영은 살짝 눈살을 찌푸렸다.

"당신이…… 여기 책임자야?"

"뭐? 책임자?"

귀공자가 눈살을 더욱 찌푸린다. 그러더니 잠시 후 코웃음을 흘리며 대답한다.

픽.

"그래, 내가 책임자다."

명백한 비웃음을 띠며 그가 말했다. 하지만 일아영은 그 말에 대답하는 대신 눈살을 더욱 찌푸리며 귀공자를 위아래로 훑어본다.

"뭐야? 내가 책임자라니까?"

"흐응."

일아영은 그 귀공자를 위아래로 쳐다보고는 눈을 가늘게 뜨고 말했다.

"네가 책임자라고? 아깐 경황이 없어서 몰랐지만 자세히 보니, 아니, 딱 봐도 그냥 할 일 없는 한량 같은데?"

"뭐?"

귀공자의 눈초리가 심각하게 위로 올라갔다. 그러나 일아영은 아랑곳 않고 말했다.

"이래 봬도 내가 호암상단의 실무 책임자들 중에 하나거든? 그래서 어떤 사람들이 책임자인지 알아. 많이 만나 봤으니까. 그런데……."

일아영은 다시 한 번 귀공자를 위아래로 훑어보았다.

"넌 아무리 봐도 책임자가 아니야. 옷 입은 것부터가 아니거든? 보아하니 아버지 잘 둔 덕에 괜히 상단 일에 끼어들기나 하는 부잣집 도련님이라고. 내 말 맞지?"

귀공자의 입가에 미소가 걸렸다. 그러나 그 미소를 보는 순간 옆에 서 있던 무사는 등골이 오싹함을 느꼈다. 그는 지금 화를 내고 있었다. 그것도 아주 심각하게.

"재미있군."

팍.

들고 있던 쥘부채를 펴서 입을 가린 귀공자가 말했다. 입가에 걸린 비릿한 미소가 부채 뒤에 숨는다.

"하지만 내가 책임자다. 네가 믿든, 믿지 않든 간에 말이야. 그리고 목……."

"그럼."

귀공자의 말을 중간에서 끊으며 일아영이 불쑥 손을 내밀었다. 덕분에 '목숨이 아깝다면' 이라고 말하려던 귀공자의 말은 입 밖에 나오지도 못했다.

"뭐지? 이 손은?"

다시 눈살을 찌푸리며 그가 묻는다.

"줘 봐."

“뭘?”

묻는 귀공자의 눈에 불쾌한 기운이 역력하다. 그러나 일아영은 아랑곳 않는다.

“내 반지. 여기 사람들이 가져갔어. 네가 책임자라면 그 정도는 가능하겠지?”

귀공자는 더욱 눈살을 찌푸린다.

“그런 뻔한 격장지계에 내가 넘어갈 것 같나?”

“무슨 격장지계? 내가 날 놔 달라고 한 것도 아니잖아? 그 반지가 뭐 대단한 거라고 못 주는 거야? 그냥 보여 주는 것도 못 해? 그럼 당연히 네가 책임자라는 것도 못 믿는 거지.”

“믿어 달라고 한 적 없다.”

귀공자가 말했다.

“그리고 더 이상……..”

“아, 그러셔? 불리하니까 무심한 척한다 이거지? 아주 바람직한 태도네. 정말 책임자다운 태도야. 그리고.”

일아영은 귀공자의 눈을 쳐다보며 말했다.

“멀쩡한 사람 납치나 하는 단체의 책임자가 뭐가 좋다고…… 그렇게 인정받고 싶어?”

빈정거리듯 일아영이 말했다. 그 노골적인 조롱에 귀공자의 비릿한 미소가 짙어졌다.

“큭큭큭.”

귀공자는 웃음을 흘렸다. 그 소리에 수하는 이미 일이 틀렸다는 것을 깨달았다. 문왕이 저런 웃음을 보인 이후에는 반드시 그 상대의 목숨을 거둬 갔기 때문이다. 그가 누구든 간에.

"그렇게 인정받고 싶냐고? 이거 완전 걸작이로군. 크하하하."

머리까지 젖히며 큰 소리로 웃던 귀공자가 일아영을 쳐다보며 말했다.

"나한테 그렇게 말한 건……."

웃음을 흘리며 귀공자가 말한다. 수하는 갈등했다. 지금 당장이라도 그녀의 목을 치라는 명이 떨어질 것 같았기 때문이다. 그의 결정에는 절대 끼어들 수 없다. 하지만 지금 여기서 일아영을 죽인다면 앞으로의 일이 불투명하다. 인질을 죽이고서야 어떻게 창룡검주를 끌어들인단 말인가?

"네가 처음이다."

"이런 말을 처음 듣는다고?"

지금 자신의 상황이 어떤지도 모르는 여인은 눈을 동그랗게 뜨고 말하고 있었다. 지금 자신이, 자신의 죽음을 재촉하고 있다는 것도 모르고 말이다.

"그래. 그런 말은커녕 그런 태도로 말한 사람도 없었다. 감히 내게 그런 불경한……."

"불경하다니? 그럼 모든 사람이 널 떠받들어야 한다는

거야? 너 정말 제정신이 아니구나?”

일아영은 눈살을 찌푸리고 귀공자를 노려보며 말했다.

“아니, 이건 네 잘못이 아니지. 이건 네 주위 사람들이 더 문제야. 대체 가정교육을 어떻게 시켰길래 그래? 부모님이 대체 누구야?”

“없다.”

싸늘한 표정으로 귀공자가 말했다. 그의 얼굴에 걸려 있던 웃음은 물론이고 비릿한 미소마저 사라져 있었다.

“어머니는 죽었고 아버지는 날 버렸다. 나는 부모가 없어.”

그 모습을 보고 수하는 내심 안도했다. 적어도 지금 당장 그녀를 죽이진 않을 것임을 확신했기 때문이다. 다만 그녀가 죽음보다 더한 고통과 괴로움을 겪게 될 것은 분명했다. 눈앞의 일아영이라는 아가씨에 대해서 자신조차 약간의 동정을 느낄 정도로.

“아.”

자신의 실수를 눈치챘는지 거침없던 아가씨의 말문이 막혔다. 그러나 이미 모든 것이 늦었다.

“미안해.”

일아영이 고개를 숙였다. 그러나 귀공자의 얼굴은 차갑기만 하다.

“하지만.”

일아영이 다시 고개를 들었다. 그녀의 얼굴에는 미안한 기색이라곤 조금도 없었다.

"부모님이 없다고 다 너처럼 자라는 건 아냐. 날 봐. 나도 아버지가 없었지만, 훌륭히 컸어. 아, 돌아가신 건 아니었지만 집에 계시진 않았으니까. 지금은…… 돌아가셨고."

조금 우울한 목소리로 말하던 일아영이 다시 고개를 들었다.

"왜 네가 그렇게 다른 사람에게 인정받으려고 그렇게 애쓰는지 알아?"

귀공자의 눈을 똑바로 바라보며 일아영은 말했다. 쥘부채 뒤에 표정을 숨긴 귀공자는 여전히 냉막한 시선으로 그녀를 바라보고 있었다.

"아마 세상의 모든 사람이 널 인정한다고 해도 넌 믿지 않을걸? 왜냐하면."

일아영은 말했다.

"너 스스로 너 자신을 인정하지 못하고 있기 때문이야. 자신을 제일 믿지 못하고 인정하지 못하는 건 바로 너라서 그래."

귀공자는 여전히 아무 말도 없었다. 부채 뒤에 표정을 숨기고 있는 것도 여전했다. 하지만 일아영은 아랑곳없이 말했다.

"자신만 불쌍하다고 생각하거나, 다른 사람에게 인정을

받으려고 발버둥 치는 건 잘못된 일이야. 하지만 아무도 인
정해 주지 않는데 스스로 자신을 인정하는 것도 어려운 일
이지. 음…… 어떻게 할까?”

턱을 괴고 생각하던 일아영이 고개를 들고 말했다.

“아, 그래! 어머님을 생각해 보면 어때? 난 네 부모님이
누구신지 모르지만 여자가 아이를 낳는 건 죽을 만큼 힘든
일이라고 그러거든? 우리 어머니도 그러셨고. 그러니까 이
세상에서 적어도 한 명은 자신의 목숨을 걸고 내가 태어나
는 걸 원한 사람이 있었다는 거야. 그러니까 그걸 생각해.
아, 하지만 요즘은 또 안 그런 사람도 있다고 하니까 반드
시 그런 건 아니겠네. 그럼…….”

“시끄러워.”

조용한 목소리가 일아영의 말을 끊었다. 부채로 가리고
있던 귀공자의 목소리였다.

“네가 대체 나에 대해서 뭘 알지? 내가 그렇게 우습게 보
이나? 내가 인정을 받으려고 한다고? 내가 나 자신을 인정
하지 못하고 있다고? 시끄러워! 나는 인정받고 싶다고 말한
적 없어!”

얼굴을 가리던 부채를 내리고 귀공자는 거의 소리치듯
말하고 있었다. 늘 그의 곁을 지키던 무사조차 볼 수 없던
모습이었다.

“네가 대체 내 고통에 대해 무얼 알고 있느냔 말이다! 내

인생은 네가 함부로 떠들어도 되는 게 아니야!"

귀공자는 손을 뻗었다. 일아영을 가리키며 그는 소리쳤다. 귀공자의 눈에 핏발이 서 있었다.

"어머니를 생각하라고? 감히! 네가! 어머니에 대해 뭘 알아! 그분은 절대! 너 따위가 함부로 입에 올릴 분이 아니다!"

절규하듯 귀공자는 일아영을 향해 소리쳤다.

"절대로!"

"그래."

일아영이 담담한 표정으로 대답했다.

"네 말이 맞아. 다른 사람의 인생은 절대 함부로 떠들어도 될 만한 게 아니지. 하지만."

귀공자를 똑바로 쳐다보며 일아영은 말했다.

"그렇게 자신을 꽁꽁 감싸고 있을 거면, 왜 그렇게 다른 사람의 시선을 신경 쓰는 거지? 불경하다고? 그런 식으로 말한 사람이 없었다고? 전부 다른 사람에 대한 이야기잖아. 자신을 바라보는 다른 사람들 말이야."

담담한 목소리로 일아영은 말했다.

"네 고통에 대해 무얼 알고 있느냐고? 그래, 맞아. 자신의 고통은 자신밖에는 아무도 모르지. 하지만 그렇게 자신의 고통을 아무도 모른다고 생각하면서, 왜 자꾸 다른 사람만 쳐다보는 거야? 내 눈엔 지금 네가……."

일아영은 말했다.

"너무 불쌍해 보여."

귀공자의 눈이 부릅떠지며 일아영을 향한다. 움켜쥔 그의 손이 격동으로 부들부들 떨리고 깨문 입술이 파랗게 질려 간다. 마치 눈빛만으로도 사람을 죽일 수 있을 것처럼 노려보는 그 귀공자의 시선을 일아영은 담담하게 마주 보고 있었다.

옆에 서 있던 무사는 지그시 눈을 감았다. 이 정도의 상황이라면 무슨 일이 일어나도 이상하지 않았다. 당장 이 여자의 목을 치고 사지를 조각내라고 할 수도 있는 일이었다. 아니, 오히려 그 정도로 끝날까 싶을 정도로 귀공자의 분위기는 최악이었다.

두 사람이 얼마나 그렇게 쳐다보고 있었을까? 부들부들 떨리던 귀공자의 손이 멈췄다. 무엇을 보았는지, 격동으로 요동치던 그의 모든 것이 순간 멈췄다. 그리고 잠시 후, 무사는 도저히 믿을 수 없는 광경을 보았다. 귀공자가 갑자기 몸을 돌린 것이다. 아무 명령도, 심지어 아무 말도 없이.

휙!

돌아선 귀공자는 걸어가기 시작했다. 딱딱하게 굳은 얼굴로.

저벅저벅.

무사는 급히 그 뒤를 따랐다. 그들이 멀어지는 그 뒷모습을 일아영이 굳은 얼굴로 쳐다보고 있었다. 그리고 두 사람의 모습이 완전히 사라지자 일아영이 긴 한숨을 내쉬었다.

"후우."

혀를 내두르며 일아영은 중얼거렸다.

"죽는 줄 알았네."

인상을 찌푸리며 일아영은 자신의 머리를 콩 쳤다.

"아, 정말 성격하고는. 괜히 그놈이 부모님 얘기를 꺼내서 흥분했잖아."

일아영은 귀공자가 사라진 쪽을 바라보았다.

"괜찮을까? 왠지 미안한데."

핏발 선 귀공자의 모습이 눈앞에 생생하다. 하지만 그가 불쌍하게 보인다는 말은 진심이었다. 소리치듯 말하던 그의 눈동자는, 마치 부모를 잃은 어린아이의 그것처럼 절박하고 고통스러워 보였으니까. 자신도 모르게 눈물이 날 만큼.

"후우."

일아영은 다시 한숨을 내쉬었다. 그리고 자신의 눈가에 맺힌 눈물을 찍어 냈다.

"아, 진짜. 괜히 심각한 얘기는 해 가지고……."

다시 고개를 들어 그 귀공자가 사라진 쪽을 보던 일아영은 고개를 돌렸다. 그리고 방으로 걸어갔다.

"보아하니 좀 중요한 사람 같던데, 설마 싸웠다고 밥을 안 주거나 그러진 않겠지? 에이, 모르겠다. 며칠 굶기면 그냥 굶고 말지, 뭐."

듣는 사람도 없는데 일아영은 계속 혼잣말처럼 중얼거렸다. 마치 무엇인가를 숨기고 싶어 하는 사람처럼, 그녀는 무엇인가 계속 떠들지 않고는 견딜 수가 없을 것 같았다.

방 안으로 들어서면서 일아영은 다시 고개를 돌려 귀공자가 사라진 쪽을 바라보았다.

"아아, 진짜!"

탁!

신경질적으로 문을 닫으며 일아영은 그렇게 말했다.

＊　　＊　　＊

그 사람은 마치 재앙처럼 갑자기 마을에 나타났다. 무표정한 얼굴로 그는 갑자기 사람들을 죽이기 시작했다. 그가 손을 허공에 젓기만 해도 사람들이 피를 토하고 죽었다. 남자도, 여자도 가리지 않았고 노인과 아이조차 놔두지 않았다. 아니, 살아 숨 쉬는 것이라면 짐승과 그 새끼까지도 모조리 죽였다. 마치 이 마을 자체를 지워 없애 버리려는 것 같았다. 그리고 이 모든 끔찍한 일을, 오직 혼자서 저질렀다.

보이는 모든 사람을 죽이던 그 사람은, 유독 한 명의 소년과 그 어머니만은 죽이지 않았다. 그는 두 사람을 끌고

마을 뒤편 언덕으로 올라갔다. 어두운 밤하늘 아래, 마을이
검은 연기를 내며 불타고 있었다. 불꽃이 넘실거리며 마을
을 삼키고 있는 모습은 열두 살 소년에게는 평생 잊을 수 없
는 광경이었다.

코를 찌르는 매캐한 연기를 느끼며 소년은 고개를 돌렸
다. 이 재앙을 가져온 사내가 서 있었고 그 앞에 자신의 어
머니가 쓰러져 있었다.

늘 단아한 모습으로 소년을 대하던 어머니의 모습은 알
아보지 못할 정도로 흐트러져 있었다. 아무렇게나 흘러내린
머리카락과 피로 얼룩진 얼굴, 여기저기 찢어지고 흙투성이
가 된 옷과 상처 난 맨발, 그리고 입가로 흘러내리는 한 줄
기 검은 피. 그러나 그보다 더 소년을 두렵게 한 것은, 초점
을 잃은 듯한 그녀의 눈동자였다.

"똑똑히 보았느냐?"

재앙과도 같은 그 사내가 어머니에게 말했다. 담담하고
메마른 목소리였지만 소년에게는 그 무엇보다 두렵고 떨리
는 목소리였다. 그 담담한 표정으로 사내가 사람들을 죽이
는 것을 자신의 눈으로 보았기 때문이다.

"왜…… 왜 이런 짓을……."

소년의 어머니가 힘겹게 말했다. 그녀에겐 이미 말을 할
기력조차 남아 있지 않은 듯했지만, 소년은 어머니에게 달
려갈 용기조차 없었다.

"네 악업의 대가다."

그 사내가 메마른 어조로 말했다. 일말의 감정도 담겨 있지 않은, 그래서 더욱 공포스러운 목소리였다.

"그럼 나만 죽이면 되잖아."

마치 금방이라도 끊어질 듯 힘없는 목소리로 소년의 어머니가 말했다.

"나만 죽이면 되잖아. 왜, 왜 마을 사람들까지……."

"더럽고 추악하다."

그는 말했다.

"너도, 그 사내놈도, 네가 만났던 사람들도, 네가 살던 이 땅도 그리고 네가 숨 쉬던 이 대기까지 전부."

"그래도 당신이 이들을 죽일 권리는 없었어. 그래서는, 그래서는 안 되는 거야. 그래서는……."

"아니, 할 수 있다."

사내는 소년의 어머니를 내려다보며 말했다.

"나는 천인(天人)이다. 비천무서(飛天武書)의 주인이자 대역천(大逆天)의 괘(卦)가 선택한 새로운 하늘의 주인이 바로 나다."

"그래서 전부 죽였단 말이야? 아무 상관 없는 사람들까지?"

사내는 대답하지 않았다. 그는 고개를 돌려 소년을 바라보았다.

'헉!'

그 사내의 눈과 시선이 마주치자 소년은 화들짝 놀라며 몸을 떨었다. 온몸이 자신의 뜻과 상관없이 와들와들 흔들리고 있었다.

저벅저벅.

사내는 소년에게로 다가왔다. 바닥에 쓰러져 있던 소년은 자신도 모르게 뒷걸음질 쳤지만 사내의 손은 무자비하게 소년을 붙잡았다. 그리고 그대로 소년을 들어 올려서는 내던졌다.

휙!

눈앞이 어지러이 요동치더니 소년의 몸이 공중을 날아 땅에 떨어졌다.

쿵!

땅에 부딪치며 통증이 온몸을 내달렸지만 소년은 신음을 낼 수조차 없었다. 소년은 고개를 들었다. 눈앞에 어머니가 보였다. 자신의 몸이 바들바들 떨리고 있다는 것을 스스로도 느낄 수 있을 정도였다.

"네 악업의 씨앗이다."

사내가 말했다.

"이 아이가 네 눈앞에서 죽는 것을 지켜보도록 해라."

마치 사신(死神)처럼 그 사내는 메마른 눈빛으로 다가왔다. 소년을 향해 뻗어 오는 그의 손이 마치 하늘을 덮을 듯 커다랗게 보였다. 그 거대한 공포 앞에서 소년이 느낄 수 있었던 것은 오직 절망뿐이었다.

"후후."

메마른 웃음소리. 그 웃음소리에 사내는 문득 손을 멈췄다. 그리고 소년의 어머니를 바라보았다.

"후후후."

소년의 어머니가 웃고 있었다. 핏기 하나 없는 얼굴로 마치 신음 소리 같은 메마른 웃음을 흘리고 있었다.

"당신이 천인이라고?"

소년의 어머니는 불쌍하다는 듯 사내를 바라보았다. 그 표정은 마치 사내를 비웃고 있는 것처럼 보이기도 했다.

"자기 아이조차 알아보지 못하면서?"

이제껏 표정 하나 없던 사내의 얼굴이 굳어졌다. 소년조차 그것을 분명히 알 수 있을 정도로.

"그게 무슨 말이냐?"

사내의 목소리에 당혹감이 서렸다. 그러나 소년의 어머니는 대답해 주지 않았다. 그녀는 고개를 돌려 소년을 바라보고 있었다.

'어머니!'

소년은 어머니를 보았다. 자신을 바라보는 어머니는 미소 짓고 있었지만, 두 눈동자에는 안타까움이 가득 담겨 있었다. 그리고 그 안타까움만큼이나 가득, 두 눈에 눈물이 담겨 있었다.

'어머니.'

소년의 눈앞에서 어머니는 스르르 옆으로 무너지기 시작했다.

털썩.

그녀의 가녀린 체구가 땅바닥에 쓰러지며 작은 소리를 내었다. 쓰러진 그녀는 더 이상 움직이지 않았다. 그리고 소년은, 아무것도 할 수 없었다.

그 모습을 내려다보던 사내가 고개를 돌려 소년을 바라보았다. 마치 사신처럼 무표정하던 얼굴이 살짝 일그러져 있었다. 살짝 일그러진 표정, 그저 그뿐이었다.

"몇 살이냐?"

한참 후에 사내가 물었다. 소년은 필사적으로 입을 열었다. 이 사내에게는 절대 거역해서는 안 된다. 이 사내가 말하면, 무엇이든 해야 한다. 그렇지 않으면 자신도 죽게 될 것이다. 저기 쓰러져 있는 어머니처럼. 그 압박감이 소년으로 하여금 대답하게 했다.

"여, 열두 살……."

자신의 목소리가 덜덜 떨리는 것이 들렸다.

"허."

사내는 헛웃음을 흘리며 하늘을 올려다보았다. 그사이 소년은 고개를 돌려 자신의 어머니를 보았다. 모로 쓰러져 있는 그녀는 움직이지 않고 있었다. 어머니의 얼굴을 보고 싶었지만, 흐트러진 머리카락이 가려 보이지 않았다.

"나와 가겠느냐?"

갑자기 들린 사내의 목소리에 소년은 화들짝 놀라 고개를 돌렸다. 마치 불꽃같은 사내의 눈이 소년을 내려다보고 있었다.

그건 분명히 물음이었지만 소년은 대답하지 못했다. 차라리 무엇을 하라고 했으면 즉시 그대로 했을 것이다. 그러나 물음에는 대답하지 못했다. 소년으로서는 감당하지 못할 충격과 공포가 그의 사고를 이미 마비시켰기 때문이다.

"가자."

사내는 말했다. 그리고 소년에게로 다가왔다. 소년은 반사적으로 눈을 감고 몸을 움츠렸다. 그가 자신의 옷을 잡고 들어 올리는 것이 느껴졌다. 그리고 조금씩 흔들리며 움직이기 시작한다. 소년을 들어 올린 채로 그 사내가 걸어가고 있는 것이다.

소년은 눈을 떴다. 그의 눈에 보인 것은 아직도 불타는 마을과, 쓰러진 채 여전히 얼굴이 보이지 않는 어머니의 모습이었다.

'어머니.'

왈칵 설움이 북받쳤다. 어머니께서 돌아가셨다는 것을 소년은 알 수 있었다. 자신의 머리를 쓰다듬어 주시던 그다정하던 어머니의 웃음을 이제 다시는 볼 수 없다는 것도.

'어머니!'

소리치고 싶었지만 목소리는 나오지 않았다. 마치 목이 막혀 버린 것처럼. 그러나 소년은 끊임없이 소리치고 있었다. 아니, 절규하고 있었다.

"어머니!"

팍!

혈공자 문왕은 소리를 지르며 벌떡 일어났다.

"어머니……."

놀라움으로 크게 뜬 두 눈과 허공으로 뻗은 손. 그것은 더 이상 어린 소년의 손이 아니다.

"헉, 헉."

숨을 몰아쉬던 문왕은 고개를 돌려 주변을 두리번거렸다. 익숙한 자신의 침소다. 그와 함께 방금 전까지 자신을 지배하던 감정의 격랑이 거짓말처럼 사라져 간다.

"후우, 후우."

온몸이 땀으로 젖어 있었다. 그리고 자신은 침상에서 상체를 일으킨 상태다. 혈공자 문왕은 눈을 감고 고개를 숙였다.

"후우."

호흡이 가라앉고 자신이 꿈을 꾸었다는 것을 깨닫자 견딜 수 없는 혐오감이 스멀거리며 기어 올라온다.

"제길."

혈공자 문왕은 손으로 이마를 짚었고, 마치 여인의 그것 같은 붉은 입술 사이로 나지막한 소리가 새어 나온다. 꿈속에서 자신을 바라보던 어머니의 눈물 가득한 두 눈동자가 너무도 선명했다. 안타까운 눈빛으로 자신을 바라보던 어머니의 그 마지막 모습이 지금도 손에 잡힐 듯 생생했다.

"제길……."

악다문 입술 사이로 다시 소리가 새어 나왔다. 한동안 꾸지 않던 이 꿈을 왜 다시 꾸게 되었는지 그는 잘 알고 있었다. 그래서 더욱 짜증이 났다.

"우욱."

그는 두 손을 머리로 올렸다. 그리고 움켜쥐었다. 자신의 머리카락이 잡혔지만 그대로 등을 굽히고 고개를 숙였다.

"우우욱."

마치 신음하듯 그는 소리를 흘렸다. 비참한 자괴감과 자기혐오가 몸을 죄어 왔지만, 눈물은 나오지 않았다. 바로 그때, 그날처럼.

*　　*　　*

문왕의 앞에 선 수하는 좀처럼 자리를 떠나지 못하고 있었다. 이유는 단 하나, 문왕이 그에게 자리를 떠도 좋다는 의사 표현을 하지 않았기 때문이다. 아침에 의례적인 보고를 하기 위해 왔던 수하는, 덕분에 해가 중천에 뜬 지금까지 혈공자 문왕 앞에 서 있어야 했다.

물론 그에게 이 정도의 일은 전혀 힘든 것이 아니다. 문제는, 아침부터 지금까지 한마디도 없는 혈공자 문왕이다. 보고를 들을 때도 아무 말 없던 혈공자 문왕은 지금까지 계속 골똘히 생각에 잠겨 있다. 평소 생각에 잠길 때면 오히려 사람을 물리치던 그가, 앞에 수하를 세워 둔 채 여태껏 가만히 있는 것이다.

그가 무엇에 대해 생각하고 있는지는 알고 있다. 아마도 어제 있었던 일아영 소저의 일이 분명했다. 하지만 그렇기 때문에 더 걱정인 것이다. 면전에서 불쌍하다는 말을 들은 때문에, 그렇지 않아도 종잡을 수 없는 문왕의 기분이 어디로 튈지 알 수가 없기 때문이다.

"큭큭."

갑자기 가벼운 웃음소리가 흘러나왔다. 문왕은 웃는 얼굴로 혼잣말처럼 말했다.

"그래, 맞아. 상대를 동정함으로써 자신의 우위를 확인하고 정당성을 부여하는 것은 흔한 일이지. 그런 사람일수록 상대를 동정함으로써 자신의 비참한 상황에 대해 외면하려고 하니까. 상대가 불쌍하다느니 하는 말은 자신이 그런 말을 듣게 되는 것을 제일 두려워한다는 반증이야. 열등감의

심리적인 왜곡과 투사현상이지. 결국 제일 불쌍한 것은 그런 말을 하는 바로 자기 자신이야."

한참을 중얼거리던 문왕이 수하를 보며 말했다.

"그렇지 않나?"

수하는 고개를 숙였다.

"그렇습니다."

고개 숙인 수하를 내려다보던 혈공자 문왕이 눈살을 찌푸리며 고개를 돌린다.

"쯧. 뭘 안다고."

모욕적인 말이었지만 수하는 조금도 동요하지 않았다. 이 정도는 문왕에겐 흔한 일이었고, 그의 말대로 자신은 무슨 말인지 이해할 수 없었기 때문이다.

그 이후 다시 문왕은 말이 없어졌다. 그는 늘 즐기던 포도조차 전혀 손을 대지 않았다. 가끔씩, 어쩌다 생각난 듯 공작 깃털로 된 부채를 몇 번 흔드는 것이 전부였다. 하지만 몇 번이나 눈살을 찌푸리다가, 갑자기 비릿한 미소를 머금거나 했다.

"그래도 그건 아니지. 아무리 자신의 상황을 파악하지 못했다고 해도 적어도 상대를 대하는 예의라는 것이 있지 않나? 여자인 주제에, 나이도 어리고, 특별한 학문을 배운 것도 없잖아?"

처음에 혼잣말처럼 중얼거리던 혈공자 문왕의 어조는 점

점 커지고 있었다.

"그리고 상단 실무 책임자라고 말은 했지만, 그렇다고 상
대방의 말을 무조건 부인한단 말인가? 그것도 오로지 자의
적인 판단만으로? 도대체 무슨 권리로 그렇게 짓을 할 수
있는 거지? 이거야말로 무례한 짓이지. 이거야말로 가정교
육을 제대로 못 받았다는 말을 들을 만한 거야. 그리고 이
건, 반드시 사과를 받아야만 하는 정도의 일이지."

탁.

커다란 부채를 내려놓고 문왕은 작은 쥘부채를 들었다.
그리고 갑자기 자리에서 일어났다.

"가자."

수하는 고개를 숙여 명을 받들었다. 밑도 끝도 없이 그저
가자는 말뿐이었지만, 혈공자 문왕이 어디로 향할지는 이미
알고 있었다.

작은 마당을 서성이던 일아영은 문득 저쪽에서 다가오는
두 사람의 모습을 발견했다. 그리고 번쩍 한 손을 들었다.
단 하나뿐인 출입구 바깥으로 어제 보았던 두 사람의 모습
이 보였기 때문이다.

"어이!"

출입구 쪽으로 가까이 가며 일아영은 두 사람을 향해 손
을 흔들었다. 그리고 그 모습을 발견한 문왕은 대번에 눈살

을 찌푸렸다.

"뭐가 저렇게 신이 난 거지?"

중얼거리며 그는 일아영을 쳐다보았다. 자신을 향해 손을 흔드는 일아영의 얼굴은 활짝 웃고 있었다.

"어젠 두 눈을 동그랗게 뜨고 놀라 쳐다보나 싶더니 갑자기 소리를 질렀지. 그런데 오늘은 웃으면서 마구 손을 흔드는군. 제정신인가, 저 여자는?"

수하는 아무 말도 하지 않았다. 적어도 일아영의 문제에 관해서만은 감히 끼어들 수가 없었다. 문왕의 기분이 어느 쪽으로 튈지 알 수 없었기 때문이다. 수하의 입장에서 볼 때 일아영은 불씨와도 같았다. 언제 문왕이라는 화약에 불을 붙일지 모르는 불씨 말이다.

문왕과 수하는 금방 일아영 앞으로 다가섰다. 두 사람이 어느 정도 가까워지자 일아영은 웃는 얼굴로 문왕에게 말했다.

"또 왔네? 밥은 먹었어?"

어제의 그 날카로운 대립이 거짓말이었던 것처럼 일아영은 스스럼없이 말했다. 그 모습이 문왕의 기분을 더욱 나쁘게 했다. 문왕은 날카로운 어조로 말했다.

"내가 오건 말건 무슨 상관이지?"

"아, 조심해."

문왕의 말에 대답은 않고, 일아영은 말했다.

“그 출입문 지키는 무사 아저씨들이 꽤 신경질적인 사람들이라서 말이야. 갑자기 확 나타나서 검을 들이댄다니까?”

“흥.”

일아영의 말에 코웃음을 치며 문왕은 출입문 안으로 들어섰다. 당연히 무사들도, 그리고 검날도 나타나지 않는다. 감히 누가 이곳에서 문왕의 출입을 가로막으랴.

“우와.”

아무도 없는 것처럼 문왕이 들어서자 일아영은 놀란 표정으로 말했다.

“대단한데? 분명히 방금 전에 무사 아저씨들이 있는 걸 확인했는데. 진짜 책임자 맞았구나.”

감탄한 표정으로 문왕을 쳐다보며 일아영이 말하자 문왕이 입꼬리를 일그러뜨린다.

“흥, 이 정도로 놀랄 거라면…….”

말하던 문왕은 문득 일아영의 얼굴을 보았다. 일아영이 장난기 가득한 표정으로 웃고 있었다.

“인정해 주니까 좋아? 큭큭. 하하하하.”

일아영은 배까지 움켜쥐고 웃는다. 문왕의 얼굴이 순식간에 확 붉어졌다.

“가, 감히 날…….”

“하하하. 아아, 미안, 미안.”

턱.

문왕의 뒤를 지키고 있던 수하는 숨이 멎을 만큼 놀랐다. 웃던 일아영이 문왕의 한쪽 어깨에 손을 얹은 것이다. 문왕은 눈살을 찌푸린 채 자신의 어깨에 놓인 일아영의 손을 쳐다본다.

"여긴 너무 심심해서 말이야. 잠깐 장난 좀 쳤어. 미안, 미안."

하지만 그 시선을 아는지 모르는지, 일아영은 손을 내리지 않는다. 결국 문왕이 자신의 쥘부채로 일아영의 손을 스윽 밀어냈다.

"자기 말로는 훌륭히 컸다면서, 예의가 없군."

비릿한 조소를 머금으며 문왕이 말했다.

"응? 나?"

일아영은 눈을 동그랗게 뜨더니 갑자기 무슨 말인가 하고 생각하는 듯 고개를 갸웃했다. 그러다 자신의 손을 탁 쳤다.

"아, 어제 말한 거 말이구나. 나야 뭐 당연히 훌륭히 컸지."

허리에 두 손을 척 얹고, 일아영은 말했다.

"똑똑하지, 정신 똑바로 박혔지, 거기다 예쁘고 능력까지 있지. 이 정도면 훌륭히 큰 거 아냐?"

"훗."

팍.

문왕은 코웃음을 흘리며 부채를 펴서 얼굴을 가렸다.

"연장자를 대하는 예의도 모르면서 말인가? 게다가 다른 사람의 말을 함부로 무시……."

"뭐야, 너 그런 거 신경 썼어?"

일아영은 어깨를 으쓱한다.

"상관없잖아? 별로 나이 차이도 많이 안 나는 것 같고. 정 그러면…… 뭐라고 부를까? 오라버니라고 불러 줘?"

눈을 동그랗게 뜨고 쳐다보는 일아영의 모습에 문왕은 쉽게 대답하지 못했다.

"그, 그건……."

"하지만 안 할래."

문왕을 똑바로 쳐다보며, 일아영은 말했다.

"넌 날 납치했잖아."

부채로 가린 문왕의 표정이 일그러졌다. 그리고 동시에 문왕의 시선이 차갑게 가라앉았다.

"나는……."

"킥킥."

일아영의 웃음소리에 문왕은 다시 당했다는 것을 알았다. 일아영은 혀를 쏙 내밀어 보이더니 바로 웃는 얼굴이 된다.

"굳었네? 하하하."

웃음 사이로, 일아영은 다시 문왕의 어깨에 손을 얹는다.

"그 정도로 굳으면서 어떻게 납치 책임자가 되겠어? 담력부터 키워야 되는 거 아냐? 하하하."

일아영은 큰 소리로 웃고 있었다. 하지만 아까와는 달리 문왕의 표정은 아무런 변화도 없었다. 그저 살짝 눈살을 찌푸렸을 뿐이다. 그렇게 웃고 있던 일아영을 바라보던 문왕이 조용한 음성으로 말했다.

"너는……."

"응?"

일아영이 문왕을 쳐다본다. 그녀가 고개를 들자 문왕은 그 얼굴이 너무 가깝다는 생각이 들었다. 그래서 그 시선을 슬쩍 외면하며 문왕이 물었다.

"무섭지 않나?"

"나? 으음…… 뭐, 일단 밥도 잘 주고 특별히 협박을 하는 것도 아니니까 말이야."

"아니, 그게 아니라……."

"아, 밤엔 좀 무섭더라. 이 저택엔 사람도 안 살아? 낮에도 너무 조용하지만, 해가 져도 사람 소리 하나 없어서 좀 무서워. 불빛이라도 좀 왔다 갔다 하고, 소리라도 좀 나고 그래야 되는 거 아냐?"

문왕은 말하는 일아영은 가만히 쳐다보았다.

"너는 다른 사람에게도 이렇게 대하나?"

"이렇게? 이렇게가 어떻겐데?"

"음, 그건……."

문왕은 설명을 하지 못했다. 자신이 물어보고도 뭐라 말해야 할지 몰랐다.

"흠. 하긴 내가 이렇게 초면에 스스럼없이 대하는 성격이 아니긴 해."

일아영은 고개를 갸웃하며 말했다.

"사실 나도 예의를 좀 따지고 그런 편인데, 지금은 조금 이상하네."

빙긋 웃으며 일아영은 말했다.

"아마 납치란 걸 생전 처음 당해 봐서 그런가 봐. 아니면 너라서 그런지도."

일아영은 웃고 있었지만 문왕은 웃지 못했다.

"아 참, 말이 나온 김에 말인데."

부채로 얼굴을 가린 채 말이 없는 문왕에게 일아영은 말했다.

"넌 여기 높은 사람을 잘 알겠지? 그러니까 진짜 책임자 말이야. 그 사람에게 부탁 하나 해 줄 수 있어?"

"부탁?"

문왕은 눈살을 찌푸렸다. 그리고 그제야 왜 일아영이 이토록 자신에게 친근하게 굴었는지 깨달았다.

'킥, 결국 본심은 이거로군.'

비릿한 미소가 문왕의 입가에 걸렸다.

'자신의 목적을 위해 친근함을 가장하고 상대의 마음속에 파고든다. 정말로……'

욕지기가 속에서 올라오는 것을 느꼈다.

'추악하군. 여자란 것들은.'

속마음을 부채 뒤에 숨기며 문왕은 빙긋 미소를 지었다.

"글쎄. 아마 할 수 있을 걸? 뭐지? 그 부탁이란 게."

온화한 표정을 지으며 문왕은 말했다. 하지만 마음속에서는 이미 알고 있었다. 일아영의 부탁이란 것이 무엇인지.

'살려 달라, 혹은 풀어 달라인가? 큭큭큭. 우습군. 그렇지. 헛된 희망을 주고 슬슬 끌어 보는 건 어떨까? 금방이라도 풀어 줄 것처럼 하다가 초조하게 만드는 것도 꽤 재미있겠어. 그런 상황이 되면, 이 여자는 과연 어디까지 바닥을 길 수 있을까?'

눈앞에서 자신을 쳐다보고 있는 일아영의 일그러진 표정을 상상하니 짜릿한 느낌이 등을 내달린다. 혈공자 문왕은 일아영의 대답을 재촉하듯 그녀의 눈을 쳐다보았다.

"상단주 어르신 말이야."

"뭐?"

예상치 못한 단어에 문왕은 잠시 당황했다. 하지만 일아영은 그것을 알아차리지 못했는지 말을 이어 갔다.

"그분은 연세가 많으시거든? 그러니까 협상이든 뭐든 빨리 하는 게 좋을 거야. 괜히 질질 끌다가 무슨 일이라도 생기면 정말 심각해지잖아. 그리고 애초부터 납치 같은 걸로 문제를 해결할 생각 같은 건 하지 말라고. 이런 식으로 성공해 봤자 끝이 안 좋아. 너도 이런 건 배우지 말고 말이야. 알았지?"

문왕은 혼란스러웠다. 자신이 듣는 것이 무슨 말인지는 알고 있었지만, 도무지 의미를 알 수가 없었다.

"그게, 무슨 말이지?"

당황한 표정을 숨기지 못하고 문왕이 되물었다.

"어? 못 들었어? 너무 길었나? 그러니까 상단주 어르신이 연세가 많으시단 말이야. 그래서……."

"아니, 아니야!"

갑자기 문왕의 목소리가 커지자 일아영이 말을 멈추고 그를 쳐다본다.

"왜 그래?"

눈살을 찌푸리며 묻는 일아영. 그 일아영을 노려보듯 쳐다보며 문왕이 물었다. 그의 얼굴을 가리고 있던 부채는 어느새 내려와 있었다.

"넌? 너에 대해서는 부탁할 게 없어?"

묻는 문왕의 목소리가 크다.

"어? 나?"

일아영이 어깨를 으쓱했다.

"나야 뭐, 괜찮은데? 좀 심심하긴 하지만 이 정도면 대접도 나쁘지 않은 편이고. 어차피 나야 덤이니까 상단주 어르신 일이 빨리 해결되어야 나도 나가잖아? 아, 그러고 보니 이 일이 끝나도 나한테는 아무것도 안 알려 줄지도 몰라. 그러니까 네 이름이라도……."

팍.

문왕이 쥐고 있던 부채가 소리를 내며 접혔다. 그리고 문왕이 몸을 돌렸다.

"어? 가려고? 이름이라도 알려 달라니까?"

저벅저벅.

일아영이 부르며 말했지만 문왕은 빠른 걸음으로 출입구를 나가고 있었다. 수하가 즉시 그 뒤를 따른다. 일아영이 그를 잡을 것처럼 한 걸음 내디뎠지만 더 이상 나가지는 않았다.

"왜 저래? 화났나?"

점차 멀어지다가 곧 모습을 감추는 두 사람의 뒷모습을 보며 일아영은 중얼거렸다.

"내가…… 너무했나?"

아무도 없는 출입구를 쳐다보는 그녀의 어깨가 축 처졌다.

"일부러 밝고 가볍게 대하려고 했는데……."

일아영은 시종일관 짐짓 그를 가볍고 밝게 대했다. 그렇지 않으면 바로 어제 일 때문에 심각해질 것 같았고, 둘 다 감당할 수 없는 무거운 분위기가 될 것 같았기 때문이다. 납치당한 사람과 납치한 단체의 사람이 만나는데, 무겁고 심각해지지 않으면 그것이 오히려 거짓말이리라.

'하지만, 그러긴 싫어서 일부러 아무렇지 않게, 가볍게 말한 건데……'

일아영은 작은 한숨을 폭 내쉬었다.

'너무했나 봐.'

고개를 저으며 일아영은 자책하듯 말했다.

"너무 분위기를 탔어. 하지만 이상하게 말이 편하게 나오는걸."

어제 그렇게 서로 소리 지르고 난 탓일까? 그 이후 이상하게도 일아영은 저 귀공자가 편하게 생각되었다. 밝고 가볍게 대하려고 작정하긴 했지만, 자신도 놀랄 정도로 자연스럽게 그런 태도가 되었다. 속으로 '이거 위험한데.' 라는 생각이 드는 말들도 너무나 자연스럽게 나왔다. 그러니 초면에 이렇게 스스럼없이 대하는 자신이 이상하다고 했던 그녀의 말은, 진심이었다.

아까도 자신의 과한 듯한 장난에 그저 당황한 모습만을 보여 주던 그의 모습이 갑자기 다시 생각났다. 그리고 문득, 어제 본 그의 눈동자가 다시 떠올랐다. 자신을 향해 소리 지르고 있었지만, 마치 길 잃은 어린아이처럼 겁에 질려 있던 그 슬프던 눈동자가.

"어쩔 수 없잖아."

일아영은 중얼거렸다. 그 눈동자가 생각나니 갑자기 콧등이 시큰해진다.

'저 사람은, 어쩐지 불쌍해 보이는 걸.'

속으로만 말을 삼키고, 일아영은 몸을 돌렸다. 그리고 방을 향해 걸음을 옮겼다.

"후우."

걸어가면서 일아영은 작은 한숨을 쉬었다.

'앞으로 상단주 어르신에 대한 건 함부로 말하지 말아야겠어.'

아무도 없는 방 안으로 들어서며, 일아영은 중얼거렸다.

"반응이 너무 까칠하네."

탁.

그녀의 방문이 낮은 소리와 함께 닫혔다.

빠른 걸음으로 일아영의 거처를 나서던 문왕은, 모퉁이를 돌아 일아영의 모습이 보이지 않게 되자 바로 걸음을 멈췄다.

"왜 저 여자가 그런 부탁을 했지?"

아무것도 없는 앞을 노려보며 문왕이 말했다.

"위험한 것은 자신도 마찬가지잖아. 자기 입으로 납치당

했다고 말하면서, 어째서 자신에 대해서는 아무것도 부탁하
지 않고 오히려 다른 사람을 걱정할 수 있는 거지?"

문왕은 고개를 돌렸다.

"보통 여자들이…… 모두 다 저런가?"

조금 뒤에서 그를 따르는 수하를 돌아보며 문왕이 물었
다. 수하는 고개를 숙이며 대답했다.

"제가 아는 한에는 그렇지 않습니다. 그녀는…… 제가
보기에도 대단히 예외적입니다."

"예외적이라……."

팍.

문왕은 부채를 펴서 얼굴을 가렸다.

"흥. 예외적인 인간은 없어. 사람은 다 마찬가지야. 차이
가 있다 한들 거기서 거기다."

눈을 가늘게 뜨고 생각에 잠기며 문왕은 말했다.

"저 여자는 자신이 덤이라고 말했다. 그러니 그녀로서는
자신보다 상단주의 안위에 신경을 쓰는 것이 당연하겠지.
그래야 자신 또한 풀려날 것이라고 생각하고 있으니까. 결
국 저 여자가 자신의 일보다 상단주의 일을 부탁한 것은 모
두 다 자신의 안위를 위한 것이다."

수하는 묵묵히 문왕의 말을 듣고 있었다.

"물론 그런 상황에서도 자신의 안전만을 확보해 달라고
부탁할 수도 있었겠지. 상단주야 어찌 되건 자신의 안전을

보장해 달라고 말이야. 저 여자가 그렇게 하지 않은 것은 똑똑하지 못하거나, 자신의 도덕관념을 극복할 정도의 판단력과 이기심을 갖추지 못하고 있기 때문이다."

말하던 문왕은 갑자기 웃음을 흘렸다.

"큭큭, 웃기는 일이군. 저 여자 때문에 창룡검주는 목숨을 잃게 되었는데, 정작 저 여자는 자신이 그저 덤이라고 생각하고 있으니 말이야. 정말 바보 같은 여자가 아닌가?"

"그녀는 자신의 의숙부가 창룡검주라는 것도 모르고 있을 것입니다."

수하는 조용한 목소리로 말했다.

"그래, 그렇겠지. 그러니까 결국 결론은 하나다."

문왕은 말했다.

"정말 목숨이 위험한 것이 자신이라는 것을 안다면, 저 여자도 역시 겁에 질릴 것이다. 자신의 목숨을 쥐고 있는 것이 바로 나라는 것을 안다면 저 여자는 나를 두려워하고, 동시에 어떻게 하든 살길을 찾기 위해 발버둥 칠 것이다. 어쩌면 스스로 나서서 창룡검주를 팔려고 할지도 모르지. 그년이 했던 것처럼 말이야. 큭큭큭."

정말로 우습다는 듯 문왕은 어깨를 들썩이며 웃었다. 수하는 그 모습을 담담한 모습으로 지켜보고 서 있었다.

"저 여자는 특별한 여자도, 예외적인 여자도 아니다. 아니, 오히려 아무것도 모르는 바보 같은 여자야. 아무것도 모르니까 저런 말도 안 되는 태도를 보일 수 있는 거다. 저 여자는, 아무것도 모르니까 말이야.”

눈살을 찌푸린 채 중얼거리던 문왕은 고개를 돌려 일아영의 거처가 있는 쪽을 바라보았다.

“그래. 몰라서 그런 거다.”

작은 소리로 문왕은 중얼거렸다.

“알면 저렇게 나올 리가 없어. 알면…….”

문왕은 입을 다물었다. 자신도 모르게 한 단어가 마음속에 떠올랐다. 결코 입에 올리고 싶지 않은 한 단어가.

‘저 여자도 나를 싫어하겠지.’

문왕의 얼굴이 딱딱하게 굳었다. 이를 악물고 있는 혈공자 문왕의 손이, 부채를 마치 부러뜨릴 듯 꽉 움켜쥐고 있었다.

제9장
미녀와 야수 3

이서연이 준비한 마차는 호암상단에 있던 것 중에 제일 좋은 것이었다. 고급스러운 모습에 걸맞게 흔들림이 적고 편안한 데다, 대여섯 사람이 타도 괜찮을 정도로 꽤 넓어서 두 사람만 타기가 미안할 정도였다. 너무 화려한 것이 아니냐고 운현이 말했지만, 영호준도 이서연도 이구동성으로 눈에 띌수록 좋다고 대답했다. 혹 나중에 행적을 추적하기 위해서라도 이편이 좋다는 것이었다.

간단한 짐을 마차 뒤편에 싣고 운현과 이서연 두 사람은 호암상단을 출발했다. 뒤에 남은 영호준과 감찰어사 조관 일행은 만약의 사태를 대비한 대책을 생각하고 실행할 것이

다. 그러나 그것은 어디까지나 만일의 경우를 대비한 것일
뿐, 사실상 모든 일은 운현과 이서연에게 달려 있는 것과
마찬가지였다.

　따각, 따각.
　말이 규칙적으로 내는 말발굽 소리가 마차 안에 울려 퍼
졌다. 운현은 흔들리는 마차에 몸을 기댄 채 조용히 앉아
있었다. 그리고 그 옆에 이서연이 앉아 있었다. 그녀 역시
운현과 마찬가지로 아무 말도 없었지만, 운현이 창밖을 보
고 있는 것에 비해 이서연은 고개를 돌려 운현의 얼굴을 바
라보고 있었다.
　"바깥 경치가 좋은가요? 오라버니."
　이서연의 말에 운현은 문득 고개를 돌려 이서연을 바라
보았다.
　"아, 아니. 그저 좀 생각을 하느라……."
　운현이 변명하듯 말했다. 유일한 동행인 이서연을 놔두
고 창밖만 보고 있었던 것이 미안한 탓이다.
　"그래요."
　이서연은 부드러운 미소를 지으며 말했다.
　"저는 오라버니가 저와 단둘이 있는 것이 거북한 것이 아
닌가 하고 생각했어요."
　"아니, 그렇지 않아."

운현이 가볍게 고개를 저었다.

"하지만, 영호준 대협께서 그런 말씀도 하셨고……."

이서연의 얼굴에 그늘이 진다. 운현은 다시 고개를 저었다.

"아까 누이가 없을 때도 말했지만, 나는 누이를 믿어. 아니, 오히려 믿지 않을 이유가 없지."

"하지만……."

"영호준 대협이 그런 말을 한 건 지금이 가장 민감한 시기라고 생각하고 있기 때문이야."

"민감한 시기요?"

이서연이 눈을 동그랗게 뜬다. 운현은 고개를 끄덕였다.

"영호준 대협이 판단하기에 창룡맹은…… 아, 창룡맹이라는 건……."

"알아요."

이서연이 미소를 지으며 말했다.

"창룡맹에 대한 소문이 벌써 장강에, 아니, 천하에 파다한걸요. 축하드려요, 오라버니."

운현이 어색한 미소를 지었다.

"축하를 받을 만한 건 아니라고 생각하지만…… 고마워, 서연 누이."

"그래서, 영호준 대협이 어떻게 판단한다는 거죠?"

이서연의 물음에 운현이 대답을 계속했다.

“음. 영호준 대협은 창룡맹이 강호무림의 양대 세력 중 하나가 될 것이라고 말하더군.”

“양대 세력이요? 하지만 현재 세력만 따지자면 영웅맹과 태평맹이…….”

“알고 있겠지만 태평맹은 영웅맹과는 불간섭 정책을 쓰고 있어. 영웅맹과 맞서는 것은 창룡맹뿐이지. 그렇기 때문에 사람들이 선택할 수 있는 것은 영웅맹, 혹은…….”

“창룡맹.”

이서연은 중얼거리듯 말했다.

“그래서, 강호무림의 양대 세력이군요.”

곰곰이 생각에 잠기며 이서연이 말한다.

“그래.”

“무림 양대 세력. 장강에서 선택할 수 있는 것은 영웅맹이거나 창룡맹.”

중얼거리던 이서연은 고개를 끄덕였다.

“그렇군요. 옳은 판단이에요. 당장 장강에 연관된 상단들만 해도 대부분 영웅맹에 대한 반감이 작지 않으니까요. 무림에 대한 것은 차치하고라도, 창룡맹에 대한 상단의 지원이 몰려들 것은 분명해요.”

이서연은 고개를 들어 운현을 보았다. 그녀의 반짝이는 눈동자가 운현을 향한다.

“대단하시군요, 오라버니.”

“글쎄…….”

운현은 말을 흐렸다.

“음, 여하튼 영호준 대협은 그렇게 판단하고 있지. 그리고 그런 세력 구도가 굳어지는 것을 결코 방관할 수 없는 건 바로 태평맹이 된다는 거야. 그래서…….”

“오라버니를 노린다는 건가요?”

운현은 조금 놀란 얼굴이 되었다. 이서연은 말했다.

“깊이 생각하지 않아도 바로 알 수 있는 일이에요. 창룡맹이 그런 역학 관계 속에 있다면, 비록 창룡맹이 원치 않는다 해도 문파나 상단들이 몰려들 수밖에 없어요. 문제는 과연 그럴 역량이 창룡맹에 있는가 하는 것인데, 그건 바로 오라버니가 증명하고 있죠. 장강에 소문이 파다한 창룡검주, 오라버니 혼자서 태평맹을 물리치고 아미를 구해 내셨다지요?”

“태평맹을 물리쳤다는 건 좀 과장이야. 나는 그저…….”

“어차피 물러가게 했다는 건 마찬가지예요. 오라버니는 현재 창룡맹 그 자체나 다름없어요. 그러니 태평맹이 오라버니를 노릴 것이라는 영호준 대협의 판단은 정확해요.”

말하던 이서연은 시선을 조금 옆으로 돌리며 쓴웃음을 지었다.

“그래서, 영호준 대협의 무림의 유력 세력 운운한 것이군요.”

"아마도."

잠시 동안 두 사람은 말이 없었다. 규칙적으로 흔들리는 마차에 몸을 기댄 채 생각에 잠겨 있던 운현은 여전히 창밖으로 시선을 두고 있었다. 이서연 역시 무엇을 생각하는지 아무 말이 없다.

"지금 우리는 파양호로 가고 있는 거지?"

어둑어둑해지고 있는 바깥 풍경을 보고 있던 운현이 문득 말했다.

"아, 네."

"파양호라 해도 대단히 넓은데, 구체적으로 어디로 오라고 했던가?"

"아니요."

이서연은 고개를 저었다.

"일단 남창을 향해 가고 있어요. 그나저나 벌써 밤이 되고 있는데 일단 묵을 곳을 찾아봐야겠군요. 장사에서 아직 그리 멀리 떨어지지 않았으니 숙소는 쉽게 찾을 수 있을 거예요. 그리고 지금으로선 딱히 서두를 이유도 없으니까요. 영호준 대협의 말처럼 말이죠."

운현을 바라보며 이서연은 빙긋 웃었다.

"뭐랄까, 이런 상황이지만 오라버니와 단둘이 있으니 편안하네요. 예전 생각도 나고 말이에요."

예전에 운현은 이서연과 함께 항주까지 동행한 적이 있

었다. 무림맹 서기 시험을 보러 갈 때였다. 그때도 이서연은 운현에게 살갑게 대했었다. 비록 운현은 항상 거리를 두려고 했었지만.

"하암."

말하던 이서연이 살짝 하품을 한다. 얼른 입을 가렸지만 소리까지 숨기진 못했다.

"피곤해?"

운현이 묻자 이서연이 쑥스러운 표정으로 대답했다.

"조금 잠을 못 자서요. 사실은…… 지난 보름 동안 제대로 푹 쉬어 본 적이 없어요. 쉬어 보려고 했지만 오히려 정신만 더 또렷해질 뿐 잠도 오지 않았죠. 그런데 오라버니를 보고 나니까……."

이서연은 웃는 얼굴로 말했다.

"갑자기 졸리네요."

거짓말이 아니라는 듯, 이서연은 가볍게 눈을 감는다.

"혹시 아까 쓰러졌던 건……."

운현의 말에 이서연은 고개를 젓는다.

"아니요. 아니, 어쩌면 그럴지도 모르지만…… 사실은 그동안 너무 걱정이 되고 너무 미안했어요. 오라버니를 기다리면서도 어떻게 오라버니의 얼굴을 볼지, 그것만 생각하면 잠을 잘 수가 없었죠."

이서연은 운현의 눈을 쳐다보았다. 옆에 앉은 그녀의 눈동자가 유독 가깝게 느껴진다.

"고마워요, 오라버니."

운현은 고개를 끄덕였다. 미소로 운현에게 답하던 이서연은 문득 고개를 저었다.

"아아, 안 되겠네요. 갑자기 너무 졸려요."

이서연은 살짝 몸을 일으켜 마차 앞쪽에 있는, 마부 쪽을 향한 쪽창을 열었다. 그리고 몇 가지 지시를 하더니 쪽창을 닫고 다시 자리에 앉았다.

"한 시진 정도 더 가면 적당한 숙소가 있어요. 조금 거리는 있지만 일단 오늘은 거기서 묵으면 될 거예요. 늦었지만 식사도 할 수 있을 거고요."

말을 하던 이서연은 다시 입을 가리고 작게 하품을 했다.

"미안해요. 잠시 쉬어야겠어요."

운현은 이서연을 보며 말했다.

"아니, 괜찮아. 그보다 한 시진 정도라면, 차라리 좀 누워서 편하게 쉬는 게……."

맞은편 자리를 가리키며 운현이 말했다. 그의 말대로 맞은편 자리는 사람이 누워도 될 정도의 공간이 있었다. 완전히 발을 펼 정도는 아니지만 체구가 작은 이서연이라면 충분히 누울 수 있을 것이다.

"아니, 그건 싫어요."

이서연은 웃으며 천천히 고개를 저었다.

“좀 창피하기도 하고……."

“아, 그런가? 미안."

“그냥, 어깨만 좀 빌려 주세요."

“어깨?"

운현이 의아한 표정으로 반문하는데, 이서연의 머리가 운현의 어깨에 폭 기대어 온다.

“하아."

운현의 어깨에 머리를 기댄 이서연이 눈을 감고 천천히 깊은숨을 내쉰다.

“지난 며칠간은 정말 힘들었어요. 하지만, 오라버니가 오셨으니까 이젠 괜찮을 거예요."

혼잣말처럼 이서연은 조용한 목소리로 말했다.

“고마워요, 오라버니."

어깨에서 들려오는 이서연의 조용한 목소리가 운현의 귓가를 간질인다.

“그, 그래. 조금 쉬어, 서연 누이."

조금 어색하기도 하고 당황하기도 한 운현의 목소리에 이서연은 웃음을 흘렸다.

“훗, 오라버니는 정말……."

작은 목소리로 이서연은 말했다.

“하나도 변한 게 없군요."

“아……."

운현이 무어라 말하기도 전에, 이서연의 말소리가 나지막하게 잦아들더니 그녀의 숨소리가 규칙적으로 들려오기 시작한다. 정말로 그녀는 잠에 빠져 버린 듯했다.

마차는 아까보다 조금 더 속력을 늦추고, 운현은 그 자세 그대로 고개를 돌려 바깥 풍경을 바라보았다. 어느새 어둠이 내려 세상을 덮고 있었다.

마차는 해가 진 후 한참이 지나서야 이서연이 말했던 숙소에 도착했다. 물론 저녁 시간은 훨씬 넘긴 후였다. 하지만 쉬기에 적당하다는 이서연의 말은 사실이었다. 운현이 마차에서 내리자 제법 크고 번듯한 여러 층의 건물이 모습을 나타냈다. 화려하진 않았지만, 관도 변에 흔하게 있는 그저 그런 객점이라곤 절대 말할 수 없었다.

"상단과 조금 연관이 있는 곳이에요."

이서연이 마차에서 내리며 말했다. 그녀는 마차가 숙소에 도착하기 조금 전에 잠에서 깨어나 있었다.

"안전에 대해서는 염려하지 않아도 된다고 말하고 싶지만, 상단주의 집무실에 괴서찰이 놓여 있는 것을 보였으니 그런 말도 못 하겠군요."

마부에게 마차를 맡기고 운현과 이서연은 건물 안으로 들어섰다. 입구를 지키던 사환이 이서연을 보고는 깜짝 놀라더니, 바로 지배인이 뛰어와 정중하게 예를 표한다. 그리

고 지체 없이 운현과 이서연을 위층에 있는 숙소에 안내했
다.

지배인이 안내한 곳은 깔끔하고 단정한 느낌의 방이었
다. 방 안에 준비된 물로 가볍게 씻고 나서 운현은 아래층
에 있는 식당으로 내려갔다. 사환의 안내에 따라 크고 둥근
식탁에 앉아 잠시 기다리니 이서연이 내려왔다.

"아, 배가 고프네요."

옆에 앉은 이서연이 웃으며 말하더니 사환에게 이것저것
을 시켰다. 그녀는 운현에게도 특별히 좋아하거나 싫어하는
게 있는지 물어보았지만, 운현은 이서연이 주문한 것과 같
은 것이면 괜찮다고 했다.

음식은 생각보다 여러 종류가 나왔지만 요리마다 그리
많은 양이 아니어서 전체적으로 두 사람이 먹기에 적당한
정도였다. 이서연은 배가 고프다고 한 것과 달리 커다란 젓
가락을 천천히 움직이며 맛을 음미하듯 요리를 먹었다.

"그래서 오라버니는 앞으로 어떻게 하실 생각이죠?"

식사 중에 이서연이 가벼운 말투로 물었다.

"앞으로라면, 이 일이 끝나고 나서?"

"아, 미안해요. 내가 너무 앞일을 얘기했죠? 당장 눈앞에
닥친 일도 벅찬데……."

이서연은 입을 가리며 가볍게 웃었다.

"하지만 상인은 항상 앞일을 생각하고 예측해야 하거든

요. 겉보기엔 화려한 것 같지만 한 발만 잘못 디디면 순식간에 몰락하는 것이 바로 상단의 세계예요. 천하 삼대 거상이니 하는 말들도 사실은 그저 듣기 좋은 수사에 불과하죠. 앞으로 삼십 년, 아니, 십 년 뒤에도 건재하리라고 보장할 수 있는 상단은 이 세상 어디에도 없을 거예요.”

피식하고 이서연은 실소를 흘렸다.

“우습죠? 남들은 상단을 부러운 눈으로 바라보는데, 정작 나는 매일매일이 마치 전쟁터 같으니 말이에요.”

“아니.”

운현은 고개를 저었다.

“이해한다고는 못 하겠지만 조금 알 것 같기는 해. 남들은 화려한 곳이라고 부러워하지만 정작 자신은 버려진 것 같은 느낌이나, 다른 사람들은 높은 자리라고 말하지만 자신에게는 어쩔 수 없는 선택이라는 것도 있으니까.”

“황궁에 계셨으면서도, 버려진 것 같은 느낌이었나요?”

운현은 쓴웃음을 지었다.

“그래. 다른 사람이 보기에는 어땠을지 몰라도, 적어도 나는 그랬지.”

“그랬군요.”

이서연은 고개를 끄덕였다.

“그럼 저와 만났을 때는?”

“아, 그때는 이미 황궁을 나온 후니까. 정말 아무것도 없었던 때였지."

"아무것도 없다라……."

운현의 말을 곱씹듯 따라 하던 이서연이 웃음을 흘렸다. 악양루 아래에서 운현이 보여 준 검술이 다시 떠오른 것이다. 그때 그녀의 등을 내달리던 전율이 지금도 잊혀지지 않는데 아무것도 없었다니.

"하지만 지금은 감찰어사시잖아요. 설마, 알고 보니 황실의 숨겨진 일원이라든가 하는 건 아니죠?"

"아니, 설마 그럴 리가."

운현은 웃으며 고개를 저었다.

"학사였어. 한림원도 아니고 그냥 한직인 곳이었지."

"학사……."

이서연이 다시 운현의 말을 되뇐다. 그러고는 가볍게 웃는다.

"전직 학사였던 분이 현재 창룡맹의 맹주라니…… 저도 무공을 좀 배웠지만 도저히 믿어지지 않는걸요? 혹시 소문처럼 정말 검성의 제자였나요? 아니면, 그의 숨겨진 아들?"

"뭐?"

운현은 눈을 동그랗게 떴다.

"아들이라니?"

"그런 소문도 있었어요."

이서연이 아무렇지도 않은 듯 말했다.

"나이를 따져 보면 검성이 이름을 얻기 전에 태어난 자식일 수도 있다고 하더군요. 검성 이검학 대협이나 오라버니나 개인적인 것에 대해서는 너무 알려진 게 없으니까요. 신승 불영 대사의 사제라는 건 불영 대사의 말로 확실해졌지만, 그것도 자세한 내막을 아는 사람은 없어요. 어떻게 갑자기 사제가 된 건지, 아니면 본래 사제 관계였는데 숨기고 있었던 것인지. 어떤 소문은 오라버니가 소림에서 은밀히 환속한 승려라고 하기도 하더군요."

"허, 참."

운현은 허탈한 듯 웃었다.

"그럼 나는 검성의 숨겨진 아들로 태어나서 소림에서 신승의 사제로서 무공을 배우며 자라나 황궁에서 학사를 지낸 후에 무림맹으로 돌아온 사람이 되는군."

"하나 빠졌네요."

이서연이 마찬가지로 웃으며 말한다.

"사실은 오라버니의 모친이 황실의 공주나 옹주였다고 말이에요. 오라버니는 검성과 황실의 숨겨진 자식이 되는 거죠. 학사로 신분을 위장하고 황궁에서 지내려면요."

"복잡하군."

운현이 눈살을 살짝 찌푸린다.

"다 말도 안 되는 이야기야."

"하지만 확실한 것도 있어요."

이서연은 운현을 똑바로 쳐다보며 말했다.

"오라버니가 바로 창룡검주라는 것이죠. 혈공자 문왕에 맞서 항주 무림맹의 사람들을 구해 내고, 태평맹에 맞서 아미를 구해 냈으며, 이제는 영웅맹에 맞서 창룡맹의 깃발을 들어 올린 창룡검주. 오라버니의 내력에 대해서는 갖가지 억측과 소문이 있지만 오라버니가 해낸 일들에 대해서는 그 누구도 의심하지 않아요. 아니, 의심하지 못하죠. 그건 누구도 부정할 수 없는 것이니까. 오라버니는 이미……."

이서연은 말했다.

"영웅이에요."

"아니."

운현은 말했다. 조용하지만 단호한 어조였다.

"나는 영웅이 아니야. 영웅이라고 불릴 만한 사람은 불영 대사님이나 독고랑 대협 같은 사람이지."

"독고랑 대협…… 들었어요. 항주 무림인들에겐 전설 같은 사람이라지요. 하지만 모두 돌아가신 분들이군요."

이서연은 말했다.

"하지만 오라버니는 살아 있어요. 그리고 상황을 바꿀 힘과 영향력을 가지고 있죠. 창룡검주이자 창룡맹의 맹주로서 말이에요."

운현은 조용히 침묵을 지키고 있었다. 이서연은 계속 말했다.

"그래서, 지금 살아 계신 오라버니는 앞으로 어떻게 하실 생각이죠?"

조용히 듣고 있던 운현이 갑자기 고개를 갸웃한다.

"그 말은 예전에도 들었던 것 같은데?"

"뭐요? 살아 있다는 말이요?"

"아니, 어떻게 할 생각이냐는 말."

"아까도 했잖아요."

이서연이 살짝 눈살을 찌푸리며 말한다. 자신의 말에 대답은 하지 않고 갑자기 다른 말을 하는데 기분이 좋을 리가 없다.

"아니, 아까 말고 한참 전에. 으음…… 분명히 예전에 내가 무림맹에 있을 때 들었던 것 같아."

"그렇군요."

운현이 말하는 것이 언제인지 이서연은 분명히 기억이 났다. 예전에 이서연이 무림맹을 찾아갔을 때 운현에게 그런 말을 했던 것이다. 그리고 이서연은 별생각 없는 운현에게 실망했고 혈공자 문왕과 호암상단의 거래는 가속화되었다. 그 계기가 되었던 그때를, 이서연 정도 되는 사람이 기억하지 못할 리가 없었다.

"기억나요. 그때 오라버니는 '글쎄' 라고만 대답했죠. 조금은 실망이었어요."

“아, 그랬나?”

“그래요. 그러니까 이번에는 확실하게 대답해 주세요.”

이서연은 물었다.

“오라버니는 어떻게 할 생각이죠?”

운현은 대답 대신 앞에 놓인 찻잔을 쥐었다.

“음. 글쎄…… 뭐라고 말해야 할지. 아, 미안. 또 ‘글쎄’라고 말했군.”

이서연은 가볍게 미소를 지었다.

“상관없어요. 지금은, 오라버니가 제게 대답해 주실 것이라는 걸 아니까요.”

운현은 잠시 찻잔을 만지작거렸다. 그리고 말했다.

“그러고 보니 소림의 와불 선사께서도 내게 물어보셨지. 그때도 나는 잘 모르겠다고 말씀드렸어.”

이서연은 조용히 운현의 말을 기다렸다.

“지금도 가끔 생각해. 내가 하는 일이 무슨 의미가 있을까 하고 말이야.”

“의미라…… 영웅맹을 무너뜨리는 것이 아무 의미가 없나요?”

“아, 물론 현재 무림의 상황은 분명히 잘못된 것이라고 생각해. 적어도 영웅맹이나 혈공자 문왕, 일대상인은 결코 이대로 놔둘 수 없겠지. 하지만 그것이 과연 나에게 본질적으로 의미가 있는가라고 묻는다면…….”

운현은 잠시 한숨을 쉬었다.

"가끔씩 가슴에 바람이 부는 것 같다는 느낌이 들 때가 있어. 마치 구멍이라도 뚫린 것처럼…… 이 일들이 끝나고 나면 그 공허함이 사라질까? 나는 행복하다고 느끼게 될까?"

"어쩐지 구도자(求道者) 같은 질문이군요."

찻잔을 들어 올리며 이서연은 말했다.

"그리고 일대상인이라는 건 누구죠?"

"혈공자 문왕의 배후이자 이 모든 일의 근원인 사람."

운현은 대답했다.

"그리고 그저 무림이나 장강뿐만이 아니라 천하를 혼란케 할 것이라고 내가 확신하는 사람이기도 하지."

"천하를 혼란케 한다고요?"

이서연이 놀란 눈으로 쳐다본다. 운현은 고개를 끄덕였다.

"그렇다면, 어떻게 그를 막을 생각이죠?"

"장강에 대해서는, 영웅맹의 영향력을 사실상 마비시키고 해체시키는 것. 그리고 태평맹에 대해서는, 아마도 그들의 선택에 따라 달라지겠지만 결국은 해체하고 재편성하게 되겠지. 혈공자 문왕과 일대상인은 황군의 힘을 동원하여 반드시 체포 혹은 처단."

운현은 담담한 목소리로 마치 글을 읽어 내려가듯 말했

다.

"그것이 내가 최종적으로 그리는⋯⋯."

찻잔을 들어 올리던 운현은 문득 영호준이 말한 강호의 큰 그림이라는 단어가 떠올라 가볍게 웃음을 흘리며 말했다.

"큰 그림이야."

"놀랍군요."

이서연은 말했다. 지금 그녀의 표정은 정말 순수한 감탄 그 자체였다.

"저는 그동안 큰 야망을 가졌다고 말하는 사람들을 많이 보았어요. 하지만 알고 보면 그들은 그저 큰 욕심을 가지고 있었을 뿐이죠. 하지만 오라버니는 그야말로 큰 그림을 그리고 있군요. 천하의 큰 그림을."

이서연의 칭찬에도 불구하고 운현은 쓴웃음을 지우지 않았다.

"해야 할 일이 분명할 뿐이야. 하지만 이 모든 일을 이룬다 해도⋯⋯."

운현은 말했다.

"그것이 과연 내게 어떤 의미가 있을까?"

"있을 거예요. 아니, 있어요."

이서연이 운현을 향해 말했다. 그녀는 손을 뻗어, 운현의 손을 잡았다.

"적어도 나는 그렇게 믿어요."

아름다운 이서연의 두 눈동자가 운현을 향해 반짝거렸다. 운현은 그저 고개를 끄덕이는 수밖엔 없었다.

"그리고 그런 건 모두 끝난 다음에 생각해도 돼요."

이서연은 말했다.

"지금은, 해야 할 일을 해야 하니까요."

"그래."

운현은 말했다.

"지금은, 해야 할 일을 해야지."

고개를 끄덕이며 운현은 말했다. 찻잔을 들어 올리며 운현을 쳐다보는 이서연의 얼굴에는 미소가 가득 피어 있었다.

*　　*　　*

오늘도 작은 마당에 나와 서 있던 일아영은 곧 익숙한 모습들을 발견하고는 미소를 지었다.

"왔어?"

"손은 안 흔드나?"

팍.

부채를 펴서 얼굴을 가리며 귀공자가 말한다. 눈살을 찌푸리는 귀공자를 보고 일아영은 웃음을 흘렸다.

"왜, 서운해?"

"흥. 네가 손 따위 안 흔들어 줘도……."

말하던 귀공자는 문득 말을 멈췄다. 자신이 들어도 이건 무슨 앙탈인가 싶을 정도로 유치한 말이 아닌가?

"크흠. 서운하지 않다."

"그래? 좀 아쉬운데."

일아영이 어깨를 으쓱하며 말했다.

"난 또 네가 날 좋아하는 줄 알았지."

부채 위로 보이는 귀공자의 눈썹이 사정없이 일그러졌다.

"제정신이 아니군."

기분이 나쁜 듯 고개를 돌리며 말하는 귀공자의 눈은 흘깃 일아영의 눈치를 살핀다.

"아, 내가 생각해도 좀 그래."

일아영이 말했다.

"자기를 납치한 사람이 찾아오는 게 반갑다니 말이야. 납치당한 사람들 중에 가끔 납치한 범인들 사정에 공감해서 심리적으로 가까워지는 경우가 있다는데, 내가 그런 걸까?"

"그건 또 무슨 소리지?"

귀공자가 여전히 눈살을 찌푸린 채로 묻는다. 하지만 자신이 찾아오는 게 반갑다는 그녀의 말이 썩 싫지만은 않다.

“나도 몰라. 어디선가 들은 말인 것 같은데, 생각이 안 나.”

“바보 같은 여자로군.”

“무슨 소리. 조금 허술한 편이 인간미가 있어 보이잖아. 사람이 너무 잘나고 훌륭하면 오히려 반감을 산다고.”

“흥.”

귀공자가 코웃음을 흘렸다.

“그건 맞는 말이로군.”

“그렇지? 내가 좀 훌륭하니까 말이야.”

일아영이 허리에 두 손을 척 얹으며 자랑스러운 듯 말한다. 귀공자는 조소를 흘렸다.

“그걸 말하는 게 아니다. 내가 말하는 건…….”

“왜, 내가 어때서? 이 정도면 꽤 훌륭하게 큰 거지. 똑똑하지, 능력 있지, 거기다 예쁘지.”

“그 말은 며칠 전에도 했다.”

짜증스러운 듯 말하던 귀공자가 문득 일아영을 새삼 쳐다본다. 허리에 두 손을 올리고 가슴을 내밀고 있는 일아영이 그의 눈앞에 서 있었다. 수하처럼 고개를 숙이고 있지도 않았고, 자신의 기분이나 눈치를 살피지도 않는다. 게다가 저런 낯 뜨거운 말을 하면서도 당당하기까지 하다. 어두운 그림자 같은 건 그녀의 얼굴 어디에서도 찾을 수 없다. 아니, 오히려 희미하게 빛나고 있는 것 같이 느껴진다. 갑작스럽게 납치를 당해 모르는 곳으로 끌려온 여자가 저런 태도를 보일 수 있을까?

'흥. 모르니까 저런 거지. 무지의 소산이다.'

귀공자는 속으로 그렇게 중얼거렸다. 하지만 그러면서도 눈앞에 서 있는 일아영에게서 눈을 뗄 수가 없다.

"어? 그렇게 쳐다보면 내가 부끄러운데?"

문득 정신을 차려 보니 일아영이 자신을 쳐다보며 말하고 있었다. 그녀의 얼굴에는 장난기가 가득하다.

"흥."

귀공자는 일부러 고개를 홱 돌렸다. 하지만 내심 당황스러운 건 어쩔 수가 없다.

"그래서, 상단주 어르신은 잘 계셔?"

"뭐?"

갑작스런 그녀의 말에 귀공자는 다시 고개를 돌려 일아영을 쳐다본다.

"뭐긴, 호암상단의 상단주 어르신 말이야. 잘 계시냐고."

"모, 모른다."

귀공자는 시선을 돌리며 말했다. 옆에 서 있던 수하는 슬쩍 귀공자를 쳐다보았다. 그가 지금 거짓말을 하고 있었기 때문이다. 물론 귀공자가 평소에 정직한 성격인가 하면 그것도 아니다. 귀공자라면, 그야말로 얼굴 표정 하나 변하지 않고 거짓을 말할 수 있는 사람이다. 그러나 지금처럼 무엇

엔가 쫓기듯 거짓말을 하는 사람은 아니다. 마치 추궁이 두려워 거짓말로 변명하는 것처럼 말이다.

"그래? 흠. 아무래도 그런 건 기밀이겠지. 너도 모르는구나."

"그래. 몰라."

다른 곳을 쳐다보며 귀공자는 말했다. 그리고 잠시 침묵이 흘렀다. 귀공자에게는 너무도 어색한 침묵이.

"아 참, 그러고 보니 요즘은 저택에 불도 켜지고, 사람들 지나다니는 소리도 들리더라. 다들 어디 갔다가 왔나 봐. 덕분에 밤에도 별로 무섭지 않아."

"흥. 나와는 상관없는 얘기다."

"그래? 난 또 네가 신경 써 준 줄 알았지. 그럼 고맙다는 말은 하지 말아야겠네."

"고맙다는 말을 하겠다고?"

귀공자는 핵 소리가 날 정도로 고개를 돌려 일아영을 쳐다보았다.

"너는 제정신이냐?"

귀공자는 일아영을 노려보며 날카로운 음성으로 말했다.

"대체 무슨 생각으로 사는 거냐? 모든 사람이 착하다는 망상에라도 빠져 있는 거냐? 납치까지 당해서 이곳으로 끌려온 주제에 그런 태도는 대체 뭐냔 말이다. 인질이면 인질답게 두려워 떨면서 살려 달라고 해야 하는 것 아니냔 말이다!"

　그의 목소리는 거의 소리치듯 되어 가고 있었다. 그러나 정작 일아영은 귀공자를 쳐다보며 미소를 짓고 있었다.

　"왜, 왜 웃고 있는 거야!"

　"똑똑한 사람도 가끔 바보 같은 소리를 하는구나 싶어서."

　"뭐, 뭣?"

　당황한 귀공자가 반문하는데 일아영이 웃음을 지은 채로 말했다.

　"모든 사람이 착해야만 웃을 수 있는 건 아니잖아. 항상 봄날 같아야만 기쁠 수 있는 거야? 살다 보면 비도 오고, 천둥도 치고, 바람도 불고, 구름도 끼는 거지. 하지만 그때마다 화를 내고 두려워한다면 정작 봄날이 와도 웃을 수 없을걸? 왜냐하면 웃는 방법을 잊어버렸을 테니까."

　여전히 미소 짓는 얼굴로 일아영은 말했다.

　"비가 오니까 햇살이 소중한 거야. 세상 사람들이 모두 다 착하지 않으니까, 좋은 사람을 만나면 기쁜 거지. 세상 사람이 다 나쁘면 어때? 단 한 사람만이라도 좋은 사람이 있다면, 그걸로 웃을 수 있는 거 아닐까?"

　귀공자의 눈을 똑바로 쳐다보며, 일아영은 웃었다.

　"지금 나한테 너처럼 말이야."

　귀공자는 이를 악물었다. 그리고 일아영의 시선을 피했

다.

“난, 좋은 사람이 아니다.”

마치 신음 같은 목소리였지만 일아영은 여전히 미소 짓고 있었다. 그 미소가 마치 두려운 사람처럼, 귀공자는 몸을 돌렸다.

“어? 벌써 가게?”

일아영의 목소리에 귀공자는 멈칫 움직임을 멈췄다. 그러고 보니 오늘 그녀에게 주어야 하는 것이 있었다. 귀공자는 품속에 손을 넣어 작은 비단 주머니를 꺼냈다. 그리고 고개를 돌린 채 그녀에게 내밀었다.

“이건 뭐야?”

“네 것이다.”

부채로 얼굴을 가리고 고개까지 돌린 채 귀공자가 낮은 음성으로 말했다. 일아영은 두 손으로 그 작은 비단 주머니를 받아 들었다. 꽤 가볍다는 생각을 하며 일아영은 비단 주머니를 묶은 끈을 풀었다.

“어? 내 반지!”

안에서 굴러 나온 것은 그녀에게 익숙한 반지 하나였다. 바로 그녀가 늘 가지고 다니던, 그러나 이곳에 납치당하면서 없어졌던 반지.

일아영은 얼른 반지를 집었다. 그리고 눈을 반짝이며 살핀다. 부채로 얼굴을 가린 귀공자는 그녀의 모습에서 시선을 떼지 못한다.

"아, 하지만 이건⋯⋯."

그녀의 얼굴에 살짝 아쉬움이 스쳐 지나간다. 귀공자는 그녀의 표정에 즉시 반응했다.

"왜? 네 것이 아닌가?"

"아니, 내 것은 맞아. 하지만 이건 두 개의 반지 중에 나중에 받은 거야. 아, 물론 이것도 아버님의 유품이긴 하지만."

일아영에게는 아버지 일충현이 남겨 준 반지가 두 개 있었다. 똑같은 모양의 그 반지들은, 하나는 일아영이 본래부터 가지고 있었던 것이고 또 하나는 운현을 통해 그녀에게 전해진 것이었다.

'네 신랑감이다 싶은 사람을 만나면 이 반지를 전해 주마. 그러니 이 반지를 가진 사람이 오면, 우리 귀여운 딸이 결혼하는 날인거지.'

일충현은 어린 일아영에게 그렇게 말했었다. 어린 일아영은 눈을 반짝이며 그 말을 믿었다. 손에는 똑같은 반지 하나를 꼭 쥐고서. 하지만 그 말을 한 아버지 일충현은 황궁에 입궁한 지 십여 년이 넘도록 얼굴 한 번 비치지 않았다.

'그러더니, 갑자기 돌아가셨다고 했지.'

아버지의 사망 소식과 유품을 들고 온 사람은 아버지의

의형제였다는 운현이라는 학사였다. 천성적으로 무관이었던 아버지에게 저런 서생 의형제가 있다는 것도 놀라웠지만, 그가 반지를 내밀었을 때는 기절할 만큼 놀랐다. 그녀에게는 이미 혼인을 약속한 정인이 있었기 때문이다.

'그래서 운 숙부를 참 미워하기도 했었지.'

그때를 생각하면 지금도 실소가 난다. 결국 운 숙부에 대한 것은 오해라는 것이 밝혀졌다. 그는 반지가 어떤 의미를 지니고 있었는지 몰랐던 것이다.

'하지만 정작 그 후에 이공자와도 끝나 버렸고…….'

이후, 호암상단에 들어와 일을 하게 되면서 집안 사정은 훨씬 좋아졌다. 하지만 그녀가 바빴던 탓일까? 정혼자라고 생각하던 이공자와는 혼인을 연기하면서 어쩐지 서먹서먹하게 되더니 그대로 유야무야 관계가 끝나 버리고 말았다.

'어쩌다 그렇게 된 건지…….'

지금도 이해가 되지 않는다.

"왜…… 그러지?"

문득 귓가에 들리는 귀공자의 목소리에 일아영은 문득 정신을 차렸다. 어느새 자신이 고개까지 떨군 채 생각에 잠겨 있었던 것이다.

"아, 미안."

고개를 들던 일아영은 눈앞에 있는 귀공자의 얼굴을 똑바로 쳐다보게 되었다. 어느새 부채까지 내리고 자신을 보고 있는 그 눈에 가득한, 숨길 수 없는 불안과 초조함을 발견했다. 그러자 갑자기 자신도 모르게 웃음이 나왔다.

"쿡쿡."

"왜 갑자기 웃는 거지?"

기분 나쁜 듯 눈을 찌푸리는 귀공자는 얼른 부채를 들어 다시 얼굴을 가린다. 그 모습이 영락없이 귀여운 여자가 새침 떠는 듯한 모습이라 일아영은 다시 웃는다.

"하하하, 하하하하. 아니, 아니야."

왜 웃는지 모르는 귀공자는 눈살을 찌푸리며 기분 나쁜 표정으로 말했다.

"이상한 여자군. 어쨌든 그 반지는 네 것이 맞다는 거지?"

구태여 확인할 필요도 없다. 그 반지가 일아영의 것이라는 건 그 누구보다 귀공자가 잘 아니까.

"응. 하지만 같은 게 하나 더 있었을 텐데? 몰라?"

"몰라."

귀공자가 고개를 돌리며 말한다. 그 모습에 일아영이 다시 사과한다.

"미안해. 이거 찾는다고 무리했을 텐데."

"무리한 적⋯⋯."

"이건, 운 숙부가 전해 주신 거야."

일아영이 반지를 쳐다보며 말한다. 부채로 가린 귀공자

의 눈이 날카롭게 빛났다.

"운 숙부? 누구지, 그건?"

짐짓 무심한 듯 묻지만 귀공자의 눈빛은 여전히 날카로웠다.

"음, 학사였던 분인데 무림맹 서기로 들어갔어. 지금은 어떤지 모르겠네. 소식을 전하지 않으니…… 아, 진짜 숙부는 아니고 의숙부야. 아버님하곤 의형제였다니까. 무림맹에 큰일이 있었다고 들었는데, 무사할까……."

말하는 일아영의 눈에 근심이 완연하다.

"무사할 거다."

귀공자는 말하고 나서도 스스로 놀랐다. 왜 자신이 이런 말을 했는지 이해가 되지 않는다. 하지만 일아영의 근심 어린 표정이 눈에 들어오는 순간, 자신도 모르게 그렇게 말하고 말았다.

"고마워."

정신을 차리고 보니 일아영이 자신을 쳐다보며 그렇게 말하고 있었다.

"뭐가?"

본심이 아닌 뾰족한 목소리가 반사적으로 튀어나온다. 그러나 일아영은 여전히 웃는 얼굴이다.

"그렇게 말해 주고, 이것도 찾아 줘서. 별것 아니지만 나한테는 중요한 것이거든."

말하는 일아영은 두 손으로 반지를 꼭 쥐고 있었다.

"흥. 그런 싸구려 반지 따위 찾는 건 일도 아니다. 그리고 나한테 고맙다고 하지 말라고 했잖아."

"알아. 하지만 나도 말했잖아. 고맙다고 할 거라고."

"흥. 자신이 빼앗긴 걸 받은 것뿐인데 잘도 고맙단 말이 나오는군."

스스로도 궁색한 반응이라고 생각했다. 하지만 귀공자는 그런 반응밖에 할 말이 없었다. 입을 열면, 자신이 무슨 말을 할지 몰랐으니까.

"그래도, 찾아 준 건 너잖아."

웃으며 말하는 일아영. 그러나 귀공자의 얼굴엔 순간 그늘이 진다.

"간다."

귀공자는 홱 몸을 돌렸다.

"그래도 오늘은 간다고 말해 주네? 잘 가. 고마워."

부채로 얼굴을 가린 채로, 귀공자는 일아영을 한 번 노려보았다. 그러나 귀공자를 보는 일아영의 얼굴은 싱글벙글이다. 게다가 손까지 살짝 들어 올리곤 흔들어 준다.

"흥."

코웃음을 한 번 치고 나서, 귀공자는 고개를 돌리고 발걸음을 재촉했다.

저벅저벅.

귀공자의 모습이 모퉁이를 돌아 사라질 때까지 일아영은 손을 흔들었다. 귀공자는 그동안 단 한 번도 뒤돌아보지 않았다. 하지만 언제나처럼, 모퉁이를 돌아선 후에 그는 멈춰섰다. 뒤따르던 수하도 자연스럽게 발걸음을 멈춘다.

"내가 웃지 못하나?"

수하는 조용히 대답했다.

"아닙니다."

"그럼 최근에 내가 웃은 게 언제지?"

아무것도 없는 앞을 뚫어지게 바라보며 귀공자는 말했다.

"그건 기억이 나지 않습니다만, 항주에서 무림맹이 무너지던 날 분명히 큰 소리로 웃으셨습니다."

"그래. 그렇군."

귀공자는 비웃음을 흘렸다.

"웃는 법을 잊어버린다고? 바보 같은 여자로군. 큭큭큭."

"지금도 웃고 계십니다."

수하가 나지막한 소리로 말한다.

"그렇지. 지금도 나는 웃고 있어. 하하, 하하하."

마치 일아영의 말을 조롱하듯 귀공자는 웃었다. 그러나 분명히 웃고 있음에도 불구하고 그 웃음이 스스로 허망하게 느껴지는 것은 무슨 까닭일까?

문득, 그는 웃음을 멈췄다.

"그들은 출발했나?"

수하는 귀공자가 무엇에 대해 묻고 있는지 알았다.

"네. 어제 저녁 해 지기 전에 예정대로 호암상단을 출발했다고 합니다."

귀공자는 아무 말도 없었다. 잠시 기다리던 수하는 나지막한 소리로 물었다.

"계획대로 할까요?"

"흥."

귀공자는 코웃음을 흘렸다.

"당연히 계획대로 한다. 아니면 뭐지? 감히 너에게 다른 생각이라도 있다는 거냐?"

"아닙니다."

수하는 다시 말했다.

"그럼 계획대로 실행에 옮기도록 하겠습니다."

"당연하다."

귀공자는 대답했다.

"변하는 건 아무것도 없다. 변할 이유도 없지. 모든 건, 계획대로 한다."

중얼거리듯 귀공자는 말했다.

"계획대로."

잠시 그곳에서 멈춰 서 있다가, 귀공자는 조용히 다시 발걸음을 옮기기 시작했다.

제10장
파탄(破綻) 1

　아미산을 떠난 지 보름 만에 운현은 처음으로 흔들리지 않는 숙소에서 잠을 잘 수 있었다. 아침에 일어났을 때는 확실히 기분도 상쾌하고 우울함이나 초조함도 많이 사라져 있었다.

　이서연 역시 그것은 마찬가지였는지, 아침 식사를 함께하며 시종일관 웃는 얼굴을 하고 있었다. 그리고 그들이 마차에 올랐을 때, 본 적 있는 서찰 하나가 그들을 기다리고 있었다.

　파삭.

　이서연은 서찰을 구기며 입술을 깨물었다.

"구강(九江)으로 오라는군요."

"구강?"

구강은 파양호를 끼고 있는 또 다른 큰 도시다. 운현과 이서연이 본래 향하던 남창보다 훨씬 북쪽에 있는, 그리고 더 먼 도시.

"바로 출발해야겠군요. 그리고 상단에도 소식을 전해야겠어요."

이서연은 객점 지배인에게 부탁해서 호암상단에 있는 영호준과 조관에게 행선지를 알리도록 했다. 그리고 서찰에 적힌 대로 마차는 구강을 향해 달리기 시작했다.

하지만 마차가 구강을 향한 것은 반나절이 채 못 되어 끝나 버렸다. 그날 점심 무렵 들른 객점에서는 어린아이 하나가 서찰을 들고 왔고 다시 행선지가 바뀌었다. 다시 호암상단에 소식을 전하도록 부탁하고 마차를 돌렸지만, 저녁 무렵에는 길가에 있던 촌부 하나가 마차를 세우더니 서찰을 전해 주었다. 그리고 다시 행선지가 바뀌었다.

그렇게 사흘 동안 마차는 무려 여덟 번이나 행선지가 바뀌었고 그때마다 방향을 틀어야 했다. 그러는 사이 마차는 어느새 파양호 부근에 도착해서 마차 밖으로 파양호의 광대한 모습이 가끔씩 보이기 시작했다. 사람들의 왕래가 많은 관도를 벗어난 것은 벌써 오래전이었다.

"정말 자주도 바뀌는군요."

한적한 길에 가지를 드리운 아름드리나무에 매인 붉은
천을 보며 이서연이 작은 한숨을 쉰다. 마차 앞으로 보란
듯이 넓게 드리워진, 마치 휘장 같은 그 붉은 천에는 역시
나 서찰 하나가 달려 있었다.

"이러다간 길마저 잃어버리겠어요. 여기서 남창 쪽으로
가려면 대체 길을 어떻게 들어야 하죠?"

마부조차 고개를 젓는다. 이서연이 혹시나 싶어 파양호
주변의 지리를 그린 지도를 가지고 왔지만 모든 길이 다 나
와 있는 것은 아니어서 길을 찾기가 쉽지 않았다. 관도를
벗어나면, 그 지역 사람이 아니고는 정확한 길을 알기가 힘
들다.

"서찰에는 다음 갈림길에서 남창을 향하라고 했으니, 일
단 앞쪽으로 계속 가야겠군요."

피곤한 눈빛으로 이서연이 말했다. 행선지의 변경이 계
속되고 길이 수시로 바뀌다 보니 제대로 숙소를 잡을 수가
없었다. 밤늦도록 달려도 객점이 나타나지 않아 어쩔 수가
없었던 것이다.

사흘 중에 제대로 쉰 것은 첫날뿐, 둘째 날부터는 계속
노숙을 했고, 식사 역시 때를 맞추기보다 객점이 보이는 대
로 간단하게 때우다시피 해야 했다. 다행인 것은 마차가 생
각보다 안락한 편이었다는 정도일까?

“일단 계속 가죠.”

길을 막고 있는 붉은 천을 마부가 치우는 사이 운현과 이서연은 다시 마차에 올랐다. 그리고 다음 갈림길에서 어찌어찌 남창 쪽으로 방향을 잡았다.

그렇게 얼마를 달렸을까? 방금 전과 똑같은 붉은 천이 마차를 막았다. 마부는 마차를 세웠고 운현과 이서연은 마차에서 내렸다. 그러나 이번엔 서찰이 없었다. 다만 우(右)라는 글자 하나만 천에 적혀 있었을 뿐이다.

“우(右)? 오른쪽이라는 의미인가요? 아니면 돕는다는 뜻?”

“오른쪽인 것 같군.”

운현이 오른쪽을 쳐다보며 말했다. 그곳에 샛길이 하나 있었다. 마차가 다닐 정도의 길이었지만, 도시나 마을로 향하는 것은 분명히 아닌 것 같은 길.

“아무래도 우리는 진짜 목적지 부근에 온 것 같아.”

샛길로 들어서기 시작했다는 것은 목적지가 가까워졌다는 뜻일 것이다. 게다가 이미 파양호 부근이다. 내륙의 바다와도 같은 드넓은 파양호여서, 비록 여기가 어디인지는 알 수 없지만 말이다. 이서연도 고개를 끄덕였다.

“그렇군요.”

마차에 오르며 이서연은 운현에게 말했다.

“어쩐지 불안해지기 시작했어요.”

이서연의 몸이 가늘게 떨린다. 운현은 그녀를 쳐다보며 말했다.

"괜찮을 거야."

운현은 마차에 오르는 이서연의 손을 잡아 주었다. 이서연은 마차에 오르고 나서도 운현의 손을 놓지 않았다. 그리고 그녀의 불안한 심정을 헤아린 운현은 굳이 그 손을 뿌리치지 않았다.

따각, 따각.

두 사람이 탄 마차는 방향을 틀어서 샛길로 들어섰고, 길가의 나무들 사이로는 파양호의 수면이 석양에 붉게 반짝이고 있었다.

샛길을 한참이나 들어간 마차가 도착한 곳은 파양호 변에 흔하게 있는 작은 어촌 마을 중 하나였다. 그리고 그 어촌 마을의 호숫가에는, 궁벽한 마을에 어울리지 않는 화려한 배 한 척이 어스름 속에서 운현 일행을 기다리고 있었다.

이서연은 인질의 안전을 확인하기 전에는 배에 오르지 않겠다고 말했지만, 배에서 기다리던 사람들은 아무것도 모르는 그 마을의 어부들이었다. 그들은 다만 도착한 두 사람을 파양호 가운데에 있는 한 섬에 데려다 놓으라는 명을 받았을 뿐이라고 했다. 심지어 두 사람이 배를 타기를 거부하면 그대로 배를 불태우라는 말을 들었다고까지 했다.

두 사람이 갈등하는 사이 어부들 중 하나는 정말로 부싯돌을 꺼내 들었고, 두 사람은 결국 배를 타는 데 동의했다.

"우선은 상단에 소식을 전하는 게 우선이에요. 마부에게 가장 가까운 도시로 가서 지금 우리들의 상황을 전하라고 해야겠어요. 그리고 다시 이곳으로 돌아와서 대기하도록 하죠."

이서연의 말에 운현은 고개를 끄덕였다. 이서연은 마차에 돌아가서 마부에게 몇 가지 지시를 하고 운현에게로 돌아왔다. 이서연이 오르는데 배가 조금 흔들렸고, 운현은 자연스럽게 손을 뻗어 그녀의 손을 잡아 주었다.

"이건 유람선이군요."

이서연의 말대로 배는 바닥이 평평하고 넓은 폭을 가진 전형적인 유람선이었다. 배에 마치 전각처럼, 물론 낮고 작긴 했지만 지붕을 얹었고 화려한 천으로 차양을 내려 사람들의 시선을 피할 수 있도록 되어 있었다. 차양 아래에는 일고여덟 명 정도가 둘러앉을 만한 공간이 있었는데 아마도 유람을 즐기는 사람들이 이곳에서 음식이나 술을 즐기며 풍류를 만끽했으리라. 물론 지금은 커다란 융단이 텅 빈 자리를 차지하고 있을 뿐이다.

"융단이라. 꽤나 화려한 걸 좋아하네요."

운현은 융단보다 차양 사이로 보이는 어두운 풍경을 바

라보았다.

"혹시 여기가 어디인지 알겠어?"

이서연은 고개를 저었다.

"파양호에 이런 작은 어촌은, 그야말로 모래알처럼 많아요. 주변에 큰 도시 같은 것도 보이지 않아서 알 수가 없네요. 주위도 벌써 꽤나 어두워졌고요."

두 사람이 말을 나누는 사이 배가 움직이기 시작했다. 천천히 흘러가기 시작하는 주변 풍경을 운현과 이서연은 그저 바라보고 있을 수밖에 없었다.

촤악.

배는 금방 속력을 올렸다. 오랜 기간 뱃일을 한 듯 보이는 건장한 사공이 뒤에 두 명, 앞에 한 명이 자리를 잡고는 불도 밝히지 않은 채 능숙하게 배를 몰았다.

"그가 대체 우리에게 무엇을 요구할까요?"

운현의 옆에 자리를 잡고 앉은 이서연이 불안을 숨기지 못하며 묻는다. 그녀의 불안한 심정을 대변하듯 지금 그녀는 운현의 옆에 바싹 붙어 있었다. 불을 밝히지 않으니 어두움 속에 간신히 서로의 모습이 보일 뿐이다.

"그리고 아버님은, 무사할까요?"

"무사할 거야."

운현은 고개를 돌려 이서연의 흔들리는 눈동자를 보며 말했다.

"그가 원하는 건 아마도 나일 테니까."

"그건 안 돼요!"

이서연이 운현을 놀란 눈으로 쳐다보았다.

"차라리 제가 다른 조건을 제시해 볼게요. 그가 원한다면 호암상단을 전부 넘기더라도……."

"아니."

운현은 고개를 저었다.

"소용없을 거야. 내 생각이 맞다면 아마도 그는……."

처음 이 소식을 들었을 때부터 운현은 혈공자 문왕이 무엇을 원하는지 이미 알고 있었다. 그리고 지금까지 묵묵히 침묵을 지켜 온 것도, 이미 이 문제에 대해 나름의 결론을 내려놓았기 때문이다.

"혹시라도 내게 무슨 일이 생기면, 서연 누이는 바로 피하도록 해. 알았어?"

"오라버니!"

운현은 고개를 저으며 이서연의 말을 막았다.

"나는 절대 신경 쓰지 마. 혹시라도 나를 구한다거나, 아니면 그에게 어떤 제안을 한다거나 하는 행동은 절대 하지 마. 오직 자신의 목숨을 구하는 것만 생각해. 내 말…… 알았지?"

"설마, 오라버니는…… 자신의 목숨을 버릴 생각인가요?"

입술을 깨물며 묻는 이서연에게 운현은 고개를 저어 보였다.

"아니. 절대 그럴 생각은 없어. 나는 오히려 서연 누이나 아영 누이, 그리고 상단주 어르신을 구하고 싶을 뿐이야. 하지만 만일의 경우 일이 잘못된다면, 서연 누이마저 잃을 수는 없으니까."

"오라버니……."

이서연은 문득 손을 뻗었다. 그리고 그녀의 하얀 두 손으로 운현의 손을 감싸 쥐듯 가슴에 안았다.

"무슨 일이 있어도 절대 오라버니는 무사하셔야 해요. 오라버니가 말한 만일의 경우가 온다면, 오라버니야말로 저에 대해서는 신경 쓰지 마세요."

지금 운현의 한쪽 손은 아예 이서연의 가슴에 안겨 있었다. 아무리 이런 상황이라도 꽤나 부끄러운 운현이 손을 빼려 하는데, 이서연이 힘을 주어 운현의 손을 꼭 끌어안는다.

"오라버니, 저는……."

마치 울 것 같은 표정으로 이서연은 운현을 보며 말을 잇지 못한다.

"괜찮을 거야."

이서연을 다독이며 운현은 슬그머니 그녀의 가슴에서 손을 뺐다. 정작 이서연은 전혀 신경 쓰지 않았던 듯, 자연스럽게 가슴에서 운현의 손을 놓아주었다. 하지만 꼭 잡은 운현의 한쪽 손만은 놓지 않았다.

그렇게 얼마를 갔을까? 어두움 속에 마치 망망대해처럼 사방이 물뿐인데, 앞쪽에 문득 커다란 그림자가 모습을 나타냈다.

"저건? 섬인가 봐요."

"제법 커 보이는데? 저 정도 섬이면 꽤 알려진 곳이 아닐까?"

운현의 말대로 섬은 꽤 컸다. 작은 마을 정도는 있어도 이상하지 않을 정도의 크기였는데, 섬 한쪽은 마치 절벽처럼 깎아지른 듯한 모습이었다.

그 외에는 온통 나무들이 빽빽하게 섬 전체를 덮고 있었고, 절벽 위에 세운 커다란 저택의 모습은 분명하게 보였다. 어두운 숲과 대조적으로 저택 주위에 횃불을 밝혀 놓았기 때문이다.

그사이 배는 섬을 돌아 부두에 도착했다. 나무로 되어 있었고 규모는 작았지만 배를 댈 수 있는 부두가 있는 것을 보면 하루 이틀 사이에 만든 것은 아닌 것이 분명했다. 부두에는 과하다 싶을 정도로 많은 횃불을 밝혀 놓았는데, 어두운 섬에서 횃불을 밝힌 곳은 저 숲 너머에 보이는 저택과 이곳 부두뿐이었다.

타닥타닥.

횃불이 타는 소리를 들으며 운현이 말했다.

"아무래도 이곳은 임시 거처 같은 건 아닌 것 같군."

"글쎄요."

이서연이 신중한 태도로 대답했다.

"이런 곳을 여러 군데 가지고 있다면, 충분히 임시 거처라고 말할 수도 있을 거예요."

초조한 모습으로 주위의 모습을 살피며 이서연은 말했다. 배를 내리며 이서연은 자연스럽게 운현에게서 손을 놓았다. 하지만 여전히 운현 옆에 바싹 붙어서 뒤따르고 있었다.

"아마도…… 저곳이겠죠?"

빽빽한 나무 숲 너머로 보이는 저택으로 시선을 던지며 이서연이 말했다.

"아마."

"그런데 왜 길 같은 건 보이지가 않는 거죠? 부두에서 저택까지 이어지는 길이 있을 텐데요."

"글쎄."

운현 역시 그것을 눈치채고 있었다. 섬에 부두가 있다면 저 저택과 이어지는 길이 있어야 보통이다. 그런데 부두가 끝나는 곳에는 섬 전체를 뒤덮은 숲이 시작되고 있었다. 그리고 그 빽빽한 나무들 너머로, 높은 지대에 지은 듯한 저택의 모습이 보인다. 아마도 저 저택 뒤는 아까 보았던 깎아지른 절벽이 있을 터였다.

"배가 떠나요!"

문득 이서연이 말했다. 운현은 뒤를 돌아보았다. 두 사람이 방금 내린 배가 천천히 움직여 부두를 떠나고 있었다. 이서연이 자연스럽게 운현의 팔을 꽉 잡는다.

"괜찮아."

운현이 한 손으로 이서연의 손 위에 포개듯 얹고 가볍게 두드려 주었다.

"섬을 나가는 건 어렵지 않을 거야. 두 사람을 구해 낸 다음이라면."

그 말에 이서연은 고개를 끄덕였다.

바로 그때, 이서연을 보고 있던 운현이 고개를 돌렸다. 이서연의 시선 역시 자연스럽게 운현을 따라 움직였다. 그리고 그들의 시선이 가 닿은 그곳에, 붉은 산(傘) 하나가 횃불 아래 숲 사이에서 천천히 모습을 드러내고 있었다. 거리는 제법 있었지만 그 붉은색 아래 두 사람의 모습이 있다는 건 운현도 이서연도 분명히 볼 수 있었다.

"훗."

팍.

나지막한 웃음소리와 함께 한 사람이 부채를 폈다. 그리고 입을 가렸다.

"이런 상황에도 저런 모습이라니."

운현과 이서연의 모습을 보며 공자는 말했다. 그의 말을 들을 수 있는 사람은 아마 옆에 선 수하 정도겠지만, 그는 혼잣말처럼 중얼거렸다.

"영웅호색을 보여 주고 싶은 건가? 호색영웅을 보여 주고 싶은 건가?"

조소를 띤 그의 시선이 가 닿은 곳에는, 운현의 뒤에 숨듯이 서서 두 손으로 운현의 팔을 붙잡고 있는 모습이 있었다.

"정말 꼴 보기 싫군. 저렇게 여자를 보호하는 척하는 가식적인 모습은."

꽤 거리가 있었지만 운현은 그의 목소리를 들을 수 있었다. 하지만 신경 쓰지 않았다. 이서연이 자신의 뒤에 숨는다면 오히려 안심이 된다.

저벅저벅.

붉은 산이 조금씩 흔들리며 다가왔다. 그건 보통 지위가 높은 사람이 외출할 때 쓰는 일산(日傘) 같은 것이었는데, 햇빛도 없는 밤에 산을 받친 것을 보면 그저 자신의 지위를 나타내기 위한 의례적인 표시 같았다.

한 손으로 붉은 산을 들고 있는 사람은 호위무사 정도로 보이는 건장한 사내였다. 그리고 그 옆에 그다지 화려하지 않은, 그러나 꽤 세련되고 고급스러운 옷을 입은 귀공자가 여유롭게 부채를 흔들며 함께 걸어오고 있었다. 얼핏 잘못

보면 꽤 아름다운 미녀로 보일 정도로 고운 선을 가진 미남
자였다.

흔들리는 붉은 일산이 가까이 올수록 운현의 오른팔을
잡은 이서연의 손에 힘이 들어가는 것이 느껴졌다. 그리고
팔에 닿는 그녀의 몸이 가늘게 떨리고 있다는 것도. 그러나
운현은 붉은 산 아래 있는 미남자의 얼굴에서 시선을 떼지
못했다. 그가 바로 혈공자 문왕이었기 때문이다.

'혈공자, 문왕.'

운현은 굳은 얼굴로 혈공자 문왕을 뚫어져라 바라보고
있었다. 그리고 혈공자 문왕도 운현을 뚫어져라 쳐다보고
있었다.

그가 바로 혈공자 문왕이었다. 항주 무림맹을 불태운 사
람. 운현에게 미소를 지어 주던 독고대협과 늘 짓궂은 웃음
소리를 내던 불영 대사를 죽게 한 사람. 운현의 단전을 파
괴하여 거의 폐인 직전까지 몰고 갔고, 지금은 일충현 형님
의 외동딸 일아영을 납치해 간 그 모든 일의 배후에 있는 사
람.

저벅.

걸음소리가 그치고 붉은 산이 흔들림을 멈췄다. 그가 멈
춰 선 곳은 운현에게서 열 걸음 정도 떨어진 곳이었다. 부
두에 가득 횃불을 밝혀 놓아서 상대를 알아보기엔 문제가
없었지만 대화를 나누기엔 꽤 먼 거리였다. 하지만 운현은

그의 숨소리까지도 전부 들을 수 있었다. 그리고 볼 수 있었다. 자신을 보는 혈공자 문왕의 눈빛이 상당히 복잡한 빛을 띠고 있다는 것도.

쏴아아.

파양호의 바람이 섬을 스치고 지난다. 그렇게 두 사람이 서로를 응시한 지 얼마나 지났을까?

"반갑군."

문득, 혈공자 문왕이 말했다.

"아니, 반갑다는 말은 어울리지 않겠군. 하지만 어차피 만났으니 반갑다는 말 정도는 해도 되겠지."

무엇을 떠올리는지 피식 웃음을 흘리며 문왕이 말했다.

"이런, 이런. 내가 하려던 말은 이런 게 아니었는데 말이야."

혈공자 문왕은 고개를 작게 저으며 작은 한숨을 내쉬었다. 그러더니 다시 고개를 들어 운현을 쳐다본다.

"지금 나를 공격해서 인질로 잡으면 된다는 생각 같은 건…… 하지 않았나?"

운현은 대답하지 않았다. 다만 꽉 움켜쥔 주먹이 그의 심경을 대변한다.

"훗. 어쨌든 그렇게 하지 않은 건 현명한 선택이다. 칭찬해 주지. 왜 그런지 정도는 짐작할 수 있겠지?"

"아영 누이는?"

운현은 혈공자 문왕을 똑바로 쳐다보며 짧게 말했다. 그의 목소리는 낮았지만, 조용한 가운데 분명하게 울려 퍼졌다.

"누이?"

혈공자 문왕이 눈살을 일그러뜨린다. 그러곤 나지막이 말한다.

"갑자기 짜증이 나는군."

왜인지 몰라도 문왕은 갑자기 기분이 나빠진 듯 인상을 일그러뜨리고 있었다. 문득 그는 다시 운현을 바라보았다.

"만나게 해 주지. 하지만 이 말은 먼저 해야겠군."

비릿한 미소를 지으며 문왕은 말했다.

"지옥의 입구에 온 것을 환영한다. 창룡검주여."

그 순간, 운현은 등이 서늘해지는 것과 함께 섬뜩한 기운을 느꼈다. 그러나 운현이 그 기운을 느끼는 것과 거의 동시에 날카로운 살의가 이미 운현의 오른쪽 옆구리를 찢고 있었다.

푹.

운현은 시선을 내려 자신의 오른쪽 옆구리를 보았다. 아주 작은 비수(匕首)하나가 자신의 옆구리에 그 검은 칼날을 박고 있었다. 시커멓게 번들거리는 섬뜩한 느낌의 비수. 그 비수의 손잡이를 놓고 멀어지고 있는 것은 운현이 익히 보아 온 하얗고 가는 손가락이었다.

운현은 고개를 들었다. 그리고 믿을 수 없다는 눈빛으로
이서연을 바라보았다.

"서연…… 누이……."

탁.

이서연은 가벼운 몸놀림으로 운현에게서 뒤로 물러났다.
그녀의 입가엔 미소가 걸려 있었다.

"어째서…… 큭."

말을 하려던 운현은 문득 옆구리에서 극심한 고통이 내
달리는 것을 느꼈다. 마치 자신의 살을 찢고 불태우는 듯한
고통이 옆구리에서 시작되어 온몸을 유린하기 시작했다.

"크아악."

운현은 이를 악물었다. 참으려 했지만 저절로 얼굴이 일
그러졌다.

타닥.

그사이 이서연은 운현과 더욱 거리를 벌렸다. 그리고 그
녀가 물러난 곳은, 바로 붉은 산 아래였다.

"쯧쯧."

고통에 일그러진 운현의 표정을 보며 혈공자 문왕은 혀
를 찼다.

"영웅답게 좀 의연한 태도를 보이면 안 되나? 그런 모습
으로 일아영 소저 앞에 설 수나 있을까?"

운현은 대답하지 못했다. 비수를 통해 침투한 것은 독이

분명했다. 운현은 자신의 옆구리에 박힌 비수를 잡아 뽑았다.

핏.

상처에서 피가 울컥 흘러나오며 옷을 적셨다. 그 빛이 검게 보이는 것은 횃불의 불빛 탓만은 아니리라.

휙.

비수를 아무렇게나 던져 버리고 운현은 정신을 집중하여 내기를 움직였다. 고통 때문에 당장에라도 쓰러질 것 같았지만 운현의 두 발은 여전히 땅을 딛고 서 있었다.

"아, 아영이는……."

고통을 삼키며 운현이 마치 신음처럼 소리를 낸다.

"흐음."

운현의 모습에 문왕이 눈살을 찌푸린다.

"그 비수에 찔리고도 아직 서 있을 수 있는 데다 말까지 하다니. 당문의 절명비(絕命ヒ)도 별것 아닌 모양이군. 가문의 절기이자 비전이라며 온갖 허세는 다 부리더니."

문왕은 그렇게 말했지만 사실 그 비수에 있던 독은 극악했다. 그야말로 절명이라는 말이 부족할 정도였다. 그럼에도 불구하고 운현이 아직 서 있을 수 있는 것은 매화검 영호준이 독의 확산을 막는 내기의 운용법을 알려 주었기 때문이고, 운현이 조치하기 전에 이미 운현의 내기가 스스로 움직여 독을 억제하고 있었기 때문이다.

하지만 비록 독의 활동과 확산은 억제되고 있다 해도 고통까지 없애지는 못한다. 비수에 찔린 옆구리가 마치 불로 달군 인두로 후벼 파는 듯했기에, 사실 운현은 지금 당장 정신을 잃는다 해도 이상하지 않을 정도였다.

"아, 아영이는 어떻게…… 크윽."

"노력이 가상하군. 하지만 모든 노력이 보상을 받는 건 아니지."

혈공자 문왕은 조소를 띠며 말했다.

"죽이지는 않았다. 하지만 차라리 죽는 게 더 낫지 않을까 싶기도 하군. 내가 보기에도 말이야."

"크윽!"

문왕의 말에 운현의 마음이 크게 격동했다. 그러자 억제하던 극독이 꿈틀거리고 끔찍한 고통이 온몸을 내달린다.

"이곳에 끌고 나오기로 하지 않았나요?"

문득 낭랑한 여자의 목소리가 운현의 귓가에 울린다. 바로 이서연의 목소리였다.

"네가 감히 내 결정에 이의를 말하겠다는 거냐?"

한쪽 눈살을 찌푸리며 혈공자 문왕은 이서연을 향해 말했다.

"내 손이 조금만 늦었더라도 실패했을 거라는 건 알고 있어요?"

이서연은 물러서지 않았다. 그녀는 그녀 나름대로 화가

나 있었다.

"일아영을 데리고 나와서 그의 주의를 끌기로 하지 않았나요? 그렇게 갑자기 공격을 지시하면 어쩌자는 거예요? 나를 그에게 죽게 할 셈인가요? 왜 미리 계획한 대로 하지 않죠?"

"죽게 한다고? 너를?"

혈공자 문왕을 피식 웃었다.

"네가 실패했어도 창룡검주는 널 죽이지 않았을 거다. 아니, 죽이지 못했겠지. 만일 네가 실패했다면 넌 내 손에 죽었을 거다. 그러니."

차가운 눈빛으로 혈공자 문왕은 이서연에게 말했다.

"성공한 것을 다행으로 생각해라."

"이익!"

이서연은 입술까지 깨물며 얼굴을 일그러뜨렸지만 더 이상 따지지는 못했다. 그리고 그녀가 고개를 돌렸을 때, 운현의 시선이 자신을 향하고 있는 것을 보았다. 고통으로 일그러진 운현의 눈동자가 자신을 보고 있었다.

"왜……."

운현이 신음을 흘리듯 말했다. 이서연은 순간 어이가 없다는 표정이 되었다가, 다시 비웃음을 피워 올린다.

"그래요. 당신은 그런 사람이죠. 이런 상황이 되어서도 왜냐고 물어보는 사람."

운현을 보는 그녀의 눈동자에 조소가 어리고 있었다.

"알아요, 오라버니? 난 제법 진지하게 오라버니의 말을 생각해 봤어요. 오라버니가 하려는 일들, 그리고 오라버니가 그리려는 큰 그림에 대한 이야기 말이에요. 그건 제법 명확하고 분명했죠. 하지만 역시……."

이서연은 잠깐 고개를 숙였다가 다시 들어 운현을 보았다.

"너무 실망이에요."

운현은 아무 말도 없이 이서연을 쳐다보고 있었다. 이서연은 어깨를 으쓱하며 말했다.

"영웅맹을 무너뜨리고, 태평맹을 해체시키고, 문왕과 상인을 죽이겠다고 했죠? 그러더니 기껏 하는 말이 '그게 과연 나에게 어떤 의미가 있을까?' 라고요?"

이서연은 어이가 없다는 듯 고개를 저었다.

"당신은 힘도 있고 세력도 갖추었죠. 게다가 황궁이라는 배경도 있어요. 왜 무림맹주도 되지 않고, 권력 실세도 되지 않는 거죠? 당신은 정복하지도 않고, 지배하지도 않아요. 심지어……."

피식하고 이서연은 실소를 흘렸다.

"며칠을 같이 밤을 지내면서도 여자 하나 취할 줄 모르죠. 그런 원초적 욕망조차 용납하지 않는 사람이 천하의 큰 그림을 그린다고요? 정말 어이없는 이야기예요. 혹시 모르

죠. 만일 당신이 나를 자신의 여자로 만들었다면, 어쩌면
나는……."

이서연은 방긋 웃었다.

"생각을 바꿨을지도 몰라요."

반짝이는 눈빛으로 운현을 똑바로 노려보며 이서연은 말
했다. 운현은 이를 악물었다.

"흥."

침묵을 깨뜨린 것은 혈공자 문왕이었다.

"그럴 생각도 없으면서 말은 잘도 하는군. 너는 그런 식
으로 상대에게 책임을 전가시키는 건가? 이래서 여자와 장
사꾼의 말은 믿지 말라는 거지. 그리고 보니 너는, 여자면
서 동시에 장사꾼이기도 하지 않나?"

"어머, 제가 혹 진심을 말하고 있는지 어떻게 알죠?"

"진심을 말한다고?"

문왕은 조소를 숨기지 않으며 말했다.

"웃기는군. 세상에 진심을 말하는 여자라는 건……."

말하던 문왕이 문득 입을 다물었다. 살짝 눈살을 찌푸린
문왕은 고개를 돌려 운현을 보았다.

"쯧."

낮게 혀를 찬 문왕이 운현에게 말했다.

"저기 보이는 곳에, 그녀가 있다."

문왕은 말했다.

"네가 저기까지 온다면, 그녀는 산다. 하지만 네가 오지 못하고 죽는다면, 너는 내가 자애롭기를 저승에서라도 기원해야 할 것이다."

"무슨 소리예요?"

날카로운 목소리로 말한 것은 이서연이었다.

"여기서 죽이기로 했잖아요. 일아영과 함께!"

"한 마디만 더 지껄이면!"

이서연을 보지도 않고 문왕은 손가락을 뻗어 그녀를 향했다. 그리고 짜증 섞인 음성으로 말했다.

"그게 네 마지막 유언이 될 것이다."

이서연은 입술을 깨물었다. 그녀의 얼굴엔 불만이 역력했지만 입을 열지는 않았다. 혈공자 문왕이 어떤 사람인지 그녀는 너무 잘 알고 있었기 때문이다. 그래서 이 이상한 상황이 이해가 되지 않았고, 동시에 나름대로 납득도 하고 있었다.

혈공자 문왕의 기분이 어떻게 변할지는 아무도 모른다. 그리고 그는 창룡검주에게 이상할 정도의 병적인 집착을 가지고 있다.

그러니 그가 창룡검주를 간단히 죽이지 않으리라는 것은, 어쩌면 당연히 예상해야 했을 일인지도 모른다.

"저곳까지 가려면 숲을 가로지르는 수밖에 없다. 그러나 함부로 경공 같은 건 쓰지 않는 게 좋을 거다. 보이지 않는 가느다란 천잠사 사이로 함부로 몸을 날렸다간 단숨에 두 동강이 날 테니까. 하지만 지금 보아하니……."

문왕은 피식 웃었다.

"경공은커녕 제대로 걸을 수 있을지조차 의심스럽군."

그의 말대로였다. 지금 운현은 제대로 서 있기조차 고통스러운 표정을 하고 있었다. 내기로 독을 억제하고 있다지만, 그의 얼굴색은 이미 푸르죽죽하게 죽어 가고 있었다. 운현이 아니라 다른 사람이었다면 이미 한 줌 핏물로 변해 있었을 것이었지만 말이다.

"숲은 그다지 크지 않다. 하지만 네게는 아마 세상에서 제일 긴 숲이 되겠지. 아, 참고로 말해 두지만 숲에 아무것도 없을 것이라고는 생각하지 마라. 아무것도 없을 것이었다면 애초에 길을 닦고 마차로 편히 모셔 갔을 테니까."

팍.

문왕은 쥘부채를 펴서 얼굴을 가렸다.

"혹 이대로 몸을 돌려 호수를 헤엄쳐 달아나는 선택을 한다 해도 막지는 않겠다. 물론 네가 이 넓은 파양호를 헤엄칠 기력이 남아 있다면 말이지만. 하지만 가능성을 생각한다면 차라리 그쪽을 추천하고 싶기도 하군. 물론 그때는 역시 내가 대단히 자애롭기를 아주 강하게 기원해야 하겠지."

부채 위로 보이는 문왕의 눈이 비웃음을 던진다.

"부디 오랫동안 발버둥 쳐 주기를 바란다. 창룡검주여.

일아영 소저를 위해서라도.”

혈공자 문왕은 운현의 눈을 똑바로 쳐다보며 말했다.

“너의 지옥은 이제 시작이니까.”

제11장
파탄(破綻) 2

고통에 일그러진 운현을 버려두고 혈공자 문왕과 이서연은 숲 사이로 사라졌다. 붉은 산(傘)이 숲 사이로 사라지고 오직 자신만 남게 되자 운현은 신음을 흘리며 털썩 무릎을 꿇었다.

"큭."

혈공자 문왕의 말대로였다. 지금 운현의 몸 상태로는 제대로 걸을 수조차 없었다. 그리고 더 나쁜 것은 이 고통이 점점 심해질 것이라는 사실이다. 하지만 모든 것이 절망적인 것만은 아니었다.

부스럭.

운현은 품에 손을 넣어 작은 주머니 같은 것을 하나 꺼냈
다. 그리고 떨리는 손으로 그 주머니를 풀었다.

툭.

긴 손가락 정도의 작은 원통형의 물건이 주머니에서 떨
어졌다. 운현은 그 원통을 들어 한쪽을 강하게 비틀었다.

빠직.

작은 소리와 함께 원통의 한쪽 부분이 열렸다. 운현은 천
천히 그 뚜껑을 위로 들어 올렸다. 강한 향이 코를 찌르고
은빛으로 반짝이는 긴 침 하나가 그 모습을 나타냈다. 원통
뚜껑에 반짝이는 침이 달려 있었던 것이다. 원통 안에 있었
던 것인 듯, 강한 향을 뿌리는 액체가 침을 따라 흘러내린
다.

운현은 은빛으로 반짝이는 그 침을 들어 절명비에 찔린
부위에 가져다 대고 강하게 눌렀다. 손가락 정도의 길고 가
느다란 침이 상처 속으로 완전히 그 모습을 감추었다.

푹.

"크윽."

운현이 신음을 흘린 것은 침을 찌른 때문이 아니었다. 상
처 부위에서 갑자기 격렬한 고통이 느껴졌기 때문이었다.
잠시 고통을 참던 운현이 상처 부위에서 손을 떼었을 때는,
뚜껑에 있던 침은 마치 녹아내린 듯 사라지고 없었다.

운현은 원통에 남아 있던 액체를 다시 상처 부위에 부었

다. 아주 조금이었지만 액체가 상처 부위에 떨어지자 검붉은 피가 격렬하게 반응했다.

치이익.

"영호준 대협도 꽤나 지독한 걸 주는군."

상처를 내려다보며 운현이 쓴웃음을 지었다. 침을 찌른 지 얼마 되지도 않았는데 벌써 쓴웃음을 지을 정도의 여유가 생겼다.

"후우."

운현은 자세를 바로 하고 앉았다. 그리고 눈을 감고 천천히 호흡을 골랐다. 고통이 확연히 줄어들었지만 이것은 그저 시간을 벌 정도의 조치일 뿐이다.

'이건 제 여벌의 목숨을 주는 거나 마찬가지입니다. 아시겠습니까?'

정말로 아깝다는 표정을 숨기지 않으며 영호준 대협은 그렇게 말했었다.

'그야말로 비장의 한 수죠. 보통 사람이라면 시간을 버는 정도에 불과하겠지만…… 아, 물론 시간을 버는 정도라 해도 대단한 것이지만 말입니다. 하지만 글쎄요, 맹주님이라면 그 시간에 아예 해독을 해 버릴지도 모르겠군요. 하아, 이걸 당문에 가져다 팔면 평생을 서호에서 놀고먹을 수도 있을 텐데.'

비록 쓸데없는 사족이 붙긴 했지만 매화검 영호준의 말

한 대로였다. 이 조치는 비록 시간을 버는 정도에 불과하다지만 그 정도의 시간이면 충분했다. 운현이 일아영을 구하는 데는 말이다.

그렇게 얼마나 시간이 지났을까?

번쩍.

운현은 눈을 떴다. 확실히 고통이 줄어들어 있었다. 운현은 자리에서 일어났다. 일어서는 그의 시야에 숲 너머로 보이는 저택의 모습이 들어왔다. 검은 숲 너머로 횃불로 빛을 밝힌 저택. 바로 저곳이 일아영이 기다리고 있는 곳이다. 그리고 혈공자 문왕과 이서연이 있는 곳이다.

'서연……'

그녀가 던진 날카로운 말들이 운현의 귓가에 메아리친다. 그녀는 자신을 비난하고 모욕하며 자신을 독비로 찔렀다. 그녀가 보여 준 모습들은 모두 거짓이었다. 일아영이 납치된 것도 그녀 때문이리라. 이서연은 혈공자 문왕에게 운현과 일아영을 팔아넘긴 것이다.

"크윽."

이서연을 떠올리자 가슴이 격동했다. 마치 무엇인가가 운현의 가슴을 말 그대로 쥐어뜯는 듯했다. 참을 수 없는 감정의 격랑이 운현을 휩쓸자 순간적으로 내기가 흔들리고 절명비의 독이 요동친다. 그와 동시에 고통이 또다시 운현의 온몸을 내달린다.

“으으윽.”

운현은 필사적으로 자신의 감정을 다스렸다. 여기서 감
정에 휩쓸린다면 정말로 모든 것이 끝이다. 운현은 물론이
고 일아영마저 그 생명을 잃게 될 것이다. 그리고 모든 것
은 혈공자 문왕과 이서연의 뜻대로 되고 말 것이다.

“후우, 후우.”

눈을 감고 천천히, 다시 한 번 운현은 호흡을 가다듬었
다. 지금은 오직 한 가지만 생각해야 한다. 그것은 바로 일
아영을 구하는 것이다. 자신의 미숙함 때문에 소중한 사람
들을 잃는 일은 더 이상 일어나서는 안 된다.

운현은 천천히 눈을 떴다. 어두운 숲 너머로 횃불을 밝힌
저택이 여전히 서 있었다.

“기다려, 아영 누이.”

스릉.

운현의 검, 미명(未明)이 달빛 아래 그 모습을 드러냈다.
그리고 운현은 자신과 저택 사이를 가로막고 있는 숲 안으
로 걸음을 옮기기 시작했다. 숲의 어둠이 금방 운현을 집어
삼켜 버렸지만 운현은 두렵지 않았다.

저벅저벅.

숲 안으로 몇 걸음 들어가던 운현은 발길을 멈춰야 했다.

‘이건……’

눈을 가늘게 뜨며 운현은 정면을 살폈다. 바로 자신의

앞, 어깨 정도의 높이에 가느다란 실 같은 것이 지나고 있
었다.

'이것이 천잠사인가?'

운현은 손을 뻗어 그것을 만져 보려다가 손을 거둬들였
다. 방금 전에 독에 당한 것이 기억난 것이다.

'혹시라고 생각하지만, 조심하는 편이 좋겠지.'

휙.

운현은 가볍게 미명을 휘둘렀다. 그러자 눈앞을 가로지
르고 있던 천잠사가 끊어져 맥없이 늘어진다. 그러나 마치
거미줄처럼 숲을 두르고 있는 천삼사는 아직도 많았다. 어
둠 속에선 보이지도 않을 정도로 가는 천잠사였지만, 운현
에게 어둠은 그다지 장애가 되지 못했다. 그리고 푸른빛이
어리고 있는 운현의 미명에게는 더더욱 그랬다.

"평소와 비교한다면."

자신의 검, 미명을 내려다보며 운현은 중얼거렸다.

"사분의 일, 아니, 오분의 일 정도인가?"

중얼거리던 운현은 문득 고개를 들고 숲 안쪽을 쳐다보
았다. 그리고 눈살을 찌푸렸다.

'그러면 문제는…… 무엇이 나타날 것인가 하는 것인
데……'

만일 이 숲 속에 문왕이 준비해 둔 것이 삼태상, 혹은 그
에 버금가는 고수들이라면 지금 운현에게 승산은 없다. 인

질이 잡혀 있는 상황인 데다가, 지금 운현의 내력 중 삼분의 이 정도는 독을 억제하고 해독하는 것에 집중되어 있기 때문이다.

특별히 운현이 내공으로 독을 해독하는 것은 아니다. 그것은 마치 자연적이고 무의식적인 반사작용 같은 것이었다. 운현의 내기가 자연적으로 움직여 운현을 보호하고 있는 것이다. 예전 광주에서 그러했듯이 말이다. 운현의 의지대로 하고 있는 것은, 오히려 그 내력의 일부를 의식적으로 검에 싣는 것이었다.

휙.

운현은 다시 미명을 휘둘러 앞을 막고 있는 천삼사를 끊어 냈다. 그리고 한 걸음을 내디디려 하는 때였다.

"응?"

어둠 속 저 멀리, 숲 안쪽에서 무언가 기척이 느껴지기 시작했다.

"설마……."

운현은 눈살을 찌푸렸다. 그리고 날카로운 눈빛으로 숲 안쪽을 주시했다. 잠시 후, 낮은 울음소리가 숲 저편에서 들려오기 시작했다.

"크르르르."

낮은 울음소리와 함께 숲 안쪽에서 그 모습을 드러내는 짐승들의 눈빛. 그 숫자는 한둘이 아니었다. 한눈에도 수십에 육박하는 푸른 귀화(鬼火)들.

"컹! 컹!"

수십이 넘는 그 푸른 귀화들이 운현을 향해 달려들고 있었다. 그러나 운현은 그 모습에 오히려 나지막이 안도의 한숨을 내쉬었다.

"후우."

자신의 검, 미명을 들어 올리며 운현은 말했다.

"다행이군."

척.

미명의 검날이 푸르게 빛나고 있는 것은 달빛 때문만은 아니었다. 그리고 미명을 든 운현의 눈빛은 그보다 더 강하게 빛나고 있었다.

*　　*　　*

혈공자 문왕은 이서연과 함께 저택으로 돌아왔다. 이서연으로서는 당장 묻고 싶은 말이 많았지만, 어쩐지 문왕의 기분이 대단히 좋지 않아 쉽게 말을 꺼낼 수 없었다. 결국 두 사람은 저택으로 오기까지 한 마디도 나누지 못했다.

달칵.

저택으로 돌아온 문왕은 화려한 융단이 깔린 긴 의자에 앉았다. 몸을 반쯤 팔걸이에 기대고, 불쾌한 표정으로 수하에게 말했다.

"사냥개들은?"

"풀었습니다."

수하는 대답했다.

"기혼단의 영향 탓인지 아침에 도착할 때부터 이미 그 흉포함이 극에 달해 있었습니다. 어지간한 무림인이라도 벅찰 상대입니다."

기혼단은 잠재된 내기를 폭발시켜 엄청난 힘을 주는 대신 이지를 파괴하고 결국엔 실혼에 이르게 한다. 하물며 사냥을 위해 훈련된 개들에게 기혼단을 복용시킨다면, 그야말로 상대를 가리지 않고 물어뜯게 될 것이다.

잠시 침묵하던 문왕이 나지막하게 말한다.

"그녀는?"

"방에 거처하도록 조치했습니다. 시녀 한 명이 같이 있도록 했으며, 창을 단단히 닫아 소리가 흘러들지 않도록 하였습니다."

"그래."

의자에 몸을 묻다시피 하며 문왕은 말했다.

"혹시 원하신다면, 수면향으로 잠들게 하거나 수혈을 짚어서……"

"안 돼."

문왕은 눈살을 찌푸리며 단호하게 말했다.

"그녀에겐 손끝 하나도 건드리지 마라. 알겠나?"

수하는 고개를 깊숙이 숙여 명을 받들었다.

"지금 이게 무슨 말이죠?"

문득 이서연이 입을 열었다. 차분한 목소리였지만, 이서연의 눈빛에는 분노가 역력했다.

"지금 말하는 그녀라는 게, 설마 일아영인가요?"

"너는 상관없는 얘기다."

문왕이 시선을 외면하며 말한다. 하지만 이서연은 물러서지 않았다.

"상관이 없다고요? 죽이기로 약속한 일아영에게 손끝 하나 건드리지 말라고 하면서 나와 상관이 없다고 말하는 건가요?"

이서연의 말에도 불구하고 문왕은 여전히 시선을 돌린 채다. 이서연은 입술을 깨물었다.

"설마, 다른 한 사람도 살아 있는 건……."

"흥."

팍.

문왕은 부채를 펴서 얼굴을 가렸다.

"그런 걱정은 할 필요 없다. 처음부터 이곳에 도착한 사람은 오직 일아영 소저뿐이니까."

싸늘한 눈빛으로 이서연을 보며 문왕은 말했다.

"약속대로, 상단주는 납치 당일에 이미 한줌 핏물로 변했다. 네가 말한 대로 유언장도 찾아서 파기했지. 능력 없는 아들에게 상단을 넘기려던 그의 결정은 이제 없던 일이 된 것이다. 그러니 너는 위기라고 떠들어 대며 상단을 장악하고, 나중에 빈 관이나 묻고 서럽게 우는 척이나 하면 되는 거다.”

자신을 향한 문왕의 시선을 이서연은 노려보듯 바라보았다.

“좋아요. 일단 계약의 일부가 이행된 것에 대해서는 만족하는 바예요. 하지만 대체 일아영을 왜 살려 두려는 거죠? 설마 당신, 그 계집에게 반하기라도…….”

“말을 조심해라!”

단호한 목소리가 이서연에게 날아들었다. 얼굴을 가리고 있던 문왕의 부채가 이서연을 향하고 있었다.

“네가 함부로 말할 상대가 아니다. 알았나? 계집.”

이서연의 말을 그대로 돌려준 문왕은 이서연을 향했던 부채를 거뒀다. 입술을 깨물고 모욕을 참던 일아영은 잠시 후 가볍게 한숨을 내쉬었다.

“좋아요. 일아영이 어찌 되건 사실 상관없는 일이죠. 두 사람만 확실히 죽어 준다면 그것으로 충분해요.”

“남은 건 한 사람뿐이다. 그리고 곧, 네 눈으로 그 결과를 확인하게 될 것이다.”

“그 말을 들으니 기쁘군요.”

이서연은 고개를 돌려 열린 창을 바라보았다. 어둠에 잠긴 숲과 횃불로 밝힌 부두가 저 아래 내려다보인다.

"그는 창룡검주일 뿐만 아니라 창룡맹의 맹주이기도 해요. 만에 하나라도 그가 살아서 이곳을 벗어난다면 아무도 그 뒷감당을 하지 못할 거예요."

"흥. 언제부터 창룡맹이 그렇게 대단한 세력이 되었지?"

"역시 당신도 모르고 있군요. 하긴, 나도 설명을 듣기 전에는 몰랐지만 말이죠."

이서연은 흘깃 문왕을 쳐다보았다. 그러나 문왕은 그녀의 말에 별 흥미를 보이지 않고 있었다.

"어쨌든, 오늘 이곳에서 그를 죽여야 해요. 반드시."

어두운 숲을 내려다보며 이서연은 단호하게 말했다. 어두움 속에서 사냥개들의 울음소리가 간간히 들려오기 시작하고 있었다.

"시작이군요."

싸늘한 눈으로 창 아래를 내려다보던 이서연이 고개를 돌려 문왕을 보았다.

"당신이 준비한 창룡검주의 지옥이."

"흥."

문왕은 눈살을 찌푸리며 고개를 돌렸다. 정작 창룡검주의 지옥 운운한 사람은 바로 혈공자 문왕임에도 불구하고 그는 창 아래의 상황에 그다지 관심이 없어 보였다. 기뻐하지도 않았고 만족해하지도 않는다. 오히려 무언가 초조한 듯 부채로 얼굴을 가린 채 인상을 찌푸리고 생각에 잠겨 있다.

'대체 무슨 생각이지?'

마치 여자의 얼굴같이 고운 혈공자 문왕의 모습을 보며 이서연은 눈살을 찌푸렸다. 그녀가 아는 혈공자 문왕이라면 지금쯤 창 아래를 내려다보며 창룡검주를 마음껏 조롱하고 있어야 정상이 아닌가?

'어쩐지 예감이…… 좋지 않아.'

이서연은 다시 고개를 돌려 창 아래 풍경을 바라보았다. 하지만 숲은 어두움 속에 그 안의 모든 것을 감춘 채 보여 주지 않는다. 이서연은 어쩐지 초조한 느낌이 들기 시작했다.

그렇게 얼마를 내려다봤을까? 이서연은 문득 숲 가운데서 희미한 붉은 불빛이 빛나더니 의미심장하게 흔들리는 것을 보았다.

"저게 뭐죠?"

이서연의 목소리에 반응한 것은 문왕의 곁을 지키고 있던 수하였다. 그는 즉시 창가로 다가와 숲을 내려다보았다. 하지만 이미 붉은 불빛은 사라지고 없었다.

"방금 붉은 불빛이 흔들렸어요."

"원을 그렸소?"

수하가 이서연을 보며 추궁하듯 묻는다. 그 섬뜩한 눈빛
에 이서연은 잠시 주춤한다.

"아니, 그냥 흔들리는 것 같았는데……."

그때였다. 숲의 어둠 속에 희미한 붉은빛이 작게 빛났다.
그 빛은 좌우로 몇 번 흔들리다가 곧 빛을 잃고 어둠 속으로
사라진다.

"저거예요!"

수하는 붉은빛이 사라진 어둠 속을 노려보고 있었다. 눈
살을 잔뜩 찌푸린 채로. 그는 이를 악물고는 문왕의 앞에
돌아와 무릎을 꿇었다.

"일에 차질이 생긴 듯합니다."

"차질?"

그 목소리는 이서연의 것이었다. 그녀는 눈살을 잔뜩 찌
푸린 채 문왕과 그 수하를 보고 있었다. 흘깃 그녀를 돌아
보고 나서 수하는 다시 문왕에게 말했다.

"급히 제이파(第二波)를 투입하겠다는 신호입니다. 그로
미루어 보건대 열두 마리의 사냥개로 구성된 제일파(第一波)
가 무력화된 것으로 추정됩니다."

"이파 역시 열두 마리였지."

"그렇습니다."

수하가 고개를 숙이며 말했다.

"그리고 제삼파(第三波)가 열두 마리. 그것으로 끝입니

다.”

“끝이라니?”

이서연의 목소리가 다시 울려 퍼졌다.

“그것뿐이라고요? 저 창룡검주를 상대로?”

흥분한 이서연의 목소리에 문왕이 피식 웃음을 흘렸다.

“진정해라, 계집.”

조소를 머금으며 문왕은 말했다. 그가 이서연을 계집이라고 부른 건 아직도 아까의 일을 마음에 두고 있다는 증거이리라.

“기혼단으로 강화된 사냥개를 준비한 건 어디까지나 여흥이다. 그가 제일파를 돌파할 가능성이 반반, 그리고 제이파까지 돌파할 가능성이 열에 하나. 마지막 제삼파까지 돌파할 가능성은 백에 하나다. 물론 그가 아닌 다른 사람이었다면, 설령 검기를 다루는 고수라 해도 이미 절명비의 독에 녹아 버렸을 것이지만.”

팍.

부채로 입을 가리며 문왕은 말했다.

“그리고, 절명비의 독에 중독된 자가 그 백에 하나의 가능성을 뚫고 내 앞에 도착한다면 그 모습이 어떠할 거라 생각하나? 그를 절명비로 찌른 장본인으로서 말이야.”

이서연은 생각했다. 그는 분명히 절명비의 독에 중독되었다. 그가 어떤 상태인지는 자신의 두 눈으로 확인했다.

그것을 고려하면 열에 하나, 백에 하나 정도라는 문왕의 예
상은 오히려 후한 감이 있을 정도다. 설령 그 백에 하나의
확률로 창룡검주가 살아 이곳까지 온다 해도, 그 모습은 아
마 더 이상 살아 있는 사람이라 부르기 힘들 정도이리라.

“하지만…….”

생각하던 이서연이 입술을 깨물며 중얼거렸다. 분명 그
것이 당연한 결과인데, 그 당연한 결과가 이루어지지 않을
지 모른다는 이 불안감은 무엇이란 말인가?

“그리고.”

문왕이 나지막한 목소리로 말했다.

“천에 하나, 아니, 만에 하나 그에게 검을 휘두를 만한
힘이 남아 있다 하더라도 이쪽엔 인질이 있다. 일아영 소저
를 확보하는 것만으로도 창룡검주의 목숨은 손안에 든 것이
나 마찬가지라고…… 네가 직접 말하지 않았나?”

그랬다. 문왕의 말은 옳았다. 뭐라 해도 이쪽에는 인질이
있지 않은가? 절명비에 중독당한 상황에서도 운현이 숲을
가로지르기로 결정했다는 것은, 역설적으로 그만큼 인질이
중요하다는 것을 반증하는 것이기도 하다. 그러니 일아영을
확보하고 있는 한 창룡검주의 운명은 바뀌지 않을 것이다.

‘그래. 맞아. 바뀌지 않을 거야.’

스스로에게 다짐하듯, 일아영은 속으로 그렇게 중얼거
렸다. 그렇게 애써 자신의 불안감을 몰아내는 이서연의 귓

가에 사냥개들의 날카로운 단말마의 비명이 가끔씩 희미하게 들려오고 있었다. 이서연이 고개를 들어 창밖 아래 펼쳐진 숲을 보았지만 숲은 여전히 어둡기만 했다. 그리고 이서연의 불안한 예감을 증명하기라도 하듯 또다시 붉은 신호가 숲에서 반짝였다.

'또!'

붉은 신호가 반짝이자 이서연은 가슴이 덜컥 내려앉는 듯했다. 그리고 문득, 자신이 마음에 걸렸던 수하의 한마디가 생각났다.

"차질이라고 했죠?"

고개를 돌려 문왕을 향하며 이서연은 날카로운 어조로 물었다. 무엇인가 깊이 생각하던 문왕이 문득 고개를 든다.

"뭐라고?"

"방금 또 붉은 신호가 빛났어요. 그리고 아까 당신의 수하는 분명히 차질이 있다고 했죠. 그건, 지금 붉은 신호가 올라오는 주기가 너무 빠르다는 뜻 아닌가요?"

문왕은 고개를 돌려 수하를 보았다. 수하는 고개를 숙였다.

"곧 제삼파가 돌파될 듯합니다."

"그래?"

이서연이 놀랄 만큼 심드렁한 목소리로, 문왕은 말했다.

"쯧. 만신창이가 되어 기어 다니는 모습이라도 좀 볼까

했더니, 역시 창룡검주는 절명비 정도로 어찌 될 인물이 아닌가 보군. 이러니 상인께서도 주목하시는 거겠지. 역시 아까 죽였어야 했나.”

중얼거리듯 말하던 혈공자 문왕은 수하에게 말했다.

“하지만 이미 실기(失期)한 일. 이곳을 떠난다. 준비해라.”

이미 짐작하고 있었던 듯, 수하는 가볍게 고개를 숙여 명을 받들었지만 옆에서 듣는 이서연에게는 청천벽력과도 같은 소리였다.

“뭐라고요?”

이서연은 어이가 없었다. 아니, 믿을 수가 없었다.

“떠난다니요? 이대로 그냥 떠난다고요?”

그녀가 아는 혈공자 문왕은 절대 이런 식으로 털어 버릴 수 있는 사람이 아니다. 그는 평소에도 집착이 심하고, 특히 창룡검주에 대해서라면 병적이기까지 하다. 그런 그가 이렇게 간단하게 떠난다는 말을 하다니. 자신의 뜻대로 되지 않는 것만으로도 자존심에 상처를 입던 혈공자 문왕이 대체 어떻게 이럴 수가 있단 말인가? 그녀가 아는 한, 아니, 확신하는 한 혈공자 문왕은 절대로 이런 행동을 할 수 있는 사람이 아니다.

“그래.”

그러나 이서연의 모든 예측과 판단을 가볍게 무시하듯,

문왕은 아무렇지도 않은 음성으로 말했다.

"돌파 속도를 보건대 창룡검주는 절명비의 중독을 벗어난 것이 확실하다. 무슨 방법을 썼는지 모르겠지만 저 정도라면 지금 그의 무력을 당해 낼 방법은 없다는 뜻이다. 그러니 피하는 것이 당연하지 않나?"

이서연은 혼란스러웠다. 대체 어떻게 이렇게 변할 수가 있을까? 그에게 대체 무슨 일이 일어난 것일까? 그러나 그녀에겐 당장의 혼란스러움보다 더 큰 문제가 있었다. 지극히 실질적이면서도 더없이 심각한, 바로 지금 그녀가 당면한 문제.

"안 돼!"

절규하듯 말하는 이서연에게, 문왕은 오히려 조소를 흘렸다.

"아, 그러고 보니 넌 좀 위험하겠군. 아까 보니 그가 느끼는 배신감이 보통 아닌 것 같던데, 어쩌면 며칠 후엔 호암상단이 멸절당했다는 말을 들을지도 모르겠어."

이서연은 아득한 절망감을 느꼈다. 그의 말대로였다. 아무리 창룡검주가 공명정대한 군자라 하더라도, 이서연을 용서하지는 않을 것이다. 그가 목숨보다 중요하게 여기는 친인(親姻) 일아영을 팔아넘긴 것이 자신이며 철저하게 그를 속이고 마침내 절명비로 찌른 것도 바로 자신이기 때문이다.

설령 만에 하나 창룡검주가 사적인 복수를 하지 않는다 해도 그의 관원으로서의 위치와 창룡맹이 앞으로 차지하게 될 위상을 생각할 때 호암상단은 이제 끝난 것이나 다름없다. 이제야 겨우 자신의 것이 된 호암상단이 말이다.

'안 돼! 그럴 순 없어.'

하지만 방법이 없었다. 혈공자 문왕은 그녀를 보호할 생각이 전혀 없고, 그를 막을 유일한 방법인 일아영은 문왕이 자신의 손아귀에 단단히 틀어쥔 채 얼굴조차 보여 주지 않는다. 이제 문왕이 자리를 뜨고 나면, 그녀와 분노한 창룡검주 사이에는 아무것도 없다. 모든 것이 끝장난 것이다. 그야말로, 파탄(破綻)이었다.

뚝.

모든 것이 끝났다는 확신이 든 그 순간이었다. 이서연의 머릿속에서 무엇인가 끊어지는 듯한 느낌이 들었다. 극단적인 상황을 직시하게 된 순간, 이서연의 경험, 지식, 판단, 예측과 같은 모든 사고 구조와 함께 그녀의 일상을 이루던 기존 가치 체계와 틀이 그 의미를 잃었다. 지금 일어나고 있는 상황에 대한 모든 감정적 판단이 배제되고 다만 오직 하나, 그녀의 생존만이 최우선 절대 과제이자 절대 명제가 되어 즉각적으로 수용되었다.

마치 황야에 내던져진 야수처럼, 그녀의 날카로운 감각과 비상한 머리가 오직 생존만을 위해 그야말로 필사적으로 움직이기 시작한 것이다. 그것은 심지어, 생존을 위해서라면 잠재적인 죽음의 위협마저 무시할 정도로 절대적이었다.

"인질은?"

문왕도 놀랄 만큼 차분한 어조로 이서연은 말했다.

"일아영 소저 말인가? 당연히 데리고 간다. 네 말대로 창룡검주의 목숨 줄이나 마찬가지니까 말이야. 그녀만 있으면 언제든지……."

"그년이 꽤 마음에 들었나 보죠?"

비웃는 듯한 이서연의 목소리에 문왕이 핵 소리가 날 정도로 고개를 돌린다.

"입조심하라고 했다! 계집!"

"그렇게 안 보이더니, 남자를 기쁘게 하는 방법을 잘 알고 있었나 봐요? 아니면, 순결한 처녀인 척하며 당신을 유혹하던가요? 아시는지 모르겠지만 저는 그녀의 과거를 알고 있답니다. 아주 잘."

아득.

문왕이 이를 악물었다.

"한 마디만 더 내뱉었다간……."

"호호. 천하의 혈공자 문왕도 자기 여자를 욕하는 말은 듣기 싫나 보네요?"

문왕은 침묵했다. 그 모습에 이서연이 눈을 반짝 빛낸다.

"흐응, 그 반응을 보니 아직 자기 여자로 만들지는 못했나 봐요?”

“그녀는, 그런 여자가 아니다.”

자신을 향한 이서연의 시선을 피하며 문왕은 말했다.

“그런 여자? 아하하하. 여자는 다 같아요. 당신도 그건 알고 있겠죠?”

“같지 않다.”

이서연을 향해 고개를 돌리며 문왕은 주저 없이 말했다.

“그녀는, 내가 천하를 안겨 줄 여자니까.”

눈빛까지 빛내며 말하는 문왕의 모습에 이서연은 오히려 미소를 지었다. 드디어 그녀는 생존의 출구를 찾아낸 것이다.

“그렇군요. 앞으로 고귀한 위치에 오르실 분께 함부로 말한 것을 사과드려요.”

정중하고 예의 바른 모습으로 이서연은 고개를 숙였다. 그러나 문왕은 가벼운 코웃음으로 그녀의 사과를 조소한다. 그런 문왕의 반응에도 이서연은 미소를 잃지 않았다.

“하지만 그렇다면 더욱 이해가 가지 않는군요. 지금 이대로 이곳을 떠나도 될까요?”

“무슨 소리지?”

문왕이 물었다. 이서연은 환한 미소를 지었다.

“일아영은 창룡검주 운현의 질녀예요. 자신의 의숙부를 두려워해서 당신이 도망쳤다는 것을 안다면, 과연 그녀가 당신을 자랑스럽게 생각할까요?”

“흥. 네가 그런 말로 나를 격동시키려 한다 해도…….”

부채를 펴서 입을 가리며 문왕이 말했다. 그러나 이서연의 말은 아직 끝난 것이 아니었다.

“게다가 창룡검주가 가만히 있을까요? 그는 당신을 쫓을 거예요. 일아영 소저가 당신에게 있는 한 말이죠. 그때는 어떡할 거죠? 또 도망할 건가요? 일아영 소저에게 모든 것을 숨기고? 과연 몇 번이나 그렇게 도망할 수 있을까요? 그리고 알고 있나요? 창룡검주 운현은 의숙부예요. 두 사람 사이에 혈연관계는 하나도 없지요. 친밀함이 애정으로 바뀌는 건 그리 드문 이야기가 아니지요. 그리고 사실, 한때 일아영 소저는 창룡검주 운현이 자신과 혼인하고 싶어 한다는 오해를 하기도 했어요. 만일 그녀가 당신과 창룡검주를 저울질하게 된다면, 과연 어느 쪽으로 기울게 될까요?”

문왕은 대답하지 않았다. 이서연은 미소 지으며 말했다.

“그래요. 당신 말대로 어쩌면 나는 당신을 격동시키려 하는지도 모르죠. 하지만 내가 말하는 건 모두 사실이에요.”

매끄럽게 반짝이는 이서연의 붉은 입술이 쉬지 않고 움직였다.

“게다가 생각해 보세요. 이번에 또 창룡검주를 놓쳤다는 것을 상인께서 아신다면, 당신의 위치는 더욱 곤란하게 되지 않겠어요? 만일 당신이 정말 일아영 소저에게 천하를 안겨 주고 싶다면, 바로 지금 창룡검주를 잡아야 해요."

팍.

그녀의 말을 막기라도 하듯, 문왕은 신경질적으로 부채를 흔들었다. 그리고 다시 펴서 입을 가린다.

"네가 세 치 혀로 나를 움직여 곤란에서 벗어나고자 하는 모양인데……."

"이 일로 제가 이득을 얻는 것이 마음에 걸리신다면."

이서연이 가볍게 고개를 숙이며 말했다.

"호암상단을 전부 당신께 드리지요. 창룡검주가 살든 죽든 그 생사에 상관없이."

문왕은 말이 없었다. 그는 눈썹을 일그러뜨린 채 갈등하고 있었다. 그 모습에 살며시 미소 짓던 이서연은 천천히 말했다.

"물론 제가 틀렸을 수도 있어요. 당신은 일아영 소저를 속이고 계속 그녀의 호의를 받게 될지도 모르죠. 어쩌면 당신은 상인의 신임을 회복하여 천하에 그 이름을 드높일 지도 몰라요. 하지만 적어도 한 가지는 확실하죠."

이서연은 말했다.

"창룡검주가 살아 있는 한, 당신은 결코 일아영 소저를 차지하지 못해요. 왜냐하면……."

말하는 그녀의 붉은 입술이 매끄럽게 빛났다.

"그가 와서 빼앗아 가 버릴 테니까."

귓가에 들리는 그녀의 목소리가 문왕은 더없이 무겁게 느껴졌다.

'일아영.'

문왕은 그녀를 떠올렸다. 아니, 떠올릴 필요도 없었다. 눈을 떠도, 눈을 감아도, 심지어 그토록 증오하던 상대인 창룡검주를 보면서도 오직 눈앞에는 그녀의 모습뿐이었으니까.

자신을 향해 손을 흔들어 주는 그녀. 그리고 자신을 향해 웃어 주는 그녀. 세상 모든 사람이 그를 두려워하고 혹은 외면하고 혹은 무시했어도 그를 향해 웃어 주는 사람은 오직 그녀뿐이었다. 이 넓은 하늘 아래 오직 단 한 사람.

무슨 일이 있어도 그 미소를 잃어버릴 수는 없었다. 이제 와서, 또 그럴 수는 없었다.

아득.

문왕은 이를 악물었다.

"어떻게 할 셈이지?"

나지막한 문왕의 목소리는 가늘게 떨리고 있었다. 이서연은 미소를 지었다.

"잠시 일아영 소저를 빌려 주시기만 하면 돼요."

"그건……."

문왕이 눈살을 찌푸린다.

"지금 창룡검주를 잡으려면, 그녀밖에 없다는 걸 이해하시겠지요?"

이서연은 손을 모으며 말했다.

"맹세하겠어요. 그녀에겐 아무런 해도 없을 거예요. 혹시 마음이 놓이지 않으신다면, 옆에 계셔도 좋아요. 아, 하지만 그녀와 창룡검주를 대면하게 하고 싶지는 않으시겠죠."

문왕의 눈썹이 꿈틀 경련한다. 이서연은 급히 말했다.

"수혈을 짚어 잠시 잠들게 해요. 어쩔 수 없는 상황이니까요. 당신이 그녀의 곁을 지킨다면, 아무 일도 없을 거예요."

이서연의 말에 문왕은 잠시 갈등했다. 하지만 이서연의 말대로였다. 지금 창룡검주를 잡으려면 일아영 소저가 필요하다. 그것도 반드시.

갈등은 잠시였다. 문왕은 어쩔 수 없다는 상황을 인식하고 결정을 내렸다.

"좋다."

이서연의 얼굴에 만족한 미소가 번져 가는데, 문득 다른 목소리가 문왕을 막는다.

"안 됩니다!"

"뭐?"

문왕이 불쾌한 기색을 숨기지 않으며 말했다. 그것은 물음이라기보다는 책망 같은 어조였다. 그러나 수하 역시 각오를 하고 있었다.

“지금 창룡검주를 상대할 수는 없습니다. 피하셔야 합니다.”

“네가 언제부터 내게 명령을 하는 사람이 되었느냐?”

“문왕 저하!”

수하는 무릎을 꿇고 고개를 숙이며 말했다.

“위험합니다. 부디 다시 생각해 주십시오.”

“이미 결정은 내려졌다. 그리고 나는 내가 결정한 대로 할 것이다.”

간곡한 수하의 말에도 불구하고 문왕은 꼼짝도 하지 않았다. 그 모습을 보며 이서연은 조소를 머금었다. 혈공자 문왕이 그 누구의 말도 듣지 않는다는 것을, 바로 옆을 지키고 있던 저 수하가 이해하지 못하고 있었던 어리석음을 비웃으면서.

“저하! 일아영 소저를 생각…….”

“시끄럽다!”

팍.

혈공자 문왕이 드디어 화를 냈다.

“아무래도 네가 요즘 나를 우습게 본 모양이구나. 내가 너를 특별히 여길 거라고 생각했느냐? 그렇다면 큰 오산이다. 내 당장…….”

“잠시만요.”

이서연이 나섰다. 문왕은 갑자기 끼어든 그녀에게 눈살

을 찌푸린다.

"그의 말도 일리는 있어요. 게다가 주군의 안위를 생각하는 충정이 가상하지 않나요?"

여전한 미소를 지으며 말하는 이서연을, 문왕은 눈살을 찌푸리며 바라보았다.

"그로 하여금 피할 준비를 하도록 하시는 건 어떨까요? 아, 하지만 그러면 창룡검주의 목숨을 끊을 사람이 필요한데, 어쩌시겠어요?"

문왕은 찌푸린 얼굴로 이서연을 보았다. 그러나 이서연의 속내를 짐작할 수 없었다. 문왕은 다시 고개를 돌려 자신 앞에 무릎 꿇은 수하를 내려다보았다.

"가서 일아영 소저를 데려와라. 수혈을 집어 잠들게 하되, 절대 충격을 받지 않도록 조심해라. 그리고 그 일이 끝나면 이곳을 떠날 준비를 해라. 준비가 끝나는 대로 내게 돌아와 보고하도록."

문왕은 말했다.

"네 불경함에 대해서는 나중에 치죄하도록 하겠다."

수하는 입술을 깨물었다. 문왕의 말은 곧 이서연의 뜻대로 창룡검주를 상대하겠다는 말과 같았다. 비록 떠날 준비를 하라고 했지만, 수하의 판단으로는 준비를 할 것이 아니라 지금 바로 떠나야 했다. 그러나 계속 자신이 간언을 했다가는 오히려 역효과만 날 것이 분명했다.

"존…… 명."

수하는 고개를 숙였다.

"흥."

가볍게 코웃음을 흘린 문왕은, 이서연을 돌아보았다.

"창룡검주의 목숨은 내가 직접 끊겠다. 일아영 소저는 네 손에 맡기지. 하지만 명심해라. 만일 일아영 소저에게 무슨 일이라도 생긴다면, 너는 네가 쉽게 죽지 못하는 것을 원망하는 처지가 될 것이다. 알겠느냐?"

이서연은 허리를 가볍게 굽히며 말했다.

"말씀대로."

*　　*　　*

쉬익.

"컹!"

짧은 단말마의 비명과 함께 커다란 사냥개가 피를 뿌리며 나뒹굴었다. 눈에서 푸른 귀화를 뿜어내며 미친 듯 덤벼드는 거대한 사냥개들은 분명히 공포스러웠지만, 푸른 검기를 뿜어내는 운현의 검, 미명의 상대는 되지 못했다. 게다가 이미 북해에서 다수와의 비무를 경험한 적이 있는 운현이었기에, 열두 마리의 거대한 사냥개들은 운현의 발을 지체시키는 것조차 거의 하지 못했다.

스윽.

운현은 다시 한 번 주위를 살폈다. 더 이상의 푸른 귀화는 보이지 않았다. 이제까지 쉴 사이 없이 몰아치던 것에 비하면 확연히 다른 상황이다.

'이것으로 끝인가?'

운현은 살짝 눈살을 찌푸렸다. 자신을 상대하기 위해 마련한 것이라면, 혈공자 문왕의 계책치고는 어쩐지 허술한 느낌이 들었다.

'아마도 절명비에 중독된 상황을 가정한 것이겠지.'

그랬을 것이다. 하지만 어쩐지 석연치 않다. 비록 절명비에 중독된 상황을 상정한 것이라 해도, 적어도 삼태상 정도의 고수들이 있어야 하지 않았을까?

저벅저벅.

자신의 검, 미명을 빼어 든 채로 운현은 걸음을 옮겼다. 어두운 숲이지만 운현에게는 그 어둠도 그리 장애가 되지 않았다.

'혹은, 그렇게 하고 싶었지만 하지 못했다던가.'

애초에 절명비로 운현을 찌르게 한 것부터가 어쩐지 이상하다. 일아영이라는 인질을 잡고 있는 상황에서 운현을 이곳으로 오게 했다면 구태여 운현을 암습할 필요가 있었을까? 이곳에서 삼태상이 기다리고 있었다면, 인질을 잡힌 운현이 제대로 그들과 맞설 수 있었을까?

‘무언가 사정이 있는 것은 확실하군.’

그것이 무엇인지는 모르지만 운현으로서는 다행한 일이다. 그리고 매화검 영호준이 만일의 사태를 대비하고 있었다는 것도.

‘암습을 받는다면 그건 반드시 독(毒)일 것이라고 했지.’

만일 그의 대비책이 아니었다면 정말로 심각한 상황이 되었을 것이다. 사실상 매화검 영호준이 운현을 살린 것이나 마찬가지다. 그리고 일아영도.

‘독이라…… 만독불침이라는 경지가 있다던데, 아마 나는 아닌가 보군. 하긴, 독과 약의 구분이란 무의미하다고 했던가?’

당문의 눈꽃이라는 당설련 역시 그런 말을 한 적이 있다. 같은 성분이 때로는 약이 되고, 때로는 독이 된다고 말이다.

생각하던 운현은 문득 무엇인가를 깨닫고 쓴웃음을 지었다.

‘역시.’

아까부터 생각이 계속 무언가의 주변을 빙빙 돌고 있다. 지금 운현은 일아영을 구하기 위해 가고 있는데, 생각하는 것은 그녀가 아니다. 절명비, 암습, 독. 운현이 생각하고 있는 것은 바로, 다름 아닌 이서연이다.

‘욱.’

운현이 이서연을 떠올린 순간 내기가 요동쳤다. 하지만 가슴이 찢어지는 듯한 이 느낌은 절명비의 독이나 내기의 흔들림 때문만은 아니리라.

걸음을 멈추고 운현은 한 손으로 가슴을 눌렀다. 이를 악물지 않으면 지금 당장이라도 주저앉아 버릴 것 같았다.

'지금 나는…… 해야 할 일이 있다.'

운현은 고개를 들었다. 어느새 숲이 끝나 가고 있었다. 나뭇가지 사이로 멀리 보이던 횃불을 밝힌 저택이 성큼 다가와 있었다.

'그리고 구해야 할 사람이 있다.'

저벅.

다시금 운현은 걸음을 옮기기 시작했다.

'반드시.'

이를 악물고 마음속에서 꿈틀대는 격동을 필사적으로 억누르며 운현은 걸음을 재촉했다. 횃불을 밝힌 저택의 모습이 마치 커다란 거인처럼 운현의 눈앞에 서 있었다.

제12장
파탄(破綻) 3

타닥타닥.

횃불 타는 소리가 들렸다. 운현은 저택 앞에서 잠시 걸음을 멈췄다. 커다란 저택의 문은 굳게 닫혀 있었지만 주변에 특별한 기운은 느껴지지 않았다. 다시 한 번 점검하듯 주위를 살피고 나서 운현은 저택 문 앞에 섰다. 그리고 천천히 문을 열었다.

그그긍.

특별히 힘을 주지 않았는데도 커다란 문이 천천히 소리를 내며 열렸다. 그리고 문 사이로 저택 안쪽의 모습이 모습을 드러내기 시작했다.

으득.

운현은 자신도 모르게 이를 악물었다. 문이 채 열리기도 전에 운현의 눈에 들어온 모습은 바로 멀리 서 있는 이서연의 웃고 있는 얼굴이었다. 가늘게 올라간 그녀의 입술은 운현을 향한 완연한 조소를 머금고 있었다.

그궁.

문이 더 열리면서 그녀 옆에 앉아 있는 여인의 모습이 눈에 들어왔다. 화려한 의자에 앉아 비스듬히 몸을 기댄 채 눈을 감고 있는 여인. 마치 자는 것처럼 보이는 그 모습은 운현에게도 참으로 오랜만에 보는 사람이었다.

'아영!'

운현은 눈을 부릅뜨고 일아영의 상태를 살폈다. 조금 거리가 있었지만, 적어도 겉으로 보기에 일아영의 상태는 괜찮아 보였다. 눈에 띄는 외상(外傷)도 없고 호흡도 고른 것 같아 보인다. 다만 한 가지 신경이 쓰이는 것은 지금 그녀가 정신을 잃고 있는 상태라는 것이다.

일아영의 상태를 확인한 후에야 운현은 그녀 옆에 서 있는 혈공자 문왕의 모습을 발견했다. 아까 들고 있던 쥘부채 대신, 지금 혈공자 문왕은 활을 손에 들고 운현을 겨누고 있었다.

픽!

바람을 찢는 소리. 운현은 거의 반사적으로 검을 휘둘렀다.

타악.

운현의 검에 튕겨 나간 것은 화살이었다. 혈공자 문왕이 운현을 향해 화살을 날린 것이다.

"역시나, 그 정도는 가볍게 쳐 내는군요."

이서연의 목소리가 들려왔다. 운현은 다시금 가슴이 격동하는 것을 느꼈다. 하지만 천천히 마음을 가다듬으며 운현은 대꾸했다. 아무렇지도 않은 듯이.

"검격이라고 생각하면 그리 어렵지 않소. 이전에도 말했지만."

운현의 목소리는 조용하고 건조했다.

"그래요? 나는 들어 본 적이 없는데요?"

이서연이 고개를 갸웃하며 말한다.

"당신에게 말한 적은 없으니까."

여전히 건조한 운현의 목소리. 그러나 이서연을 쳐다보는 운현의 눈빛은 이글거리고 있었다.

"보기 좋네요. 그런 눈빛."

이서연이 조소를 머금으며 말했다.

"쏴요."

그녀의 말이 떨어지자 다시금 혈공자 문왕이 화살을 날렸다.

핑―

활을 쏘기에는 워낙 가까운 거리였기에, 문왕이 시위를 놓자마자 화살이 운현에게 짓쳐 든다. 운현은 다시 검을 휘둘렀다. 그리고 화살이 튕겨 나갔다.

타악.

"만일 당신이 다음 화살마저 쳐 낸다면, 대신 일아영 소저의 몸에 화살을 박을 거예요."

지극히 평범한 목소리로 이서연은 담담하게 말했다. 그 어조가 너무 자연스러워서 잠시 혼란스러울 정도다. 그러나 혈공자 문왕만은 대번에 눈살을 찌푸린다.

"나도 할 말이 있소."

운현이 말했다. 역시 담담한 어조다. 이서연의 눈동자가 이채를 띤다.

"뭐죠?"

이서연은 운현이 어떤 말을 할지 짐작하고 있었다. 아마도 반드시 '너만은 용서하지 않겠다.' 라든가, 뭐 그런 것일 것이 분명했다. 그저 자신의 자존심을 달랠 뿐인 의미 없는 협박.

"아미산에서 나는 천수 신니와 빙설의 비무를 강제로 중지시켰소."

이서연도 천수 신니에 대해서라면 들어 본 적이 있다. 아미의 전대 고수로 이름을 날렸으며, 비록 당대의 검성이나 신승 불영에 가리긴 했어도 능히 천하제일을 다툴 만한 실력을 가지고 있다고 했다.

"두 사람의 무력은 그야말로 일기당천. 어느 쪽이라도 가히 검성 이검학 대협과 겨룰 만한 기량을 가지고 있었소."

"그래서요?"

이서연이 조소를 피워 올린다.

"내가 그 두 사람의 진검 비무를 강제로 중지시켰다고 말하고 있는 거요. 단언컨대, 지금 이곳에서 내가 하고자 하는 것을 막을 수 있는 사람은 없소."

"울부짖는 사자는 두려워할 필요가 없다는 말을 들어 봤나요?"

이서연은 조소를 머금으며 말했다.

"사자가 울부짖는 것은 눈앞에 있는 사냥감을 잡지 못하는 것을 알기 때문이에요. 사자는 사냥할 때 결코 울부짖지 않아요. 그저 그 강력한 이빨과 발톱으로 찢고, 파괴한 후에 먹어 치울 뿐이죠. 그러니 사자가 발톱을 들이대지 않고 오히려 울부짖는다는 것은."

피식하고 이서연은 실소를 흘렸다.

"그것 말고는 아무것도 못 하기 때문이에요."

"분명히 말하겠소."

이서연의 조롱에도 불구하고 운현은 여전히 침착한 어조로 말했다.

"지금 일아영 소저를 놓아준다면 당신들을 그대로 보내

주겠소. 물론 이후에 내 분노를 감당할 각오는 해 두는 것
이 좋을 거요. 나는 절대 당신들 두 사람을 용서하지 않을
테니까."
　"고마우신 말씀이네요."
　이서연은 웃었다.
　"하지만 어쩌죠? 당신의 목숨은 내가 쥐고 있는 것이나
마찬가지인데?"
　사락.
　이서연의 하얀 손이 부드럽게 움직이며 일아영의 목에
가 닿았다. 그리고 그녀의 손끝에는 날카로운 한 자루의 단
검이 빛나고 있었다.
　"이 여자가 죽는 것을 보고 싶나요?"
　운현을 바라보며 이서연이 말했다.
　"아니라면, 순순히 자신의 운명을 받아들이도록 해요."
　"그래서 당신의 말대로 내가 죽는다면."
　이서연을 똑바로 쳐다보며 운현이 말했다.
　"그녀를 살려 주겠다는 말이오?"
　"글쎄요."
　이서연은 어깨를 으쓱했다.
　"생각은 해 볼 수 있겠죠."
　"안타깝군."
　운현은 말했다.

"나는 당신의 말은 더 이상 믿지 못하오."

"내가 보장하겠다."

또랑또랑한 그 목소리는 혈공자 문왕의 것이었다. 그는 운현을 노리고 있던 활을 비스듬히 내린 채 말했다.

"일아영 소저의 안전에 대해서는 내 이름으로 약속한다. 적어도 그녀에 대해서는, 네가 걱정할 것은 아무것도 없다."

문왕의 눈빛은 너무나 진지했다. 운현으로서는 당혹스러울 정도로. 그러나 물론 그의 말을 그대로 믿을 수는 없었다. 이미 운현은 자신의 행동을 결정해 놓고 있었기 때문이다.

"쏴요."

순간 두 사람의 대화를 중단시키듯 이서연의 목소리가 들려왔다. 혈공자 문왕은 지체 없이 활을 들고 화살을 날렸다.

휙.

타악.

운현의 검, 미명이 공기를 가르자 화살이 그 목표를 잃고 튕겨 나갔다. 운현은 이서연을 똑바로 쳐다보았다.

"착각하지 않았으면 좋겠군."

한 자, 한 자 힘을 주어 운현은 말했다.

"당신이 지금 쥐고 있는 것은, 나의 목숨이 아니라 바로 당신들의 목숨이다."

"호호호."

이서연은 웃었다.

"학사였다고 했죠? 역시나 훌륭한 학생이네요. 하지만
어쩌죠?"

그녀의 웃음이 조소로 변했다.

"매화검이 말한 걸 기억하는 건 당신만이 아니에요. 나도
알고 있죠. 인질을 살리기 위해서는 절대 협박에 굴하지 말
고 협상의 주도권을 쥐라. 설령 그들이 인질의 신체 일부를
훼손한다고 하더라도 각오하라. 그것이 인질을 살리는 길이
다."

이서연은 말했다.

"당신이 그 말을 충실히 따르리라는 건, 이미 예상하고
있던 바예요. 그러나 미안하지만."

이서연의 눈빛이 잔혹하게 반짝였다.

"나는 협박으로 끝낼 생각이 없어요."

휘릭.

이서연은 가볍게 손을 움직여 단검을 역수로 바꿔 쥐었
다. 그리고 그대로 아래로 내려찍었다.

콱

"악!"

외마디 비명과 함께 일아영의 몸이 꿈틀 경련했다. 이서

연의 단검이 일아영의 허벅지에 그대로 찍힌 것이다.

"뭐하는 짓이야!"

소리친 것은 혈공자 문왕이었다. 그는 분노와 경악이 뒤섞인 얼굴로 이서연을 향해 소리쳤다.

"입 닥쳐!"

이서연이 혈공자 문왕을 향해 소리쳤다.

"이년이 죽는 꼴을 보고 싶지 않으면!"

그녀가 휙 고개를 돌려 운현을 노려보았다.

"너도!"

운현을 향한 이서연의 눈빛은 원독으로 불타오르고 있었다. 방금 전까지의 유유자적한 모습은 어디로 갔는지, 그녀의 눈동자에 파란 귀화가 불붙는 듯하다.

"으으윽."

일아영의 신음 소리가 흘렀다. 수혈을 짚인 채 잠들어 있던 그녀는 허벅지를 찔린 고통 탓인지 신음을 흘리며 눈을 떴다.

"호오. 이제 일어나셨어? 잠자는 공주님."

이서연이 고개를 숙여 일아영의 얼굴을 들여다보며 웃는 얼굴로 말했다.

"사무…… 총관님? 여긴…… 아악!"

이서연의 얼굴을 보며 혼란스러워하던 일아영은 다리에서 올라오는 엄청난 고통에 비명을 질렀다. 아직 그녀의 허벅지에 박혀 있는 단검의 손잡이를 이서연이 살짝 비튼 것이다.

순식간에 그녀의 옷이 피로 물든다. 단검이 박힌 채로 지혈이 되고 있던 상처가, 이서연이 비틀자 피가 터져 나온다.

"그만둬!"

운현과 혈공자 문왕이 동시에 소리쳤다.

"아아, 정말 눈꼴시네. 내가 그토록 공을 들였던 남자들이 정작 딴 년한테 지극정성인 모양이라니. 이런 개자식들한테 뭔가 기대했던 과거의 내가 정말 경멸스러워."

"너, 너…… 대체 무슨 생각이냐?"

이를 악물고 부들부들 떨며 혈공자 문왕이 이서연에게 말했다.

"무슨 생각이냐니? 아까부터 말하고 있잖아."

이서연은 운현에게 흘깃 시선을 던졌다.

"저놈을 죽여."

"고, 공자님? 운 숙부? 대체 이게 어떻게……."

"공자님이라고?"

이서연은 피식 실소를 흘렸다.

"놀고 있네. 저 사람이 누군지 알아? 그가 바로 혈공자 문왕이야. 항주에서……."

문왕이 다급히 이서연을 향해 손을 뻗으며 말했다.

"그만해!"

"입 닥치라고 했지!"

이서연은 다시 한 번 단검의 손잡이를 비틀었다.

"아악!"

혈공자 문왕은 황급히 뒤로 물러섰다. 이서연은 조소를 머금고 문왕을 향한 시선을 떼지 않으며 일아영에게 말했다.

"항주혈사를 알지? 수많은 사람이 죽었다는 그 혈사 말이야. 그걸 일으킨 장본인이 바로 저 사람이야. 피의 귀공자, 세상 누구보다 잔혹하고 영웅맹의 실질적인 주인이나 다름없다고 떠들어 대는 혈공자 문왕이 바로 저 사람이란 말야."

일아영의 눈동자는 혼란으로 가득 차 있었다. 지금 이 상황 자체가 그녀에게는 전혀 이해할 수 없는 악몽과 같았다. 신뢰하던 사무총관이 자신을 찌르고, 자신에게 호의를 보이던 귀공자가 혈공자 문왕이라니.

"그리고 저 혈공자 문왕이, 이제 곧 너의 운 숙부를 죽일 거야."

"운 숙부를?"

고개를 돌린 일아영은 운현을 보았다. 한동안 보지 못했던, 그리고 소식도 듣지 못했던 운 숙부가 거기 서 있었다. 돌아가신 아버지의 의형제이자, 자신의 의숙부인 사람. 비록 자주 만나지는 못해도, 어머니와 단둘뿐인 그녀에게는 가족같이 여기고 있는 사람. 그가 이를 악물고 거기 서 있었다. 손에는 검 한 자루를 들고.

"운 숙부를 왜……."

"왜냐하면, 그가 바로 창룡검주거든. 장강에 소문이 가득한 창룡검주이자 창룡맹의 맹주. 현재 가장 천하제일에 가깝다고 평가되는 사람. 그게 바로 저 사람이야. 호호호호."

일아영의 혼란은 거의 극에 달하고 있었다. 이 상황 자체가 악몽과 같았고, 이서연이 하는 말이 도무지 실감이 되지 않았다. 그녀가 하는 말들은 전부 알아들었지만, 하나도 이해가 되지 않았다. 갑자기 혈공자 문왕은 무엇이고 창룡검주는 무엇이란 말인가? 강호무림을 진동시킨다는 그 무서운 이름들이, 그녀와 대체 무슨 상관이란 말인가?

혼란스러운 눈빛으로 일아영은 운현을 바라보았다. 자신을 바라보는 운현의 눈빛은, 예전에도 늘 그러했듯 진지했다. 일아영이 아는 그는, 조금 꽉 막힌 구석이 있긴 해도 절대 거짓을 말하거나 누구를 속이는 사람이 아니다. 그런 그가 검을 들고 서 있다.

일아영은 고개를 돌려 귀공자를 향했다. 일그러진 표정으로 일아영의 시선을 피한 채 활을 들고 서 있는 사람. 어쩐지 불쌍해서 절대 그냥 놔둘 수 없고, 언제나 날카로운 말로 대꾸하지만 그 속은 더없이 심약한 사내.

“당신이…… 혈공자라고?”

떨리는 목소리로 일아영이 말했다.

으드득.

문왕은 이를 갈았다. 절대 밝히고 싶지 않은 것을, 절대 보이고 싶지 않은 장면을 그녀에게 보이고 말았다. 지금 혈공자 문왕은 모든 것이 무너지는 듯한 절망적인 느낌이었다. 자신에게 묻는 그녀의 떨리는 목소리가 마치 심판의 선고처럼 들려온다.

“나, 나는…….”

“호호호.”

무언가 말하려던 문왕의 목소리는 이서연의 웃음소리에 의해 끊어졌다.

“이 상황에서 미련이 남았어? 정말 한심하네. 이런 게 강호무림을 움직이는 남자들이라고?”

웃던 이서연의 목소리가 표독하게 변했다.

“이제 너에게 선택의 여지는 없어. 빨리 창룡검주를 죽여. 그래야 이 여자의 껍데기라도 차지할 수 있을 테니까. 혹시 모르지. 잘 달래 주면 정말 네 여자가 될지도.”

“너, 널…… 결코 가만두지 않을 테다.”

문왕이 이를 갈며 말했다. 이서연은 조소를 피워 올렸다.

“그러시던가. 하지만 그 전에 창룡검주를 처리해야 하지 않겠어? 저놈을 죽이지 않으면, 넌 아무것도 얻지 못할 테니까."

그녀의 말이 옳았다. 이서연이 적의를 보인 이상 그녀 역시 문왕의 적이다. 그러나 이서연과 창룡검주, 어느 쪽을 먼저 제거해야 하는가를 판단한다면 창룡검주가 절대적으로 우선한다. 이서연이 제거되고 창룡검주가 남는다면 일아영은 빼앗기고 문왕 자신의 목숨마저 장담할 수 없다. 그러나 창룡검주가 제거되고 이서연이 남는다면, 그녀를 상대하는 것은 어렵지 않다. 비록 그녀가 일아영의 목숨을 쥐고 있다 해도.

으득.

문왕은 이를 갈았지만 그녀의 말을 반박하지 못했다. 이서연은 고개를 돌려 운현을 보았다.

"이젠 네 차례야. 선택해. 순순히 저 화살을 맞을 것인지, 혹은 이년을 죽게 놔둘 건지. 순순히 화살을 맞는다면, 봐서 알겠지만 일아영은 살 거야. 혈공자가 저렇게 지극정성이거든. 하지만 만일 네가 저항한다면, 이년을 죽이고 나도 죽겠어."

아득.

이서연은 이를 갈았다.

"그러니, 먼저 죽어."

침묵이 내려앉았다. 운현은 이서연의 그 표독스런 눈빛을 응시하다가 천천히 시선을 돌려 혈공자 문왕을 보았다.

혈공자 문왕은 일그러진 표정으로 일아영의 시선을 피하려는 듯 바닥을 내려다보고 있었다. 그러다 운현의 시선을 느꼈는지 천천히 고개를 들어 운현을 바라본다. 그의 눈동자는, 흔들리고 있었다.

"어서 쏴!"

잠시 주저하던 혈공자 문왕은 천천히 활을 들어 올렸다. 이서연의 말대로 지금 이 상황에서 그에게 선택의 여지는 없었다. 한순간의 꿈같던 시간들은 이미 깨어졌다. 이제 남은 것은 냉혹한 현실뿐이다. 지금 창룡검주를 죽이지 않으면, 정말로 아무것도 남지 않게 될 것이다.

자신의 손에 잡힌 활줄이 팽팽하게 긴장하는 것이 느껴졌다. 화살의 끝에 서 있는 창룡검주의 모습이 보였다. 가깝다. 활을 쓰기에는 정말 가까운 거리다. 자신이라 해도 결코 빗나가지 않을 만한 거리. 자신처럼 창룡검주 역시 선택의 여지가 없는지, 검을 든 자세 그대로 조금도 움직이지 않고 있었다. 자신을 향한 그의 시선이 느껴진다. 더없이 당당하고 강직한 그의 시선이.

'닮았군.'

문득 문왕은 그렇게 생각했다. 자신을 바라보던 일아영의 눈빛이, 그와 너무도 닮아 있다는 생각이 들었다. 비록 그의 시선에는 웃음이 담겨 있지 않았지만, 자신을 똑바로 직시하는 당당하고 강직한 시선은 그녀와 조금도 다름이 없다.

피식.

자신도 모르게 문왕은 실소를 흘렸다. 이런 상황에서도 일아영의 모습을 떠올리다니, 자신이 생각해도 한심스럽기 그지없다.

웃음을 거두고 문왕은 활줄을 당기는 손에 힘을 주었다. 그리고 신중하게 천천히 호흡을 가다듬었다.

"후우."

이 한 발은, 무슨 일이 있어도 절대 실수해서는 안 된다. 그의 손끝에 걸리는 활줄이 끊어질 듯 팽팽하게 조여 오는 바로 그 순간.

휙.

순간적으로 문왕은 몸을 틀었다. 화살의 끝에 보이던 대상이 운현에서 이서연으로 바뀌는 즉시, 문왕을 활줄을 쥐고 있던 손을 놓았다.

핑.

그건 피할 수도, 빗나갈 수도 없는 거리였다. 그러나 이서연은 처음부터 문왕이나 운현을 믿고 있지 않았다. 이서연은 문왕이 움직인다고 생각되는 순간 동시에 뒤로 빠지며 옆으로 몸을 틀었다. 그 와중에도 문왕을 향해 표독스런 일갈을 빼먹지 않는다.

"미친놈! 제정신이야?"

픽!

화살이 이서연의 팔을 스치고 지났다. 그러나 지금의 회피를 위해서 이서연은 일아영에게서 떨어질 수밖에 없었다. 그리고 그 순간을 운현이 놓치지 않는다.

파박.

운현의 검이 이서연을 향해 짓쳐 든 것은 이서연이 문왕의 화살을 피한 것과 거의 동시였다. 마치 미리 짜기라도 한 듯, 운현과 문왕의 공격은 완벽한 합격(合擊)이었다. 운현의 검, 미명이 푸른 검기를 두른 채 이서연을 향해 용서없이 짓쳐 들고 있었다.

그러나 이서연 역시 그것을 모두 간파하고 있었다. 비록 운현이나 영호준의 무공 수위가 남다르기에 그다지 주목 받지는 못했지만, 이서연이 남궁세가와 장강 토벌전에서 갈고 닦은 실력은 결코 가벼이 여길 경지가 아니었기 때문이다.

"흥."

일아영에게 떨어지며 단검을 놓은 그녀의 손 대신에 뒤에 감추고 있던 다른 손이 모습을 드러냈다. 그리고 그녀의 그 손에는, 당문의 비기이자 운현을 극심한 고통으로 몰아갔던 바로 그 절명비가 들려 있었다. 본래 문왕이 운현을 죽이고 나면 최종적으로 문왕마저 죽이기 위해 그녀가 준비한 비장의 한 수.

'저건!'

운현이 그 절명비의 모습을 알아차렸다. 자신이 던져 버린 것을 어느새 그녀가 숨겨 두고 있었던 것이다. 그렇지 않아도 저 절명비의 극독으로 인해 심각한 내상을 입고 있는 운현이다. 아직도 시커멓게 번뜩이고 있는 모습으로 보아 절명비는 여전히 그 극악한 독을 품고 있음이 분명했다. 다시 한 번 저 절명비에 찔린다면 운현의 목숨도 장담할 수 없을 것이다.

'하지만.'

찔리지 않으면 된다. 사실 운현이 정상적인 상황이었다면 이서연이 절명비를 꺼내 들기도 전에 운현의 검이 이미 그녀를 제압했으리라. 허나 지금도 운현의 검은 이서연을 상대하기에 충분하다. 그녀의 절명비는 운현에게 닿지 못할 것이다.

운현은 이서연의 눈을 보았다. 더없이 준엄한 심판자의 시선으로. 그러나 이서연은, 그런 운현의 시선에 비웃음으로 답했다.

핑.

이서연의 눈에 떠오른 조소에 운현이 섬뜩한 예감을 느낀 것은 적중했다. 이서연은 절명비를 운현이 아니라, 일아영을 향해 날렸던 것이다.

'큭.'

운현은 이를 악물고 이서연을 향하던 검로를 틀었다. 저

절명비에 스치기만 해도 일아영은 죽는다. 운현의 검 미명은 푸른 검기를 머금고 그 주인의 의지에 따라 절명비를 쳐 내기 위한 최적의 검로를 그리기 시작했다.

쉬익.

일아영 역시 자신의 눈앞을 스쳐 지나가는 화살을 보았다. 그리고 믿어지지 않는 빠르기로 운 숙부가 사무총관 이서연을 향해 쇄도하는 모습도 보았다. 어디서 꺼냈는지, 이서연이 자신을 향해 검은 비수를 날리는 것도 보았다. 일아영의 눈은 그 일련의 순간을 보았지만, 머리에서 미처 인지하지 못할 정도로 빨랐다.

무엇인지 이해할 사이도 없이 그 모든 일들은 일아영의 눈앞에서 순간적으로 일어났다. 하지만 검은 비수가 자신을 향해 날아오는 것은 분명히 보았다. 그리고 갑자기 시야가 어두워지며 무엇인가 포근하고 따뜻한 것이 자신을 감싸 안는 것도.

스컥.

챙.

무엇인가를 가르는 소리와 함께 운현의 검에 섬뜩한 감촉이 전달되었다. 사람을 베는 특유의 느낌. 검기를 두른 검이 사람의 뼈와 살을 가르는 그 끔찍한 감촉이 미명의 손잡이를 통해 느껴졌다.

"큭."

　짧은 신음과 함께 운현의 검 아래 무너져 내린 것은 바로 일아영을 감싼 혈공자 문왕의 모습이었다. 이서연에게 화살을 날린 직후, 문왕은 무조건 이서연과 일아영 사이에 뛰어들었던 것이다. 바로 일아영을 지키기 위해.

　"공자님!"

　자신의 앞에서 무너져 내린 사람이 문왕이라는 것을 알아차린 일아영이 비명처럼 소리쳤다.

　'이런.'

　운현은 입술을 깨물었다. 한눈에 보기에도 문왕의 상태는 심각했다. 절명비는 미명에 튕겨 나갔지만, 미명은 그대로 혈공자 문왕을 가르고 만 것이다.

　휙.

　고개를 돌려 운현은 이서연이 있던 곳을 보았다. 이서연의 모습은 어느새 사라지고 없었다. 멀지 않은 곳에서 그녀의 기척이 느껴졌지만 지금은 그녀를 뒤쫓을 때가 아니었다.

　"큭…… 쿨럭."

　"공자님!"

　일아영이 비명처럼 그를 부르며 쓰러진 귀공자를 감싸 안았다.

　"넌…… 쿨럭. 괘……괜찮아?"

　문왕은 희미한 미소를 지으며 일아영에게 물었다. 일아

영은 어쩔 줄 모르는 표정으로 문왕을 끌어안았다.

"어떡해요. 어떡해요."

다급히 상처를 어떻게 해 보려 했지만, 그저 일아영의 두 손만 피로 물들 뿐이다. 거의 갈라진 것이나 다름없는 그의 몸에서는 엄청난 피가 흘러나오고 있었다.

"안 돼! 제발, 제발!"

절규하듯 외치는 일아영을 올려다보며, 문왕은 피식 웃어 보였다.

"그런 말을 듣고도, 날 스스럼없이 끌어안는군."

땅에 쓰러진 문왕을, 일아영은 끌어안다시피 하고 있었다.

"넌…… 쿨럭. 사람을…… 너무 잘 믿어."

"괜찮을 거예요. 괜찮을 거예요. 운 숙부! 운 숙부!"

어쩔 줄 몰라 하던 일아영이 다급히 운현을 불렀다. 그러나 운현이 해 줄 수 있는 일이 없었다. 운현은 한쪽 무릎을 꿇고 혈공자 문왕의 가슴에 한 손을 대었다. 예전 자신의 의형, 일충현이 해 주었던 것을 떠올리며 문왕에게 자신의 내력을 넣어 주고자 노력했다. 그런 운현의 시도가 어느 정도 성공했는지 문왕의 얼굴에 조금 혈색이 돈다.

"큭큭. 내 꼴이 우습군."

자조적인 표정으로 문왕이 말했다.

"말하지 말아요. 괜찮아요. 괜찮을 거예요."

일아영이 다급하게 말했다. 그녀 자신도 의식하지 못했지만, 이미 그녀의 눈에는 눈물이 가득했다. 눈가에 넘쳐나는 그녀의 눈물이 문왕의 얼굴에 떨어졌다. 문왕은 그런 그녀를 올려다보았다. 그녀의 눈에 가득한 눈물이 뺨을 타고 흘러내려 자신의 얼굴에 떨어지는 그 모습을, 문왕은 물끄러미 바라보았다.

"얼굴…… 만져 봐도 될까?"

일아영은 잠깐 당황한 표정이 되었다. 그러나 곧, 세차게 고개를 끄덕인다. 혹 그가 알아채지 못할까 봐 걱정된다는 듯이.

"후후."

문왕은 웃으며 손을 들어 올렸다. 하지만 떨리는 그 손은 바로 위에 있는 일아영의 얼굴에 닿지 못한다.

"큭."

다시 떨어져 내리는 문왕의 손을 일아영이 덥석 쥐었다. 그리고 그 손을 자신의 뺨에 가져다 대었다. 문왕의 손과 일아영의 얼굴에 피가 번졌지만, 일아영은 신경 쓰지 않았다. 애써 웃으며, 일아영은 문왕을 내려다보았다.

"괜찮아요. 괜찮을 거예요."

"후후후."

문왕은 웃었다.

"다행이야."

그는 말했다.

"이제는 나에 대해 누가 뭐라 말한다 해도."

문왕은 미소 지었다.

"너만은 날 좋아해 줄 테니까."

그 미소가 너무나 슬퍼 보여서, 일아영은 울었다.

"그래요. 누가 뭐라 해도, 당신이 누구라 해도 좋아해 줄게요. 아니, 좋아해요. 그러니까 죽지 말아요. 제발, 제발!"

"그러고 보니 당신에게…… 쿨럭. 대답해 주지 않은 게…… 쿨럭, 있었지."

"말하지 말아요. 제발!"

일아영이 말했지만 문왕은 멈추지 않았다.

"내, 이름…… 내 이름은……."

문왕의 목소리는 이미 가늘어지고 있었다. 그에게 내기를 불어 넣어 주던 운현에게도, 그의 목숨이 얼마 남지 않았다는 것이 확실히 느껴졌다.

일아영은 얼른 고개를 숙여 그의 입에 귀를 가져다 대었다. 문왕의 입술이 가볍게 몇 번 달싹이더니, 움직임을 멈췄다.

턱.

일아영의 얼굴에서 문왕의 손이 힘없이 떨어져 내렸다. 혈공자 문왕이라고 불리던 그가 지금 호흡을 멈췄다. 영원히.

슥.

운현은 문왕의 가슴에서 손을 뗐다. 그리고 눈을 감은 문왕의 얼굴을 내려다보았다. 희미하게 미소 짓고 있는 그 모습을 보며, 운현은 뭐라 할 수 없는 회한이 가슴을 스치는 것을 느꼈다.

"운 숙부."

하염없이 눈물을 흘리며 문왕의 얼굴을 내려다보던 일아영이 고개를 들고 운현을 보았다. 그녀의 슬픈 눈동자에 눈물이 가득하다.

"이건…… 사고였죠?"

그녀의 뺨을 타고 눈물이 흘러내린다.

"그렇죠? 이건 사고였죠? 모두가 불행한 사람뿐인, 그런 불행한 사고 말이에요."

그녀의 뒷말은 울음으로 범벅이 되어 거의 알아들을 수가 없을 정도였다. 운현은 그녀의 머리에 가볍게 손을 얹고 자신의 가슴에 기대었다.

"그래."

운현의 목소리는 떨리고 있었다.

"미안하다."

그리고 그와 동시에 일아영은 울음을 터트렸다. 서럽게 터져 나오는 그 울음 소리를 들으며 운현은 고개를 들어 어두운 밤하늘을 올려다보았다. 긴 한숨을 내쉬며, 운현은 중얼거렸다.

"세상엔……."

운현의 눈가에도 눈물이 빛나고 있었다.

"불행이 너무 많구나."

문왕의 시신을 끌어안은 일아영의 울음소리가 밤하늘에
마치 조곡(弔哭)처럼 메아리 쳤다.

＊　　　＊　　　＊

공기가 피부를 찌르는 듯 저릿저릿했다. 만일 이곳에 무
릎 꿇고 있는 사람들이 삼태상(三太上)이 아니었다면, 이미
피를 뿜으며 죽었을 것이다. 그만큼 일대상인의 분노는 컸
다. 지금 일대상인은 침묵을 지키고 있었지만, 그에게서 뿜
어져 나오는 노기와 살기는 그 앞에 선 사람을 갈가리 찢어
버리고도 남을 정도였다.

"그것이 모두."

일대상인의 조용한 음성. 그러나 그 목소리에 인태상과
지태상의 얼굴은 하얗게 탈색되었다. 세 명의 태상 중에 가
장 강한 천태상조차 얼굴색이 변할 정도였다.

"사실이냐?"

"그렇습니다."

떨리는 목소리로 인태상이 대답했다. 뚱뚱한 그는 지금

땀을 비 오듯 흘리고 있었다. 하지만 그의 표정은 더없이 비통하고, 고통스러워하고 있었다. 그것은 그저 일대상인이 뿜어내는 살기 때문만은 아니었다.

"보호를 요청한 호암상단의 사무총관 이서연과 그녀를 데리고 온 문왕 저하의 호위무사에게서 모든 전말을 확인했습니다. 두 사람의 진술은 일치했으며, 현장에서 발견된 증거와도 전부 일치했습니다. 문왕 저하는……."

말을 잇던 인태상이 이를 악물었다.

"창룡검주의 검에 시해되셨습니다."

다시 침묵이 내려앉았다. 그러나 주위를 가득 채운 상인의 노기와 살기는 더더욱 짙어지고 있었다. 그리고 순간, 그 팽팽하던 긴장이 사라졌다.

스륵.

일대상인은 자리에서 일어났다. 그리고 뒤로 돌아 창 앞으로 다가서더니 뒷짐을 지고 섰다.

"나는."

조용하고 나지막한 음성으로 그가 말했다.

"창룡검주가 나를 찾아오리라 생각했다. 마치 하늘이 정한 운명처럼 그가 내 앞을 막아서서, 내가 모르던 무엇인가를 그의 검으로 내게 가르쳐 줄 수 있지 않을까 생각했다. 나조차 모르던 경지를 그와의 대결에서 혹 엿볼 수 있지 않을까, 그렇게 기대했다. 그런데."

순간 공기가 다시 팽팽하게 긴장했다. 마치 활줄을 당긴 듯, 날카로운 살기와 노기가 삼태상을 휩쓸었다.

"크윽."

삼태상이 이를 악문다. 일대상인은 여전히 뒷짐을 진 채 무거운 음성으로 말했다.

"그는 내 아들을 죽임으로써, 내 아들이 내게 어떤 의미였는지 깨닫게 해 주는구나. 나조차 모르고 있었던 나를, 그가 나에게 알게 해 주는구나."

일대상인은 시선을 들었다. 그리고 창밖에 펼쳐진 푸른 하늘을 바라보았다.

"창룡검주."

담담한 표정으로 그는 말했다.

"네가 나를 하늘 위에서 끌어내렸다."

삼태상은, 전율했다. .

〈학사검전 2부, 창룡검전 完〉

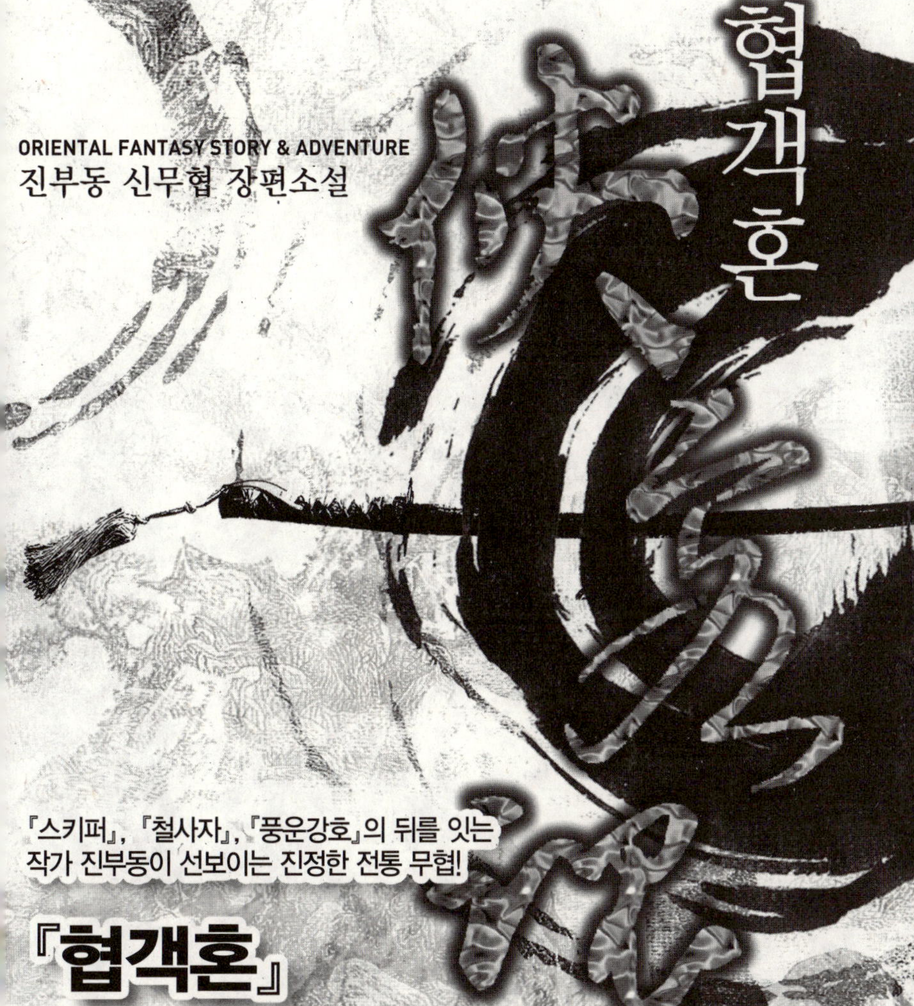

ORIENTAL FANTASY STORY & ADVENTURE
진부동 신무협 장편소설

협객혼

『스키퍼』, 『철사자』, 『풍운강호』의 뒤를 잇는
작가 진부동이 선보이는 진정한 전통 무협!

『협객혼』

신분도, 지위도, 이름마저 버렸다. 물려받고 남이 준 모든 것을 버렸다.
믿는 것은 오직 하나, 바로 나 자신!
자유를 느끼기 위해 모든 것을 포기한 무인 장일청.
이제, 자유로운 그의 행보에 강호의 협객혼이 깨어나리라!

dream
books
드림북스

태제 현대판타지 장편소설

MODERN FANTASY STORY & ADVENTURE

리버스 담덕, 역천의 황제, 파천의 군주
그리고 이어지는 태제의 야심작

『최강신화』

하늘의 후손이자 신시의 아들인 최강훈.
신화시대의 계승자가 되어 이 땅을 수호하게 된 그가
앞으로 선보이는 현대판 액션 활극에 주목하라!

최강신화

dream
books
드림북스

魔情錄

마정록

장담 신무협 장편소설

북천의 패왕, 북천마제 북궁천!

사랑을 얻기 위해 강호 일만 리를 종횡하던

그가 세상을 향해 묻는다.

『이박 대협이 되려면 어떻게 해야 하지?』

쌍룡기, 천풍전설, 천검제를 뛰어넘는

작가 장담의 새로운 대작 무협!

dream
books
드림북스

요 도 김남재 신무협 장편소설
ORIENTAL FANTASY STORY & ADVENTURE
地獄王
지옥왕
배신을 당해 죽음을 맞이하게 된
마교 교주 생사도 용무련.
그가 운명을 거스르는 자들을 잡기 위해
지옥에서 다시 돌아왔다.
dream
books
드림북스